代

作

家

论

刘
恒
论

中国当代作家论

谢有顺 主编

李 莉/著

刘恒论

作家出版社

李
莉

■ 文学博士，湖北民族大学教授。主要从事中国现当代文学、民间文学的教学与研究。主持国家级、省部级各类课题十余项，出版学术专著《中国新时期乡族小说论》《虚构真实：当代文学之景观》《恩施文艺新论》三部，另有合著三部，编写研究资料三部，参编教材三部。在《中国现代文学研究丛刊》《民族文学研究》《文艺报》等刊物发表学术论文九十余篇。著作、论文先后获得国家级、省级、地厅级奖励十余项。

主编说明

　　自从到大学工作以后，就不时会有出版社约我写文学史。很多文学教授，都把写一部好的文学史当作毕生志业。我至今没有写，以后是否会写，也难说。不久前就有一份高等教育出版社的文学史合同在我案头，我犹豫了几天，最终还是没有签。曾有写文学史的学者说，他们对具体作家作品的研究，是以一个时代的文学批评成果为基础的，如果不参考这些成果，文学史就没办法写。

　　何以如此？因为很多学问做得好的学者，未必有艺术感觉，未必懂得鉴赏小说和诗歌。学问和审美不是一回事。举大家熟悉的胡适来说，他写了不少权威的考证《红楼梦》的文章，但对《红楼梦》的文学价值几乎没有感觉。胡适甚至认为，《红楼梦》的文学价值不如《儒林外史》，也不如《海上花列传》。胡适对知识的兴趣远大于他对审美的兴趣。

　　《文学理论》的作者韦勒克也认为，文学研究接近科学，更多是概念上的认识。但我觉得，审美的体验、"一个灵魂唤醒另一个灵魂"的精神创造同等重要。巴塔耶说，文学写作"意味着把人的思想、语言、幻想、情欲、探险、追求快乐、探索奥秘等等，推到极限"，这种灵魂的赤裸呈现，若没有审美理解，没有深层次的精神对话，你根本无法真正把握它。

　　可现在很多文学研究，其实缺少对作家的整体性把握。仅评一个作家的一部作品，或者是某一个阶段的作品，都不足以看出这个作家的重要特点。比如，很多人都做贾平凹小说的评论，但是很少涉及他的散文，这对于一个作家的理解就是不完整的。贾平凹的散文和他的小说一样重要。不久前阿来出了一本诗集，如果研究阿来的人不读他的诗，可能就不能有效理解他小说里面一些特殊的表达方式。于坚也是一个典型的例子。很多人只关注他的诗，其实他的散文、文论也独树一帜。许多批评家会写诗，他写批评文章的方式就会与人不同，因为他是一个诗人，诗歌与评论必然相互影响。

如果没有整体性理解一个作家的能力，就不可能把文学研究真正做好。

基于这一点，我觉得应该重识作家论的意义。无论是文学史书写，还是批评与创作之间的对话，重新强调作家论的意义都是有必要的。事实上，作家论始终是中国现代文学的一个宝贵传统，在1920—1930年代，作家论就已经卓有成就了。比如茅盾写的作家论，影响广泛。沈从文写的作家论，主要收在《沫沫集》里面，也非常好，甚至被认为是一种实验。中国现代文学研究界的许多著名学者都以作家论写作闻名。当代文学史上很多影响巨大的批评文章，也是作家论。只是，近年来在重知识过于重审美、重史论过于重个论的风习影响下，有越来越忽略作家论意义的趋势。

一个好作家就是一个广阔的世界，甚至他本身就构成一部简易的文学小史。当代文学作为一种正在发生的语言事实，要想真正理解它，必须建基于坚实的个案研究之上；离开了这个逻辑起点，任何的定论都是可疑的。

认真、细致的个案研究极富价值。

为此，作家出版社邀请我主编了这套规模宏大的作家论丛书。经过多次专家讨论，并广泛征求意见，选取了五十位左右最具代表性的作家作为研究对象，又分别邀约了五十位左右对这些作家素有研究的批评家作为丛书作者，分辑陆续推出。这些作者普遍年轻、锐利，常有新见，他们是以个案研究的方式介入当代文学现场，以作家论的形式为当代文学写史、立传。

我相信，以作家为主体的文学研究永远是有生命力的。

谢有顺

2018 年 4 月 3 日，广州

目录

绪 论

一、被误读的刘恒

刘恒[1]是当代文坛的常青树，上世纪七十年代末期（1977）开始写小说，四十余年来一直笔耕不止。他也是当代文坛跨界非常早、非常成功的作家，八十年代末期（1988）开始撰写或改编剧本，游走于小说与剧本之间，肩负双重写作任务，且取得了不菲成绩。

刘恒的创作引发了学界广泛关注，各类媒体发表了许多评论。

[1] 刘恒，本名刘冠军。1954 年 5 月生，北京人。早年就读于北京外国语学院附属小学及中学。1969 年入伍，在海军服役。1975 年退伍，在北京汽车制造厂当装配工。1979 年调到《北京文学》，任小说编辑。现任北京作家协会主席，中国作家协会副主席，全国政协委员。

1977 年，23 岁的刘恒开始发表作品。有长篇小说《黑的雪》《逍遥颂》《苍河白日梦》等；中篇小说《白涡》《伏羲伏羲》《虚证》《天知地知》等；短篇小说《狗日的粮食》《小石磨》《教育诗》《拳圣》等。多次获全国及地方文学奖，部分作品被翻译成英、法、日、意、德、韩等多种文字。1988 年开始撰写或改编影视剧本。有电影剧本《本命年》《菊豆》《秋菊打官司》《张思德》《云水谣》《集结号》《铁人》等；电视剧本《贫嘴张大民的幸福生活》《少年天子》等；话剧剧本《窝头会馆》、歌剧剧本《山村女教师》，以及报告文学《老卫种树》等。其中多部作品在国内外电影节和电视节上获奖。以上资料由笔者根据刘恒著《集结号》（人民文学出版社，2007 年版）、《四条汉子》（人民文学出版社，2013 年版）两书的封二介绍以及其他著作提供的资料整理而成。

搜索百度与中国知网，有关刘恒的研究文章有近三百篇。梳理其研究内容，主要有三个方面①：一是与作家的对话访谈。主要是通过读者与作家的对话交流，了解作家的创作动机、创作心理、创作感受，同时探讨文坛某些热点问题。这是分析作家作品不可或缺的、真实且重要的资料。二是研究综述。研究者把某一个时段与刘恒相关的研究文章整理归类，分析研究现象，较为全面地了解刘恒研究的进展与状况。三是作家作品研究。作家论只有少数几篇，作品研究所占比例最大，其中又分综合性的评论和单篇作品解读两类。这类研究包括对作品的主题、人物、艺术等方面的探讨，对象很具体，观点也各有千秋。

纵观这些研究成果，有很多论者在精心研读文本基础上提出了不少新鲜的观点、精彩的妙论，评价也十分中肯，展示了文学批评者的职责，对文学创作与文学批评起到了真正的促进作用。然而，这些成果鲜有对作家整体创作进行宏观研究的，对作家的创作技巧、创作成就与贡献，文本的艺术特色以及审美观照等方面的研究也非常少。评论文章多集中于文本主题与基调的阐释，人物形象的情感、道德等方面的社会评价。使用的关键词中，出现频率高的有"灰暗""阴冷""压抑""紧张""宿命"②等带有下沉意味的语词。

---

① 这三个方面的代表性文章分别有：胡璟、刘恒的《把文学当作毕生的事业——刘恒访谈录》(《小说评论》2003 年第 4 期)；吉咸乐的《刘恒研究述评》(《内蒙古农业大学学报 (社会科学版)》2005 年第 4 期)。作家论有程德培的《刘恒论——对刘恒小说创作的回顾性阅读》(《当代作家评论》1988 年第 5 期)；周斌的《刘恒论——以电影剧本创作为例》(《文艺争鸣》2008 年第 10 期)。综合性论述的有昌切的《无力而必须承受的生存之重——刘恒的启蒙叙述》(《文学评论》1999 年第 2 期) 等。

② 单是讨论其"宿命"话题的论文就有不少，如：李以建《死亡的宿命——刘恒小说创作的策略》(《当代作家评论》1990 年第 4 期)；昌切《无力而必须承受的生存之重——刘恒的启蒙叙述》(《文学评论》1999 年第 2 期)；黄田子《宿命的"圣战"——从〈伏羲伏羲〉看刘恒的生存意识》(《理论与创作》2004 年第 2 期)；郑乃勇、张怡琼《无法逃脱的生存困境——论刘恒小说中的宿命意识》(《井冈山学院学报》2006 年第 5 期)，等等。

粗读这些评论文章，貌似各有道理；若细心读之，则发现论者对刘恒及其作品存在误读、曲解之嫌，穿凿附会甚多。这些指向明确的语词只能概括刘恒作品的一个方面，甚至是很表层的一个方面，并不能概括其创作的全部内容，更不能概括其整体创作风貌。

例如，在评论文章《刘恒和他的文化隐喻》（1994）中提道：

> 刘恒的抑郁色调给读者带来了无穷的快感和困顿。
>
> 《冬之门》中的主人公谷世财灰冷的世界，被狰狞、昏暗的气氛所充塞，在爱与无爱之间，在企盼与冷漠之间，在人与非人之间，谷世财痛苦地挣扎着。
>
> 我翻阅着他的大量作品，被他不可理喻的宿命意识困扰着。①

所谓宿命意识其实是宿命论的反映，就是"把事物的变化和发展、人的生死和贫富等都由命运或天命预先决定，人是无能为力的"②。如果仅仅把谷世财和其他作品中一些人物的行为归结为"宿命"，显然是粗浅的，是远远不够的，是浅读了刘恒，没有深入文本内核挖掘真正的文化。

> 在《苍河白日梦》里，无论是求长生不老的陈腐幻想，还是积极用世改变生活的变革者，他们行为自身，最终成了自己命运的否定者。在这里，刘恒不自觉地陷入到自虐、自贱、自卑、自嘲的文化讽喻的迷津里，灰暗得深刻，阴冷得透彻，构成了小说扑朔迷离的神秘景观。
>
> 正是这种宿命意识，才真正昭示出刘恒作品颇具哲学

---

① 孙郁：《刘恒和他的文化隐喻》，《当代作家评论》1994年第3期。
② 中国社会科学院语言研究所词典编辑室：《现代汉语词典》（2002年增补本），商务印书馆，2002年版，第1205页。

余韵的风采。

刘恒作品的深处，弥漫着、散发着这种不可遏制的文化悲观主义。他的深刻性与矛盾性，也正是表现在这里。①

另一篇评论《最后的寓言——刘恒的〈苍河白日梦〉读解》（1993）用所谓的"现代性"来解释，也认为曹光汉是一个很失败的人，认为作家表达的是一种批判态度。

"现代性"缺少行动的能力，理性的幻觉使人无欲望和力量。拯救者／废人的不同的指称却最好地揭示了二少爷的矛盾与困境。在这里，刘恒的反思直接指出了中国现代性思想的核心，作为"主体"代码的二少爷曹光汉沉溺在幻想的世界里，他不能了解世界，也不能改造世界，他是一个无望的希望者，这是对"现代性"的原型人物的无情的解构。

刘恒的《苍河白日梦》则以一个寓言的方式对"现代性"的话语提出了深刻的质疑。他的文本指涉了中国现代和当代文学中有关"现代性"的众多文本，但他通过对"二少爷"的书写，给了这种现代性的话语及知识分子的话语中心位置尖锐的批判。这个文本最好地象征着现代性话语的全面终结，也最好地标志了"后新时期"文化的特征。②

且不说用"现代性"来解释二少爷的行为是否合情合理，可是文章下结论说他"不能改造世界"，在"耳朵"眼中"二少爷是一

---

① 孙郁：《刘恒和他的文化隐喻》，《当代作家评论》1994 年第 3 期。
② 张颐武：《最后的寓言——刘恒的〈苍河白日梦〉读解》，《当代作家评论》1993 年第 5 期。

种彻底失败的象征。他的性的无能是与他的事业的失败相联系的"，说作家是一种"批判"态度，等等。这些论点显然是牵强附会的，是不符合文本内容的主观臆断。

这两篇评论文章看似非常华丽、时髦，深究其观点，可以说论者并没有读懂刘恒。刘恒小说中固然有"悲观主义"，但不止于"悲观主义"；固然有对人性懦弱和麻木的批判，但也有对坚强和勇敢的赞美。他的乐观和赞美隐藏在人物的"怪异"行为中，需要读者拨开"灰暗"的色彩，在云层深处发现那些透出的光亮和希望、那些潜藏的勇气和力量。

再如，有论者在《对人生宿命的解剖与探询——刘恒小说的宿命观》（2003）中写道：

> 在对刘恒小说中的感情世界作一考察之后，我们发现，刘恒似乎不相信世间有纯美的爱情存在，他的笔下，没有甜蜜或完满的爱情故事，有的只是头悬情欲之剑的人们的痛苦与绝望的挣扎。①

这同样是非常片面的观点。刘恒早期小说就有很多纯美的爱情故事，如《心灵》《小木头房子》《花与草》《堂堂男子汉》等作品都描绘了美丽的爱情，也比较"甜蜜""完满"；后期小说《贫嘴张大民的幸福生活》中张大民与李云芳的爱情应该说是很成功的。论者既然是"考察"了一番之后的，就应该看到这个爱情故事的发展历程和结局。不知论者为何会得出如此片面的结论。后文中，这位论者又说：

> 像《冬之门》中的委琐畸形的古世财，恋上颇具姿色

---

① 胡璟：《对人生宿命的解剖与探询——刘恒小说的宿命观》，《小说评论》2003年第4期。

的守寡回家的干姐顺英后，朝思暮想几近疯狂，为了想在她面前充一回男子汉，在日伪军的聚餐会上往汤里放了砒霜，自己踏入了日本人的雷区。一个英雄的故事竟消解成情欲的悲剧。同样的，刘恒的长篇小说《苍河白日梦》在某种程度上，也可以看作是情欲的悲剧。①（引注：原文写的"古世财"应该是"谷世财"）

　　小说中的谷世财形象的确猥琐，但他的内心并不猥琐，相反很强硬。在赵顺英面前，他实在不止"充一回男子汉"，他知道很多男人对顺英垂涎欲滴，想竭力保护干姐不受欺负，放砒霜之前就悄悄杀掉了好几个情敌，算得上真正的男子汉。这位论者忽视前面的内容得出如此结论，而且还把很多作品的人物都拉扯到"情欲"上来，过于牵强的结论实在站不住脚。

　　论者为什么只看到了文本中的"情欲"？鲁迅有段名言，说不同读者看同一部《红楼梦》，"单是命意，就因读者的眼光而有种种，经学家看见《易》，道学家看见淫，才子看见缠绵，革命家看见排满，流言家看见宫闱秘事……"②言下之意就是从不同视角阅读同一文本，可能会得出不同结论，可是若把不同文本的不同事件都归入到并不高明的评价中，只能说明论者眼光的世俗，甚至庸俗。如果仔细读懂了原文，了解谷世财的思想情感转变，就应该懂得刘恒在人物和情节设计上的良苦用心，就会得出完全相反的结论，即《冬之门》把一个庸俗的"情欲故事"升华为一个悲壮的英雄故事。因为谷世财是在赵顺英走了以后才去毒杀日本人的，如果单纯为了情欲，他完全可以不这么做，也不需要这么做。《苍河白

①　胡璟：《对人生宿命的解剖与探询——刘恒小说的宿命观》，《小说评论》2003 年第 4 期。
②　鲁迅：《鲁迅全集（8）·鲁迅全集补遗续编·〈绛花洞主〉小引》，新疆人民出版社，1995 年版，第 610 页。

日梦》中的曹光汉，也是一个力图推翻黑暗统治、拯救民族危难而甘愿献身的英雄。作家通过一个悲壮故事刻画了一位英雄。当然英雄也有情欲的一面，而曹光汉是用一些看似怪癖的假象表现的，用以掩饰作为英雄的各种言行。如果只看到谷世财、曹光汉等人物的"情欲"，说明这位论者并没有读懂作品，没有读懂刘恒，得出的结论是片面的乃至错误的（这两个人物后文将有详细分析）。

上面三篇文章是误读刘恒、曲解作品的典型案例。就他们分析的曹光汉、谷世财来说，这两个人物并不只是宿命意识的体现，也不是失败者的标志，而是对命运进行积极抗争、对不合理的社会进行积极反抗的典型代表，他们身上迸发的巨大能量影响到了身边很多人。《冬之门》中谷世财的干爹赵仁久在狱中的表现就值得称道，他是一位觉悟了的老人。谷世财的事迹在几十年后仍被家乡人们传颂，小说的结尾句"老兄，累了你就歇着吧，不累请你接着干，拜托了"，实际上就是对谷世财英雄壮举的肯定。《苍河白日梦》中耳朵目睹了曹光汉的结局，最后认定他是"天下第一条汉子"，并想尽办法保护他的全尸以示尊敬。可见曹光汉的行为影响了耳朵这样的奴才，让他有了觉悟，能认清好人坏人，能辨识人性的好坏，能洞穿世事活成百岁老人。

两部小说的结尾，作家以很鲜明的态度告诉读者，谷世财和曹光汉等人，并不认命，而是与不公平的命运、与黑暗的世道、与外来侵略者积极抗争。即使他们的力量很弱小，即使他们的生命会受到威胁，也毫不退缩，毫不屈服。他们用青春和热血，甚至年轻的生命完成了抗争，向身边的人和后来者宣告了自己的英雄行为。他们不是死在刑场，也不是死在战场，没有高呼响亮的口号，只是用非常低调的姿态，在看似日常的情境中，在很多人还处于思想麻木的状态中时，以先觉者的姿态坦然赴死，结局不免悲怆。将英雄之举误读为"宿命"，显然是落入了作家精心布局的技术圈套，这一点可以看到刘恒所受鲁迅的影响。鲁迅文章很多也看似悲观，看似阴冷，但是在文章的结尾部分总给读者留有希望。如《狂人日记》中的"救救孩子"，《伤逝》中"新的生路"，《药》中坟上的花圈，《故乡》中的"希望"与"路"，等等，都让读者看到光明和未来。刘恒小说也采取了类似的写法，人物有失望、有死亡，气氛有阴冷、灰暗，但小说结尾部分总是蕴藏着光明和希望。《苍河白日梦》中耳朵和五铃儿活下来并生了孩子；《冬之门》中谷世财虽然死了，却给北大仓村留下一段传奇；《伏羲伏羲》中天青死了，天白和天黄却过得比他更加自由……这光明的"尾巴"就是刘恒小说的深沉所在，力量所在，也是作家技巧的高明所在。

批评允许百家争鸣，人们也常说，"一千个读者就有一千个哈姆雷特"，每个人的阅读感受不同，得出的结论也不完全一样。并不是说分析人物和情节，把他们归之于悲观就不好。这里要特别指出的是，上面提到的一些评论写作时间前后相差有十多年，很多论者竟然得出了惊人相似的论调、相似的结论，而且是与文本内容矛盾的结论。足见其作者没有深入阅读，没有真正读懂刘恒，没有透彻理解文本，没有深入挖掘字面背后隐藏的深意，只散漫地看了文本的表层意思，一味地人云亦云地借用他人的语词来充斥自己的文字。如果评论者都倾向于相似的论调，持相似的观点，势必写出一些没有个性、没有深度、没有思想的肤浅之作。不读作品的空论、不切实际的宏论、人云亦云的观点并不能丰富思想，亦不能增添批评力量，只不过是数量的增加而已。

刘恒是当代文坛中并不多见的富有思想、富有深度的作家。他创作的各类文本，特别是中后期的文本，是不能随意浏览后就轻率下结论的。一切结论的获取必须建立在认真品读、慢慢细嚼基础之上。草率阅读得出的结论不但误读了刘恒，降低了作家的思想深度，弱化了作家的形象，也会降低作品品格，影响作品传播，甚至误导其他读者，给评论界带来不良风气。基于刘恒研究中存在的某些浮浅现象、轻率态度、草率结论，笔者力求以求实的姿态，在反复研读文本基础上，归纳出与既成观点不同的，甚至完全相反的全新结论。这在后文各章节中均有详细分析。对于刘恒创作中未能归类的作品及其人物则放在文尾的"余论"中予以探讨。

二、矛盾的刘恒

写作中的刘恒是矛盾的。突出表现在他的吝啬与慷慨上。

1. 语言的吝啬与慷慨。当代文坛有很多高产多产的作家，不仅创作数量大（快手一年几部长篇，慢一点的一年一部长篇，能够做到两年生产一部长篇就难能可贵了），创作篇幅也很长，动辄几十万字甚至上百万字。相比之下，刘恒是惜墨如金的人，能少说一句话，就绝不多说一句话，能精简的就从不啰嗦，总是自觉地抵制"注水写作"。他的作品篇幅都不很长，即使如《苍河白日梦》这类可以单独发行的长篇小说，也只有二十一万七千字；其他长篇如《黑的雪》《逍遥颂》就更短了，两部合起来也才三十三万八千字，不如别人一个长篇的长度。尽管篇幅不长，但要真正读懂刘恒并不轻松，要透彻理解其文本的思想，理解人物形象，理解作家的创作艺术，必须抱着耐心下一番苦功。

刘恒的写作类似美国作家海明威提出的"冰山理论"，即冰山露出海面的只有八分之一，还有八分之七藏在海水中。作家从事文学创作，语言文字要蕴藏深意，字面只流露八分之一的意思，剩余八分之七要留给读者去想象。这与中国古代文论倡导的"留空""留白"理论有异曲同工之妙。中国书法、美术作品都讲究空白，文学作品同样讲究空白。留白、留空可使文意高远。"意尽而言止者，天下之至言也。然言止而意不尽者尤佳。"[①] 言止意不尽

---

① （清）刘大櫆在《论文偶记》中赞美郭忠恕的画，"画天外数峰，略有笔墨，而无笔墨之迹象"，强调"文贵远"，贵含蓄，其实就是要留空白，不可把话说尽。引文见霍松林主编《古代文论名篇详注》，上海古籍出版社，1986年版，第504页。

是高明作家常用的一种技法。刘恒的小说和剧本都擅长运用空白技法，且日臻完善。例如，若涉及男女情爱与两性关系，庸俗的作家会津津乐道不加节制地发挥，刘恒却是非常节制非常谨慎地叙述。《狗日的粮食》《伏羲伏羲》《白涡》《苍河白日梦》等作品中都有无法绕开的性爱场景，刘恒叙述时十分含蓄，留下了很多空白。这些空白，不但使文本语言异常简洁，也使人物关系更加真实，读起来很筋道，富有内涵。体现出刘恒对优秀传统文化的尊重，对含蓄、委婉表达等审美观念的认真践履。

有些语言，刘恒又是非常慷慨的。对于景物、人物、场景或细节的描写，以及部分人物语言的描写，他总是不遗余力尽情发挥。那种描述酣畅淋漓，不罢不休。后文引用了部分案例进行分析。此处不赘述。

2. 感情的吝啬与慷慨。刘恒创作中，对于人物的肯定、赞美之情的表达非常理性、非常吝啬。从不空发议论空抒情，所以看不到他文本中的矫情与做作。刘恒文本中的人物大多是沉静的人，无论男人和女人，很少有滔滔不绝者。即便如张大民一类贫嘴，也从不乱说话，劝说某人，议论某事，也多是说到为止。其他人物更是寡言。当然，如果人物是讲述者，身份发生了变化，则表述又不同。《苍河白日梦》中的"我"就是一个叙事者。他的讲述总体上是轻松的，有时也自嘲"絮叨"，但他的话语是中听的，评价也是合情合理的。所以，刘恒作品中的对话非常经济，富有内涵，且符合人物身份。《老卫种树》是一篇难得的报告文学，作家没有直言老卫的品格，也没有过多的议论，只用一种白描的叙述，让读者从朴素的文字中感受这位农村妇女为植树、为绿化所做的伟大贡献。偶然有抒情，也是一种发自衷肠的流露："对这个六十岁的山里女人，你是不能不怀着深深的敬佩和叹服了。"他描述人物的性格很精准，"老卫的脾气把她害了。她太好强。认准的事说干就干，干起来就不肯输人"①。没有多余的评述，却是句句动心。

作家描述人物心理情感是非常慷慨的，特别是对于人物心理的困惑、苦闷、纠结所做的分析，所流露的同情、悲悯之情从不吝啬。例如，他对郭普云（《虚证》）的自杀倾向的分析，对于谷世财（《冬之门》）为情爱所困产生的焦虑不安心理的分析，对于李慧泉（《黑的雪》）与哥们儿交往的矛盾心理分析，常有大段大段的议论或描写（后文对此有详细探讨）。这种酣畅的表达中，作家强大的分析能力和深入思考的精神暴露无遗，作品包蕴的丰厚内涵，则需要读者认真思考才能领会，否则就只能读到皮毛。

3. 写作选题的吝啬与慷慨。除了自己的创作外，对于合作的项目，特别是影视剧本，刘恒从来都是小心谨慎地对待，深思熟虑地接受或拒绝。他从来不贪心，总是量力而行，根据自己的内心要求来写作，尤其是对剧本的改编。以刘恒的实力和影响，"订单"和约稿可以铺天盖地，每天工作二十四小时都有写不完的。但是，刘恒对友人、对熟人、对读者的邀请总是认真过滤筛选，不求多，只求精。一旦接受任务，便精心准备。从他创作《张思德》《铁人》《窝头会馆》《乡村女教师》等作品就可以看到他对待写作的态度。这其中不乏主旋律写作，很多作者在命题式主旋律题材写作中，很难处理好思想性与艺术性的关系。刘恒不仅能恰当把握，而且能突破许多成规，将熟知的内容陌生化，将生活的内容艺术化，给读者、观众以审美感受，甚至审美震撼。他的创作很少出现粗制滥造，很少出现应付写作现象。他生产一个作品，总能保质保量，一旦出炉，就能让读者喜爱，并在业界大获好评。他的多部作品获奖就可以说明问题。

有些选题的写作，刘恒又是慷慨的。他很少写官场人物，很少写大人物，很少写贵族式人物（除剧本《少年天子》外），他对平

① 刘恒：《刘恒文集·老卫种树》，长江文艺出版社，2003 年版，第 507、508 页。

11

民、对普通人有一种特别的深厚情感，总是从他们身上挖掘别人不曾看到的独特个性或是可贵品质。王菊豆（《伏羲伏羲》）对爱的执着，曹杏花（《狗日的粮食》）对生存的渴求，杨天臣（《力气》）对苦难的不屈，刘玉山（《狼窝》）对梦想的追求……他们都是芸芸众生中的一员，又都有自己独特的存在方式，正是他们构成了这个民族生生不息的牢固基底。即使如张思德（《张思德》）、王进喜（《铁人》）、潘玉良（《画魂》）等时代名人，刘恒也总是把他们的"名气"搁置一边，着重挖掘他们身上的平民品格，着力书写他们从平民走向英雄、走向成功的艰苦历程。作家总是通过具体而微的生活细节，刻画这些名人身上异乎寻常的质朴、勤恳和执着，在有血有肉的叙述中塑造他们那种不服输、不怕苦、不怕死的倔强，与一直向前的勇气、艰苦奋斗的精神。在充满泥泞和荆棘的道路中，在带着泥土气息的文字中，读者感受到他们做人的真诚、做事的热情。他们有气节，有情义，有胸怀，有乐观，有豪迈，并不断感染着身边的人。因此，阅读刘恒作品中的英雄或名人，从来看不到虚情假意，看不到矫情滥情，总是给人踏实沉稳之感，让人的仰慕之情从胸中自然流淌。即使如富家子弟曹光汉（《苍河白日梦》）、贵为天子的福临（《少年天子》），作家也是把他们作为真正的"人"来写，侧重刻画他们身上的反抗性格、叛逆精神。他们都不安分守己，也不安于现状，更不愿利用家境的优越坐享现成，反而是自寻一条孤独的道路，与周围环境抗争，与强蛮势力抗争，与整个社会的黑暗抗争。他们明知前路充满险恶，成功也不大可能，却甘愿冒着生命危险去挑战那些不可能。他们用抛头颅的大情大义捍卫心中的正义、心中的美好愿景，力图唤醒那些沉睡的人。这些在平凡事件中深藏感天动地精神的人物需要读者细细品读才能领会。

三、民间的刘恒

刘恒创作具有鲜明的民间姿态和悲悯情怀。他善于吸收民间各种资源并将其有效地融入自己的创作，其作品呈现出质朴、本色、真诚的特点，朴素的现实主义中流露出沉郁之风格。

1.民间姿态。无论刘恒取得什么标志性成果，他从来都是低调的，把喜悦收藏心底，保持勤恳本色。这种本色来源于他对民间的认识，对民间的倾听，对民间的倾情书写。刘恒的所有创作，都没有离开民间。他毫不顾忌地运用民间的素材、民间的人物、民间的文化、民间的思维、民间的伦理、民间的智慧，乃至民间的各种声音。刘恒对民间的认知来源于他的亲身经历，来源于他对民间文化的认真思考与解读。且不说那些农村叙事，即便是城市叙事（《贫嘴张大民的幸福生活》《窝头会馆》），甚至知识分子叙事（《白涡》《画魂》）、帝王叙事（《少年天子》），他都运用了大量的民间知识和民间话语。民间文化浸润在刘恒的心田中，浸润在他的每一部作品中。这种保持民间本色的贴地姿态，使刘恒的作品具有一种很特别的亲切感与亲和力。一读就喜欢，一喜欢就容易产生共鸣。

刘恒创作涉及了小说、报告文学、影视剧本、话剧和歌剧剧本等体裁。各种体裁中有不同身份的人物，平民百姓（菊豆、曹杏花、张大民）、英雄人物（谷子地、李大霜）、道德模范（张思德、王进喜、老卫）、领袖名人（毛泽东、潘玉良）、太后皇帝（孝庄、福临），等等，他们都是那么生动真实，那么丰满动人。不论处在社会的哪个阶层，他们首先是作为人的形象站立在读者面前，既有普通人的本性、欲求、情感，又有超人的能耐、超人的手段、超人的思维方式，甚至有超人的智慧、超人的才华、超人的毅力和意志力，进而铸就超人的品格。所以，刘恒笔下的人物总是独特的"这一个"，总具有与众不同的风貌。各种独特形象又都呈现一种共性——言说民间的声音，是他们的民间话语（生动的口语）、民间声音（民间的思想与认知通过各自的鲜活方言口语表达出来），乃至民间精神（民间话语中流露的达观乐天、锲而不舍、不屈不挠等精神）映照出他们各自的特性。而人物特性的塑造又离不开作家的民间情愫与民间姿态。贴地的民间姿态是谦和，是包容，这使刘恒得以用悲悯情怀观察众生，仰观万物，并保持敬畏之心。

2. 悲悯情怀。刘恒的悲悯情怀体现于他对人物形象的塑造上。刘恒作品塑造了很多好人，也刻画了不少恶人，好人是通过恶人反衬而来的。不过，他笔下的恶人并非十恶不赦。作家描写他们的恶行，总是有许多可以谅解之处。《伏羲伏羲》中的杨金山、《狗日的粮食》中的杨天宽、《狼窝》中的史二笨、《白涡》中的华乃倩、《少年天子》中的孝庄太后、《乡村女教师》中的李文光，他们是很多坏事的制造者、很多悲剧的肇事者，他们的很多行为应该遭到道义谴责。然而，在文本语境中，他们又有许多值得同情的地方，他们的恶行也是出于某些缘故，在他们的本性里，也深藏着某些善。有人说，真正的仁爱并不是对好众生的慈爱，而是对恶众生的悲悯。刘恒就是秉着这样的原则塑造恶人。也就是说，作者写了他们的坏、他们的恶，也写出了他们某些天性的善良。正是这种人性的矛盾与悖论，让这些人物呈现出多重人格，显露出非常真实的一面。刘恒突破了"好人一切都好，坏人一切都坏"的思维模式，将二元对立的审美观引向到人的复杂性、可塑性和多变性的多元审美观。这是作家最为可贵的地方。

很多评论者看到了刘恒写死亡、写伤痛的冷漠与残酷，却很少看到他冷酷背后深藏的悲悯和同情。不可否认，刘恒很多作品都写了苦难，写了死亡，或者说，苦难与死亡一直是贯穿于他小说的重要主题。纵观刘恒作品中的死亡约有四大类：一是属于意外死亡的，如张思德（《张思德》）、田二道（《陡坡》）、三更（《连环套》）、李来昆（《天知地知》）、锤子（《哀伤自行车》）、杨彩虹（《乡村女教师》）等；二是属于自杀死亡的，如曹杏花（《狗日的粮食》）、杨天青（《伏羲伏羲》）、杨天臣（《力气》）、张广仁（《龙戏》）、郭普云（《虚证》）、福临（《少年天子》）等；三是属于他杀死亡的，如杨金山（《伏羲伏羲》）、李慧泉（《虚证》）、关大保（《杀》）、朱福根（《东西南北风》）、曹光汉（《苍河白日梦》）等；四是属于自然死亡的，这类人不多，老伍奎（《四条汉子》）可为代表。自然死亡带来一种喜感，其他死法都带有悲剧色彩，而悲剧的震撼力是无与伦比的，所体现的力度和深度、引发的思考总能吸引无数读者，让人在悲剧的感伤中去沉思、咀嚼人生的某些东西。

但，刘恒笔下的苦难和死亡并非完全为了制造悲剧气氛，更多是为了新的诞生而储备。所以，刘恒在表述死亡时，总是着力刻画人物之间的各种关系，如人际关系、社会关系和情感关系，是情节的发展导致他／她不得不死。一方面是基于伦理要求，另一方面也是基于艺术的要求。正如巴赫金所言，"死亡即使在这个世界里，对任何人任何事来说也都不是什么至关重要的终结。这便意味着，要在包含死亡在内的、永远胜利的生命系列中，表现出死亡的物质面貌，不过要表现得毫不经意，绝不能过于突出"[①]。描述悲剧性死亡，是人物命运的必然，也是作家对人物的尊重；人物必须去死，但要死得顺理成章，这又是作家对艺术的遵从。在死亡背后，刘恒花费了巨大的心血对他们的命运结局予以深切的关怀。对此，后文将做较为详细的探讨。

---

① 巴赫金：《小说理论》，白春仁、晓河译，河北教育出版社，1998 年版，第 391 页。

第一章　刘恒小说中的形象塑造（上）

第一节　追求路上的农村男人

刘恒小说塑造了很多男人形象。相关作品主要有《陡坡》《杀》《种牛》《力气》《狼窝》《萝卜套》《连环套》《伏羲伏羲》《狗日的粮食》《四条汉子》《东西南北风》《拳圣》《虚证》[①]等，长篇有《黑的雪》《逍遥颂》《苍河白日梦》等，此外还有剧本《四十不惑》《集结号》《张思德》《少年天子》等。这些作品中的男主人，依据其生活环境划分，主要有两大类：农村男人、城市男人；依照年龄分，有老人，青壮年和少年；依照身份分有农民、市民、军人、商人以及知识分子等。从他们生活的社会时期看，从中华人民共和国成立前到成立后，再到新时期、新世纪，各个阶段的都有。这就意味着刘恒作品中的男人所涉行业、阶层、年龄段都很丰富。通过这些男人形象的情感心理、思想变化以及人生追求，可以看到中国社会的发展变化，特别是农村社会的巨大变化。中国男人的追求，是中国社会变迁的晴雨表，一定程度上反映了人性人情的变化，以及道德伦理、公序良俗等方面的变化，也在一定程度上显示了人民大

---

① 这些作品有的收集在《刘恒自选集》第1—5卷（作家出版社，1993年版）；有的收集在《中国当代名作家自选集大系·刘恒自选集1》（现代出版社，2005年版）。后者收录有5篇作品：《九月感应》《虚证》《逍遥颂》《逍遥趺》《拳圣》。

众物质生活和精神生活的变化轨迹。

杨天青（《伏羲伏羲》）、杨天宽（《狗日的粮食》）、刘玉山（《狼窝》）、陈金标（《连环套》）、张广仁（《龙戏》）（这三篇都是关于煤窑窑主故事的）、赵洪生（《东西南北风》）、田二道（《陡坡》）等农村人，以及李慧泉（《黑的雪》）、郭普云（《虚证》）、张大民（《贫嘴张大民的幸福生活》）等城里人，乃至福临（《少年天子》）等，从普通平民到皇帝天子，从身材长相到品德才干，没有特别突出之处（即使福临也不得不屈服于母亲孝庄太后的威严），有的甚至很猥琐。他们性格内向，默默无闻，看似平庸，无大志，无宏愿，亦少有英雄气概。与高大全的英雄相比，与甘于牺牲的奉献者相比，与厚道稳重的实诚者相比，与游戏人生的情场高手相比，他们为家庭而累，为活着而活着，是一群趴在地上的生存者。他们在乎"自我"，不关注"他人"；注重"现在"，不看重"将来"；偏爱"小众"，不在乎"大众"；宁可得罪强势的"尊长"，也不愿委屈卑微的自己，有些甚至为达到某些"目的"而不顾及道德伦理。可是，一旦揭开他们猥琐的外形，深入探究他们骨子里隐藏的内质，就会发现这些男人身上还有某些独特的个性和生存本领，有被缺点遮蔽的某些可贵品格，有自强不息、坚韧不拔的生存精神。为了表述的便利，下文重点分析刘恒短篇小说中的农村男人，并根据其生活的年代予以排序，梳理其隐含的生活逻辑和清晰的历史逻辑。透过他们各自的优缺点，探究底层男人的追求之路，在历史的发展中分析社会文化和时代语境对其追求的交互作用，进而揭示人物成长的曲折道路，关注历史纵深感和生活厚实感。

基于工作经历和生活经验的缘故，刘恒小说中的农村男人多集中于洪水峪和桑峪及周边乡村[①]，或者说这些乡村是他小说世界的地理图标，形成了"洪水峪－桑峪"系列小说，这与二十世纪八九十年代流行的地域文化小说相互呼应。其时，出现了贾平凹的

---

① 这些地名在北京门头沟附近，具有真实性。

"商州"系列、苏童的"枫杨树"系列、莫言的"高密"系列、韩少功的"马桥"系列、李锐的"葛川江"系列、阎连科的"耙耧山"系列等，这一个个系列建构了一张生动丰富的地域文化小说彩图。这时期的中国农村正经历社会的巨大转型。洪水峪等乡村也不例外，乡村里的男人也在跟着时代的变化而发生思想、观念、心理、情感等方面的变化。

一、挑战伦理的杨天青

一般认为，刘恒的《伏羲伏羲》是一部关于性爱主题的作品，"伏羲"①隐喻着生殖。刘恒自己也承认，主题选择时，"想寻找农民赖以生存的几根柱子"，除了粮食、力气外，就是"司空见惯而又非同一般的'性'"，于是就"找到了'性'的位置"②。所以，该作最初用《本儿本儿》为标题。但是，从文中两性关系的发生、发展以及人物命运的结局看，小说又涉及很多伦理——父子伦理、夫妻伦理、兄弟伦理以及社会伦理，说这是一部书写伦理的书也毫不为过。

所谓伦理，就是人与人、人与社会、人与自然的各种关系以及这些关系的处理规则。中国的传统伦理中有天五伦和人五伦③两种。这些伦理之间的尊卑、长幼关系不能随便更改，是人人须知的常道。伦理是维护家庭关系、人际关系和社会秩序的重要手段。维护伦理、遵循伦理，就是遵守道德，合乎善的要求；如果破坏了伦理，就是违背了道德，就是恶的表现。因此，人们常把道德评价与伦理评价联系起来，符合伦理的行为一定是符合道德的行为；反之

---

① 伏羲是华夏民族的人文先祖，他与女娲兄妹同婚，生儿育女。文本中具有象征意义。

② 刘恒：《乱弹集·伏羲者谁》，春风文艺出版社，2000年版，第78页。

③ 中国的传统伦理中，天五伦是指天、地、君、亲、师，人五伦是指君臣、父子、兄弟、夫妻、朋友。

符合道德的行为也一定是符合伦理的行为。这样，伦理成为道德标准的一方尺度，而道德又是对善的最大追求。

"所谓善就是满足自我的内在要求；而自我的最大要求是意识的根本统一力、亦即人格的要求，所以满足这种要求、即所谓人格的实现，对我们就是绝对的善。"① 从善的标准衡量，《伏羲伏羲》表达了善恶关系，也表达了人物人格的高低。文本中各种善恶关系转化的焦点集中于杨天青。杨金山对菊豆实施家暴，经常折磨她，是恶的表现，人格卑鄙；杨天青同情菊豆，帮助菊豆并得到她的欢爱，就是善的表现。天青和菊豆相爱，是"满足自我内在的要求"。但在满足"自我"的过程中，有些地方又与他者（杨金山）的利益，即家庭伦理和社会伦理的要求背离。菊豆与杨金山的关系没有彻底解除，天青与菊豆保持两性关系或者夫妻关系，就是挑战家庭／夫妻伦理。因为杨金山的恶行存在，天青的挑战又具有一定的合理性。

年轻的杨天青敢于挑战，是因为杨金山和菊豆为他提供了种种可能。为此有必要厘清《伏羲伏羲》中的伦理关系，了解人物关系和事情的来龙去脉。小地主杨金山收养了失去双亲的侄子杨天青，长大后的天青成为廉价的长工。为了传宗接代，五十多岁的杨金山娶了年轻漂亮的女人王菊豆。家暴不断的杨金山把菊豆推向了杨天青，他们两人相爱生下孩子天白。这四个人物建构了复杂的家庭关系：杨金山与杨天青之间的叔侄关系，与菊豆之间的夫妻关系，与杨天白名义上的父子关系、实质上的祖孙关系。杨天青与菊豆名义上的婶侄关系，实质上的情人关系、夫妻关系；与天白之间名义上的兄弟关系、实质上的父子关系。导致这种复杂关系的原因有两个，一是当事人受"面子"思想影响以及某些旧式伦理观念的桎梏；二是他们没有顺势利用新政策适时地处理好。其中有些关系本可以正常维持、正常发展，又因为自感压力和压抑，就变成了非正常关系，甚至酿成了悲剧。

---

① ［日］西田几多郎：《善的研究》，何倩译，商务印书馆，1997年版，第114页。

杨金山的恶行为天青挑战伦理提供了道德基础。年过半百的杨金山为了延续香火，以十几亩山地作为代价，换来菊豆，他们俩构成一种纯粹的交易关系。买卖婚姻在他们生活的那个时代习以为常，无需过多苛责。由于杨金山与菊豆间的年龄差异、志趣差异及其结婚目的的差异，夫妻之间毫无爱情可言，为其关系的破裂埋下了祸患的种子。况且，菊豆被娶进门后，杨金山不是尊重她、爱惜她，反而经常打骂她、践踏她、牛马不如地使唤她，更加剧了两人关系的恶化。他娶菊豆只是为了传宗接代，带有明显的功利目的。由于他自己身体的原因，儿孙梦迟迟没有实现。他错误地认为是菊豆存心让他"断子绝孙"，态度就变得非常恶劣，毫不留情地打骂菊豆成为家常便饭。杨金山违背了夫妻伦理，一步步把菊豆推出去，增强了菊豆的离心力，扩大了二人关系的裂缝。

　　年轻漂亮的王菊豆被瘦弱空虚的叔父杨金山无情折磨，侄子杨天青看在眼里，急在心里。叔父的暴力与恶行引发了他的不满；菊豆身上的累累伤痕和憔悴不堪的神态让他心生同情。加上婶子是他生活中第一个近距离接触的女人，多年的朝夕相处，其女人的魅力也吸引了天青。于是他默默地关注菊豆的一举一动，暗中跟踪她、观察她、偷窥她，也千方百计帮助她。遇到杨金山分派重活，他就悄悄地揽在自己身上，以防叔父变本加厉地折磨婶子，同时趁干活之际有意无意地了解她的内心世界。慢慢地，他明白了婶子的孤寂、痛苦与无奈，于是更加疼爱、关心菊豆成为他生活的一部分。"如果我们对于他人的喜忧完全不分自他，把他人之所感作为自己的感觉，共欢笑，共悲泣，这个时候就是我在爱他人，并在了解他人。爱是对他人的感情进行直觉。"[1]天青的行为是发自内心的真情，带有美好动机，是符合伦理的。

　　如果只是天青的单向行动，他的挑战也不会有结果，菊豆的态度又为他的挑战成功提供了感情基础。

---

[1] ［日］西田几多郎：《善的研究》，何倩译，商务印书馆，1997年版，第149页。

由于无力反抗杨金山，面对他的变态虐待，菊豆只能逆来顺受。这位饱受肉体和精神双重摧残的风华女子，自然不会反感天青这位健壮汉子的一切帮助和关心。天青的关注和关心让她感受到了人世的温暖，感受到了男人的力量。她心照不宣，默默接受，甚至趁劳动之际用眼神或者某些肢体动作与其交流。一边是杨金山无休无止的摧残，一边是天青的体贴与关爱，菊豆的情感倾向不言而喻。相近的年龄，相似的命运，加上朝夕相处的生活，他们两人惺惺相惜。口里都不说，心里却更加亲近了。"所谓我们爱物，就是抛弃自我而与他物相一致的意思。只有自他合一，在这中间毫无间隙，才能发生真正的爱情。"①随着时间的推移，天青和菊豆的感情自然升温。菊豆勇敢地面对现实，对天青的态度做出了积极的回应与引导。最终，天青挑战了"婶侄"关系，突破了伦理束缚，和菊豆做了真正的夫妻。就个人来说，他解救了菊豆，让菊豆做回了真正的女人，得到了男人的真爱，也看到了生活的希望。就他自己而言，实现了做男人的权利，在生理上和精神上都得到了满足，得到了快乐。这里，天青对菊豆的爱，起初并不带有明显动机，是出于天性的单一的关注，合情合理。当同情心与欲望达成一致，美的意义就产生了，所以他们的行为并不违背道德伦理。

如果没有生育，杨金山、菊豆、杨天青间的三角关系可能会稳定地存在于地下。菊豆怀孕打破了这层关系，破坏了这个家庭结构。起初，不知情的杨金山狂喜不已，以为是自己的劳动成果，菊豆的物质生活和家庭地位得到了短暂的改善。明白真相的天青把喜悦和幸福深深埋在心底不敢流露，只是装作若无其事地偶尔问问，或者趁杨金山不在时表示关心，菊豆心领神会。孩子出生了，取名杨天白。天白的到来彻底地改变了看似稳定的家庭关系，将三边延伸成了四边甚至多边。因为菊豆还是杨金山名义上的妻子，她和天青的夫妻关系尚不合法。所以，孩子名义上的父亲还是杨金山；因

---

① ［日］西田几多郎：《善的研究》，何倩译，商务印书馆，1997年版，第148页。

为家庭辈分关系，杨天青被称作哥哥，"兄弟"同属"天"字辈。家庭的辈分关系和伦理关系由此打乱。

尽管天青面对天白的称呼显得很自然，心里却十分别扭。他和菊豆也存在实质性的夫妻关系，迫于社会压力和社会伦理，他们不敢公开真实的恋情。杨金山外出意外受伤，造成行动不便。菊豆和天青的情爱行为趁机加速发展，往来更加大胆，私情逐渐暴露。金山知道了身边空床的实情，对这双男女和成长中的孩子恼怒不已，咬牙切齿却又无可奈何。菊豆和天青出去劳动，小天白在家中承担照顾金山的任务。"父子"一起玩耍，无意中天白推倒了杨金山，断送了他的性命。

杨金山逝去了，天青和菊豆更加自由。菊豆不断怀孕，又不敢公开求医打胎，一切只能在秘密中进行，自寻药方破坏了菊豆的身体。中华人民共和国成立后，有了新《婚姻法》。如果他们及时利用新社会的婚姻政策，两人公开办证结合，就是合法的夫妻了。但碍于脸面，又害怕社会舆论指责，两人仍将爱情和幸福埋藏于地下，让本该正当的情感关系套上了封建伦理的紧箍咒，在畸形状态中延续，菊豆甚至还生下了天青的遗腹子天黄。因为现实社会观念中的"伦理"不清，因为家庭关系的"辈分"没有摆正，天白、天黄的成长蒙受了许多尴尬。

身强力壮的杨天青爱菊豆，于情于性于年龄等方面讲都无可厚非。他完全有能力有理由将菊豆从杨金山手里"接转"过来。囿于一层所谓的"叔侄"关系，本该名正言顺的美好爱情长期桎梏在家庭"伦理"和社会"伦理"中，担负着无比沉重的责任。从这个角度讲，天青有些窝囊。他不敢给真爱的人以合理合法的"名分"，让自己和爱人陷入"名不正言不顺"的"伦理"桎梏而不能自拔。这是天青的弱点。另一个方面，在当时的语境下，对于在乡村长大长期蜗居乡村的天青来说，没有外出见过世面，也没有机会接受新思想，要他挑战祖祖辈辈流传的既成伦理的确太难。中华人民共和国成立后，新《婚姻法》出台，他不敢利用政策的好处改变自己，保护自己，这就是他的怯弱了。他自己受到传统观念的影响，心里认为自己和菊豆的感情会招致非议，不敢承担舆论的压力。所以，造成了后来的悲剧，也影响了家庭的健康发展。

对于菊豆来讲，天青是个勇敢的男人。本我的欲求和善良的导引，使他大胆地跨越了"叔侄"关系，挽救了菊豆。他承担着男人的责任，让菊豆做了一个真正的母亲，享受到了做女人的幸福。然而，他并不是一个丈夫，他不敢以丈夫自居，即使在新中国，他也不敢拿起法律武器维护自己和菊豆的权益。过度的超我意志使他在破坏封建伦理的同时，也陷入家庭伦理和不难想象的社会舆论而难以自救。本我使天青成为叛逆的英雄，而超我又使他成为旧观念的懦夫，这是他的矛盾，也是他的性格悲剧所在。在貌似强大的伦理意志面前，个人意志衰退了，内隐的自卑和虚弱阻止了他前行的步伐。天青和菊豆不敢逃离自己的生活圈子去寻找没有舆论没有非议的新地方，也不愿意彼此分离寻找各自的幸福，无奈地拖着不明不白的身份，尴尬地带着自己的孩子，将生命消磨在旧式"伦理"中。这种优柔寡断给彼此的后半生带来了不幸。

每日相见的爱人却不能相拥一起，被压抑的欲望和痛苦再无法忍受时，天青和菊豆悄悄地商议选择更为隐秘的地方——"菜窖"完成他们的心愿，最终还是被天白知道了。事情败露，天青向天白挑明他们的"父子"关系，可是天白不但不接受，反而加剧了他对天青的仇恨。天青被迫一个人分开出去单过，绝望的他在水缸中杀死了自己，却给菊豆留下了遗腹子天黄。天黄的出生引发了人们的好奇和议论。寡妇生出了儿子，自然是天青的种；天白是杨金山的种，人们也早就接受了。这一对血缘上的亲兄弟在人们眼中自然是"叔侄"关系。菊豆对天黄疼爱有加，也常在金山和天青的坟头哭泣那个"苦命的汉子"。菊豆的痛苦只有她自己知道，邻居们未必能分辨。恩格斯在分析现代性爱的特点时，指出："第一，性爱是以所爱着的对应的爱为前提的；……第二，性爱常常达到这样强烈和持久的程度，如果不能结合而彼此分离，对双方来说即使不是一个最大的不幸，也是一个大不幸；……最后，对于性关系的评价，产生了一种新的道德标准，人们不仅要问：它是婚姻的还是私通的，而且要问：是不是由于爱和对应的爱而发生的？"① 这段话非常符合天青和菊豆的关系，也符合他们所处的社会环境。正是担心"人们"的"问"，也害怕"人们"的"问"，使他们不敢公开承认自己的关系。如果天青敢于挑破这一层社会"伦理"，勇敢地面对历史，直视现实，不畏舆论，不畏"人言"，他和整个家庭的结局也许会是另一番景象。

纵观天青的一生，以他的生存环境和在当地的影响来看，他是一个勇敢者，创造了乡村传奇。"大苦大难的光棍儿杨天青，一个寂寞的人，分明是洪水峪史册上永生的角色了。"小说的结尾句肯定了他的影响力。以今天的眼光看，他的勇敢挑战还不够彻底。这其中，有他的性格原因，也有时代和社会的原因。

作为整个文本的核心人物，杨天青经历了中华人民共和国成立前后社会的巨大变革，社会变化也引发了社会观念的变化及社会伦理的变化。从皮相看，杨金山和菊豆的关系是一种简单的肉体关系，天青追求菊豆是一种男女情爱的追求，满足于两性的需要。由于菊豆具有婶婶的长辈身份，天青的追求变成一种对叔父杨金山的挑战，是对家庭伦理和社会伦理的挑战。由于杨金山恶行的存在，天青对菊豆的追求具有人性和人情的合理性。然而，杨天白的出生，导致了这个家庭关系的混乱。天青没有利用婚姻自主、恋爱自由的进步政策，及时矫正自己与菊豆的关系，导致他与天白的关系不能理顺，没有获得社会的认同，因而背上了不该背的包袱。旧的伦理关系没有废除，新的伦理关系没有建构，最终导致了他走向自杀的悲剧命运。

---

① 高放等：《马克思恩格斯要论精选》（增订本），中央编译出版社，2016年版，第430页。

二、力图活着的杨天宽

马克思在谈到人的需要时，指出："为了生活，首先就需要吃喝住穿以及其他一些东西。"① 可见人首先要活着，其他"东西"才会相继满足。一旦基本的生存需要被满足以后，成年人，特别是成年男性，对异性的渴求就会与生存一样迫切。相比于杨天青，《狗日的粮食》中杨天宽生活的时代要稍晚。他没有天青的福气，不花一分一厘就有女人主动"送"上门来；当然也没有天青的负担，要去背负两性关系带来的系列麻烦。杨天宽在人生的盛年遇上了饥饿的年代，饥饿年代的饥饿男人要娶一个女人谈何容易。尽管如此，洪水峪"火烧火燎"的光棍杨天宽，还是想尽办法用东借西凑的二百斤谷子换回一个长着瘿袋的女人曹杏花。因为，除了吃喝外，他还需要找一个女人与之"成家"，需要有儿女。他不愿做"无后"的杨家人，那是人们眼中最大的不孝。

即便女人长得丑，而且被买卖了六次，天宽也不能计较。毕竟，"女人还是女人，身条儿和力气都不缺，炕上也做得地里也做得"②，他要的就是这个。这点明了天宽找女人的要求并不高：满足他做男人的欲望，能养娃能做事。同样，曹杏花找男人的要求也不高，只要有男人愿意要，即使再次把她卖掉也不在乎。他们的交易停留在"本能"的低级需要上。"低级需要比高级需要更部位化，更可触知，也更有限度。饥和渴的躯体感与爱相比要明显得多"③，即躯体的接触和"较少满足物"就可以"平息"这种需要。交易刚刚结束，两人刚刚认识，第一次回家的路上，杨天宽就把瘿袋曹杏花"扛到草稞子里呼天叫地地做了事。进村时女人的瘿袋不仅不让

---

① 高放等：《马克思恩格斯要论精选》（增订本），中央编译出版社，2016年版，第22页。

② 刘恒：《刘恒自选集·狗日的粮食》，作家出版社，1993年版，第3页。

③ ［美］马斯洛：《动机与人格》，许金声等译，华夏出版社，1987年版，第116页。

天宽丢脸，他倒觉得那是他舍不下的一块乖肉了。"[1] 天宽的性饥渴迅速获得了满足，他从女人身上获得了欲望的快感，连女人的缺陷也让他心满意足。"今日人们仍然像从前一样，认为从女人方面说，性交是她对男人的一项服务；他获得快感，他应该用补偿来交换。女人的身体是一个出售的物品；对她而言，它代表一笔资本，她被允许利用这笔资本。"[2] 波伏瓦对女人在传统婚姻中的地位，分析得十分深刻。曹杏花的身体值得天宽二百斤谷子，一旦交易成功，曹杏花就必须义不容辞地满足天宽的要求。不过，换来的那笔"资本"她管不了，当即就被卖她的男人拿走了；被出售的身体她也管不了，全部掌管在买她的新男人手里，他想如何使用就如何使用。

除了长个瘿袋有损形象，曹杏花是当地罕见的持家能手。作为一家的顶梁柱，她不但有惊人的生育能力、劳动能力，还有惊人的咒骂能力。为了得到食物，她不惜得罪邻居，厚着脸皮偷瓜摸菜，甚至从骡粪中淘洗没有消化的玉米粒；当男人有些事做得不好，瘿袋偶尔也会揪他耳朵。她勤扒苦做，只全心全意把接连出生的六个孩子养大成人。别人家饿死人，她们家却安然无恙。然而，就在孩子们逐渐长大，日子慢慢好转时，女人却在去公社粮栈买粮的路上不小心"弄丢"了自家的购粮证，独自呼天抢地寻找了一整天也无着落（她死后却找到了）。天黑回到家里，丈夫的态度改变了她的生命轨迹。

> "娘，快吃粥！"二谷蹦过来拽她。
>
> "不吃，再不吃啦……"女人猫似的。
>
> 天宽一下子知道出了事。一边问，一边就有火苗在心里拱，手巴掌打着抖没处搁没处放。女人不曾见过的软弱

---

① 刘恒：《刘恒自选集·狗日的粮食》，作家出版社，1993年版，第3页。

② ［法］西蒙娜·德·波伏瓦：《第二性Ⅱ》，郑克鲁等译，上海译文出版社，2011年版，第205页。

使他勇气陡升。贱人有了胆了不得！

"败家的！"

他吼一声，把粥碗往地上一砸。

"吃货！"

一辈子没这么痛快过。

"丢了粮，吃你！老子吃你！"

说着说着就管不住手，竟扑上去无头无脸一阵乱拍，大巴掌在女人头上、瘪袋上弹来弹去，好不自在。乡人们蹲在夜地里听，明白天宽家的男人又成了男人，把女人的威风煞了。……①

这是一段让人心酸的叙述。孩子都懂得体恤自己的母亲，喊她吃粥，可是男人的举动连孩子都不如。"半世里逞能扒食"的女人因一纸购粮证丢失，就被男人朝死里拍打。这顿打，让她失去了生活的勇气，做完家务后便空着腹吞苦杏仁自杀了。心理学家马斯洛认为，"当安全需要满足后，机体被解放出来去寻求爱，独立、尊重、自尊，等等"②。瘪袋无怨无悔地劳碌大半辈子，养育了一大家人，最后却被丈夫当着孩子的面打骂一顿。她的脸面、她的尊严被严重践踏。要追问的是：为什么贱了半辈子的杨天宽，在这次殴打女人的过程中会有威风的快感？这要追溯到他用谷子把瘪袋换回来的那个时刻。"他背了二百斤谷子"，"这没滋没味的话说了足有三十年"。这个代价在天宽的心里和邻居的眼里埋下了阴影。他认为代价太大，认为瘪袋太丑陋，于是潜意识里要把花在她身上的东西狠狠捞回来。无需他提醒，曹杏花就自觉地把自己的一切奉献给这个男人：她能吃常人不能吃的苦，能做常人不能做的事，言行虽粗野，却胜过男人许多倍。女人的强悍让男人失去了话语权，他缺

---

① 刘恒：《刘恒自选集·狗日的粮食》，作家出版社，1993年版，第11—12页。

② ［美］马斯洛：《动机与人格》，许金声等译，华夏出版社，1987年版，第71页。

少显摆威风的机会，有时甚至很怯弱、无主张，大男子主义和夫权思想也被深深压抑到无意识层面。

随着时光的流逝，孩子们不断长大，瘦袋也逐渐衰弱憔悴，从母老虎变成了病老虎。粮食供应虽有增加，对这一家八口来说还是不够宽裕。作为户主，天宽曾经需要的（性饥渴）现在得到了满足，他不想要的多个孩子却无法抛弃，于是"心里就有了火苗，燎着熏着朝上顶"。这种火气是随着女人年岁的衰老、能力的减弱及其家庭位置的下降而上升的。杨天宽和曹杏花的关系，主要靠吃喝和性来维持。"吃、喝、生殖等等，固然也是真正的人的机能。但是，如果加以抽象，使这些机能脱离人的其他活动领域并成为最后的和唯一的终极目的，那它们就是动物的机能。"[①] 正是因为这对男女间长期只存在"动物的机能"，缺少"其他活动领域"的要求，所以当一件并不太严重的事件发生时，天宽的火苗就一下子蹿升起来，迅速爆发，露出了他隐藏多年的本相——孱弱的倔强与懦弱的顽固本质。一贯强势的、自尊的女人突然遭受一向软弱的男人的暴打，心里的苦楚和无限的辛酸无处释放。她一心为之付出的男人，不过问她当天忍饥挨饿的疯狂寻找，也不念及她多年的辛劳与勤苦，去给予适当的安抚与宽慰，反而骂她"败家的！"气势汹汹地砸掉了她的饭碗，暴打她的身体，大耍男人威风。对此情景，女人的心寒和绝望可想而知。最艰苦的年代她熬过来了，可是她熬不过男人的凶狠与拳脚，只好以寻短见来表示反抗。

天宽平生第一次暴打女人，获得了短暂的权威，没料却置她于死地。曹杏花之死，杨天宽必须承担直接责任。这个不算太坏的男人，骨子里顽固的男权之火被长期压抑；或者说，天宽是乡村社会窝囊男人和窝囊男权的代表。自己能耐不足，却想表现出能耐；在强者面前能耐欠缺，弱者面前却要显摆能耐。这种不健康的意识和

---

① 高放等：《马克思恩格斯要论精选》（增订本），中央编译出版社，2016年版，第21页。

男权心理，是他爆发暴力的主要原因，也是造成曹杏花这类女人悲剧的重要因素。对于女人的优点与缺点、能干与凶悍（"做活不让男人"，天宽"嘴打不过她，手打怕也吃力"）、苦心苦力支撑这个家，天宽不是庆幸，不是欣赏，而是觉得没面子。一旦找到女人的缺点，暴力便如火山喷发，无所顾忌。

当然，催促这个火苗燃烧的，还有他周边的生活语境。在洪水峪，没有女人的男人会受人嘲弄，不得已，天宽买了女人。可是有了女人，若不是人们期待的那种，也同样会遭到异样的眼光。民间社会的集体无意识常常不自觉地掌握着一个人甚至一个家庭的生杀大权。曹杏花因为长着瘿袋，因为有强烈的生存欲望和不择手段的生存能力，得罪了不少乡邻。于是更加被讨厌，甚至被怨怼。当男人惩治这个不受待见的女人时，乡邻们不是劝架，不是平息矛盾，而是觉得很快慰。"天宽，往死里揍她！"[1] 这句话表达了部分邻居看热闹的快意的心理。"厌货"天宽压抑在心底的个体无意识一旦和乡邻们幸灾乐祸的集体无意识交互碰撞，可怕后果就难以阻止了。购粮证的丢失固然是导火线，但是错不至死。面对天宽的凶蛮与暴力，瘿袋已无法逞强，更无力反抗。之前她被买卖了六次，现在人也老了，生育也困难了，不值钱了，自然没有人再愿意买她。她拼尽全力死心塌地地跟着天宽，到头来落得如此下场，令人唏嘘。

应该说，杨天宽是一个倔强的追求者。在他的生活中，女人似乎很重要。因为没有女人，就没有人料理他的生活，就没有人为他传宗接代。"不孝有三，无后为大"，这是中国男人最不愿意背负的耻辱，杨天宽亦不例外。为了得到女人，他下狠心用二百斤谷子完成了人生的一场重要交易。自此，粮食也成了他心中一个难以解开的疙瘩。他和女人的关系从粮食开始，也从粮食终结。女人吃苦耐劳顾家养家，带给了他男人式的满足。然而，在杨天宽的骨子里，

---

[1] 刘恒：《刘恒自选集·狗日的粮食》，作家出版社，1993年版，第11页。

女人的重要性从来没有超越粮食。"食色，性也"，就是杨天宽的生活逻辑和生存法则。对于流传了几千年的传统文化，杨天宽又是一知半解，在食色中他没有尊重这个给他源源不断提供身体资源和物质资源的女人，只把她当作生育和劳动的机器。女人出现了差池，他毫不手软。这种男权观念，注定了他的后半生要回到光棍日子，要承担对女人下手无情的良心谴责。

困难时代，生存不易。但无论谁，尊严和人格都不应该被践踏。年轻的杨天宽果敢出手获得了女人。胸无大志的他，自然缺乏远见，在虚伪的男权观念中逼死了自己的女人。文本从头至尾都称曹杏花为"女人"而不是"妻子"或"老婆"等，可见，杏花一直没有得到合法的身份，她的悲苦命运也反映了乡村社会部分女性地位之卑微。妇女要在观念上和行动上获得彻底的解放，还有很多事情要做。恩格斯在《家庭、私有制和国家的起源》中谈到妇女问题时说："妇女的解放，只有在妇女可以大量地、社会规模地参加生产，而家务劳动只占她们极少的工夫的时候，才有可能。"① 乡村妇女在家里若和他们的男人一样享有话语权时，不再遭受家暴时，乡村伦理、乡村道德和乡村文化建设的展开才会更加容易。这就需要从根本上消除杨天宽们这些"尿货"所代表的男权文化的劣根影响。如何消除家暴、解构男权，进而彻底解放妇女是这篇小说留下的深刻思考。

三、追求自我实现的刘玉山

刘恒的中篇小说《狼窝》书写了改革开放时代洪水峪村一群男人的追求，史天会和儿子史大笨、史二笨，村长张广路、其弟张广良等人对声誉、金钱、爱情、舒适生活的追求之路。相比于洪水峪

---

① 高放等：《马克思恩格斯要论精选》（增订本），中央编译出版社，2016年版，第417页。

这些"普通人的动机",刘玉山的追求"与众不同",他追求的不只是可见的物质的满足,也是一种精神和理想,是一种自我实现。乡邻对他的很多做法和行为难以理解,不明白这个年轻人的真实意图。心理学家认为,自我实现的人"并不缺乏任何一种基本需要的满足,但他们仍然有冲动。他们实干,他们奋斗,他们雄心勃勃,但这一切与众不同。对他们来说,他们的动机就是发展个性,表现个性,成熟,发展,一句话就是自我实现"[①]。仔细阅读文本中刘玉山的言行,发现其自我实现的特征非常鲜明。

作为洪水峪新一代年轻人,刘玉山的成长道路并不顺畅,"他这二十五年的生命就是一场满盘子的失败"[②]。年纪尚小时,他母亲就患重病,花光了家里的积蓄,一向正直的干部父亲无奈挪用公款为母亲治病。母亲的病没有治好,父亲反倒变成个"贪污犯"被开除了公职,他自己落得个"贪污犯"儿子的名声,遭受旁人奚落。家庭变故让他内心里充满了压抑感,对父亲也少了尊敬,多了隔膜。他参加过两次高考,结果都失利,上大学的梦想破灭。回到村里,他想承包煤窑当个小窑主,挣回爹挪用的"九百六十四元七角钱",告慰父母,让他们知道"儿子活得多么硬气"。可是,村民史大笨一家人多力量大,以高价承包了煤窑,他当窑主的愿望也落空。接连不断的挫折和打击使刘玉山痛苦不堪,他借口打猎,独自一人在山岭上转悠了一天,也思考了一天。

老窑主史天会早就看中了刘玉山的才能,希望他能做未来的女婿,便要求儿子史大笨雇用他到建窑队伍中。大笨却把刘玉山看作对手,对父亲的建议心存疑虑。史天会劝说玉山父亲刘九更让儿子加入他们窑里,老人口里答应了,觉得还是要征求儿子的意见。碍于父亲的面子,玉山来到了史家窑场,愿意和大笨一起去外村椴木

---

① ［美］马斯洛:《自我实现的人》,许金声等译,生活·读书·新知三联书店,1987年版,第20页。

② 刘恒:《刘恒自选集·虚证》,作家出版社,1993年版,第277页。

沟买树建窑。大笨背树的冲天劲头和舍命干通宵的态度震撼了玉山，由此引发了他的深思：自己不如大笨强蛮有力，家庭财力也捉襟见肘，暗自喜欢的"南方那个姑娘"亦只能存在于他们的通信中，艰苦的劳动则是他的日常工作。面对冷酷的现实，玉山暗下决心跟着大笨"入窑"。玉山的选择是自我实现者诸种行为的表现之一。马斯洛在分析这种行为引向时，提到的一条就是"自己敞开自己"："发现自己是谁，是哪种人，喜欢什么，不喜欢什么，什么对自己有好处，什么对自己有坏处，自己要向何处去，自己使命是什么。"① 这是一个痛苦的自我解剖过程，也是一个痛苦的认识自我、抛弃自我的过程。刘玉山看清了眼前的现实，甩掉了不切实际的幻想，开始一心一意跟着史大笨建窑。

　　思绪理顺了，位置摆正了，态度就更加真诚了，玉山的勤恳消除了大笨的疑虑，增进了好感。大笨体会到了父亲察人眼光的敏锐，"他想不到玉山是这样爽快的人。他一向不把这个高傲的书生放在眼里，妹妹的婚事和包窑会上的争夺使他加深了原有的轻蔑。但是求这个对头办事又使他非常紧张，现在总算放松啦！他看出自己原来也是怕这个瘦弱的小伙子的"② 两人的紧张关系一旦解除，彼此的心里就很坦然。看到窑主大笨不惜力气的蛮干行为，玉山直言相告："要柱不要命，这套干法不对头。"大笨却回答："咱的命值几个钱，挖不出煤来活着都没劲……"③ 史大笨不惜身体的舍命做法，连旁边的店伙也表示不可取。窑主坚持蛮干，玉山也只好听之任之。在他看来，做事不仅要靠身体，也要靠大脑；不应局限于眼前利益的得失，更应该讲究策略和方法，把现在和将来一起权衡考量。这样才能办成大事，处理问题也会更加周全。

----

① ［美］马斯洛：《自我实现的人》，许金声等译，生活·读书·新知三联书店，1987年版，第122页。

② 刘恒：《刘恒自选集·虚证》，作家出版社，1993年版，第291页。

③ 刘恒：《刘恒自选集·虚证》，作家出版社，1993年版，第297—298页。

玉山和史家人一起拼命苦干，有时还能提出很多有效的建议帮助大笨，甚至在关键时刻替换大笨去工作，让他得有喘息的机会，大笨的焦虑情绪得到缓解。当建窑资金遇到困难时，玉山又不计个人得失，及时伸出援手，把刚刚到手的工资（支钱）送给史天会做周转资金，说等将来有钱了再补发。他不但不嫌弃工钱支付少，还救人于水火中，玉山的举动令史天会感动不已。他的"蛮勇和勤苦"也再次触动了大笨，让大笨对他有了更深刻的认识。"他在公社大窑干了那么多年，从未见过像这样卖力的窑工。这个书生身上有一层让人琢磨不透的东西。就像埋在石层深处看不见的煤一样。这使他觉得又亲近、又疏远，甚至还怀着一些隐隐约约的担心。"① 大笨做事多为自己着想，建窑的目的就是赚钱，挖煤就是赚钱的手段，很少去考虑事情之外的意义。他缺乏玉山那种深谋远虑，即使有些许思考或认识，也难以达到玉山的高度和深度，当然就难以理解玉山的心思和行动。在玉山看来，建窑挖煤不完全是为了赚钱，而是一种当"窑主"的梦想实现过程，一种自我价值的实现过程。所以，即便是不属于他这个"窑工"干的重活苦活，他也乐意帮助大笨主动干下来。玉山愿意做窑工，也是追求一种自我实现。"他们较常人更有可能纯粹地欣赏'做'的本身；他们常常既能够享受'到达'的乐趣，又能够欣赏'前往'本身的愉快。他们有时还可能将最为平常机械的活动变成一场具有内在欢乐的游戏、舞蹈，或者戏剧。"② 把目的和实现目的之手段与活动视为目的本身时，再艰苦的事情也被赋予了乐趣。玉山的认识达到这一高度，所以能够心平气和地毫无保留地帮助大笨，并在帮助过程中获得快乐和经验。

历尽千辛万苦，煤窑建成，大笨开始赚钱。一段时间后，他对国营煤栈打压煤价表示不满，想高价私卖给外地人，通过偷税多赚煤钱。玉山得知后，便提醒他这是违背规矩的："你拿稳主意，别

---

① 刘恒：《刘恒自选集·虚证》，作家出版社，1993年版，第327页。
② ［美］马斯洛：《动机与人格》，许金声等译，华夏出版社，1987年版，第198页。

把好好的窑弄塌喽……"①同时也答应替朋友保守秘密。大笨没有听从玉山的忠告，把煤炭私卖了。玉山"恼怒窑主为什么只贪小利而把狼窝窑的大业押在这种偷偷摸摸的事情上。他从大笨魁梧的身子里察见了那颗狭小的心，钱把这颗心搅烂了，为多得哪怕一分钱那人也会那么干的！"这就是大笨的"笨"之所在，他只看眼前利益，只看一己利益，不顾全大局，不看长远。大笨的"笨"再次反衬出刘玉山的智慧和实诚。大笨私自卖煤最终败露，被要求补交税款后，还须承受一笔罚款。他不反思自己的错误行为，反而在心里责怪玉山，误认为是玉山告密，暗地里给他使绊子。玉山忠于自己的良心，他不怕大笨兄弟的栽赃陷害，谨慎中保持着警惕。

玉山的小心防备还是没有逃过二笨的野蛮打击。二笨借口告密事件挑衅玉山，实际是为争夺女孩白杏而泄愤。明处他没有打赢玉山，心里含着恶气，追赶着从后面趁其不备打伤了他，然后逃之夭夭。他的行为惹发了众怒，被大笨赶出了家门。玉山伤口治愈，并没有责怪二笨兄弟，反而坦率地和大笨交谈，规劝大笨继续把窑主当下去，同时也表达了自己想当窑主的愿望。大笨以为玉山也只是"为了那几个钱"，并不明白他的真实想法。玉山并非要接管大笨的老窑，而是计划自己开凿新窑。他当窑主不纯粹是为了赚钱，而是为了多年来积聚的那股"气"。那股"气"在胸中回荡，等待时机爆发。这也让他看到了其他人身上蕴藏的"气"，"别小看人家，挖不出煤来挖一口气……真带劲呀！"②

玉山之"气"体现了洪水峪人的"气"。这股气就是志气、骨气、心气，也是人气，有了它就有了力量，由此玉山看到了一项伟大的事业。"他把未来的自己描绘成洪水峪贫穷生活的一个毁灭者和新生活的开掘者。"因为他知道，"有了史大笨，有了那些在狼窝

---

① 刘恒：《刘恒自选集·虚证》，作家出版社，1993 年版，第 337 页。紧接后面的引文在第 342 页。

② 刘恒：《刘恒自选集·虚证》，作家出版社，1993 年版，第 365 页。

沟疯狂地寻找窑位、被贫穷逼急了的庄稼汉，有了自身的信心和勇气，洪水峪是会变个新样儿出来的"[1]。跟着大笨共同奋斗的过程中，玉山已经积累了丰富的建窑经验，而且他有更高远的目光、更聪慧的头脑。由此更加坚定了自己能当"窑主"、能当好"窑主"的信念和信心。这种信念和信心其实就是人高级本性的需要，包括"对工作意义的需要，对于责任的需要，对于创造的需要，对于合理和公正的需要，对于工作价值的需要，以及对于做好工作的渴望等等。"[2]刘玉山表现出来的优秀品质正是马斯洛分析的人的"优良精神"，这种精神在《平凡的世界》中孙少平身上也有类似表现。

比较玉山和孙少平，两人有许多相似性。他们都出身农村，家境困难；都赶上了改革开放的大好时机，能够靠勤劳的双手抓住机遇创造生活。他们都是高中生，是农村的文化人，都保持着爱读书的好习惯。由于底子薄弱及其他原因没有考上大学，只好在煤窑下苦力干活。但他们并没有放弃心中的梦想和追求。不怕苦，不怕累，待人友善，勤劳踏实是他们一贯的品德。他们有思想有胆量，不甘于平庸，不满足于现状，也不投机取巧，不非法牟利。金钱对他们固然重要，但他们更加信奉"君子爱财，取之有道"的原则，愿意努力去赚取，决不唯利是图，不为钱累。他们有理想、有信念，希望靠诚实劳动干一番自己的事业，能通过自己的行为鼓舞更多的人积极向上，赢得人们的尊重和喜爱。心理学家认为："自我实现者比其他成年人（当然不必与儿童相比），具有更深刻和深厚的人际关系。他们比一般人具有更多的融合，更崇高的爱，更完美的认同，以及更多的摆脱自我限制的能力。"[3]宽广的胸怀和可贵的

---

① 刘恒：《刘恒自选集·虚证》，作家出版社，1993年版，第365页。紧靠此处的上一条引文在第364页。

② ［美］马斯洛：《自我实现的人》，许金声等译，生活·读书·新知三联书店，1987年版，第177页。

③ ［美］马斯洛：《自我实现的人》，许金声等译，生活·读书·新知三联书店，1987年版，第31页。

品质让他们发挥出更多正能量，他们代表了底层劳动者艰苦奋斗、永不言败的精神。玉山和少平这类自我实现者们不囿于常人的一般眼光和功利动机，拥有不同常人的婚姻观和审美观，少平最后喜欢上师傅的遗孀，玉山喜欢"破鞋"白杏。

史家最初接纳玉山，不只看中了他的相貌、智慧和人品，更多的是希望他能做史家女婿。但是，玉山并不喜欢那个"没有魅力"的"丑姑娘"史春芝，认为"跟这样的女人过一辈子，除了生孩子做活，能有什么乐趣呢？年年月月面对着一个悲哀的、卖力地干活的女人，那是再糟糕不过的啦！生活不应该是这个样子。"[1] 心中充满期待，择偶眼光自然就不同于一般人了。玉山的婚事出乎所有人意料，他逐渐喜欢上了传说中的"破鞋"张白杏。起初他并不在乎她，但建窑过程中的朝夕相处，让他感觉白杏并非传闻中的那样"破"，而是一个模样俊俏、心地善良、勤劳肯干、说话伶俐，有爱心有自尊的聪慧女孩子。接触多了后，两人互生爱意。父亲刘九更反对儿子与白杏交往，认为村人的闲话让自己的"脸挂不住"，玉山却不以为然。"别人的闲言又算得了什么呢？他只想照着自己想做的去做。"他们冲破世俗的偏见，敞开心扉，互相牵手共同奋斗。自己的婚姻自己做主，让玉山有了更大的勇气和力量。马斯洛在阐释自我实现者的爱情观时，认为自我实现者乐意追求健康的爱情，"健康的爱情关系所产生的最深刻的满足之一就是，它允许最大限度的自发性，最大限度的自由自在，最大限度的解除防卫和最大限度的使人免遭威胁"[2]。玉山和白杏的爱情关系就是在自由自在中萌生和发展的。

这可以比较二笨对白杏的态度。二笨自诩很爱白杏，但他的爱

---

[1] 刘恒：《刘恒自选集·虚证》，作家出版社，1993年版，第294页。紧接下面的引文在第342页。

[2] ［美］马斯洛：《自我实现的人》，许金声等译，生活·读书·新知三联书店，1987年版，第82页。

是自私的爱、病态的爱。不征得她的同意，不顾及她的感受，就调戏她，偷窥她，但都遭到了拒绝。他想借助家里的力量得到支持，便向父亲史天会提出要娶白杏，却遭到坚决反对。"我活一天，你就别想！我死了，大笨在呢。我留下话，你敢把事做下，史家砸断你的腿！听好了没？"① 父亲的态度让二笨非常失望。他不死心，对白杏越来越入迷，便用下流的威胁甚至赤裸裸的强硬行为去猥亵她，并借机向她表白。二笨的言行违背了白杏的意愿，给她带来了强烈的不安全感，只能徒增反感和抗拒。无奈的二笨只好自我慰藉："破鞋！破鞋！我摸了她的下巴，我摸了破鞋的下巴……"这是典型的阿Q式的恋爱。阿Q摸了小尼姑的头皮，好久还在兴奋中。他想找吴妈做女人，却大喊"吴妈，我要和你困觉"，十分粗野的行为，让人叹息，也让人忍俊不禁。二笨的单相思以及种种愚蠢的下流行为，不但不能表明他对白杏的爱，反而让人更增厌憎。他以为"破鞋"可以随便得手，却不知"破鞋"心有所托，竟然不知天高地厚地去和玉山竞争。他简单的头脑和粗暴的行为，透露出二十世纪八十年代初期部分农村青年骚动的心和粗鲁的表达方式，以及得不到葡萄说葡萄酸的心理。

玉山的品格和对未来的追求精神，在文本中是通过大笨、二笨以及张广良等人衬托出来的。大笨勤苦，舍得力气，拼得性命，不轻易服输，也是一条好汉。大笨在艰苦的劳动中明白了很多道理。"他知道除了苦做之外，任何事情都不能解救他。如果苦做无效，那是命。一个人可以认命，但不能认输。他得干下去。"② 大笨是农村青年脚踏实地奋斗的代表——坚韧不拔地劳作，在劳作中实现自己的价值。这种想法和做法类似于《平凡的世界》中的孙少安。两人同样有坚强不屈的精神、奋斗到底的决心。不到最后不言失败，即使失败，只要努力奋斗了，也自觉光荣，这也是人格精神富足的

① 刘恒：《刘恒自选集·虚证》，作家出版社，1993年版，第325页。
② 刘恒：《刘恒自选集·虚证》，作家出版社，1993年版，第327页。

表现。但大笨过于看重钱财，急功近利，目光短浅。玉山愿意开动脑筋干活，能全方位地长远地看待问题，处理问题。和玉山对比，就能明白大笨的"笨"之所在。

与大笨相比，二笨在品性等方面的差距更大了。他有追求，希望所有付出都能得到回报，也代表了一部分农村青年的真实心理，具有一定的典型性。二笨不愿和哥哥姐姐一样苦干蛮干，总想找一条赚轻松钱的路子。当二笨在煤窑里看到姐姐春芝和白杏的脸长得"像鬼一样"时，认为女人这样下窑"算是毁了"。由此引发了他的思考："姐姐是苦命，可白杏丝毫不比那些女人差，为什么要像个老鼠似的生活在地底下呢？她不应该过这种日子，自己也不应该过这种日子。为了钱，也不值得这么苦做。钱是活的，凭巧路子同样可以挣得钱来。"[①]二笨不愿意苦做，不甘于现状，喜欢偷懒，喜欢时髦，喜欢富足的生活，企图用更灵巧的方法改善生活。二笨的懒促使他去发现问题，思考问题，积极寻找新出路改变现状。这种愿望是促成他走出农村去经商的第一步。如果二笨能踏踏实实勤奋苦干，就可以把很多想法付诸实践，创造出一片新生活来。不过，他过于利己，心胸狭隘，不顾他人，缺乏团结合作的精神和能力，这些缺陷和不足又阻止了他向大处发展的视野。

大笨和二笨两弟兄是两种人格类型，各有优缺点。大笨的人格有许多瑕疵，二笨的人格则有卑鄙之处，特别是他对白杏的态度，对玉山的伤害都看出了他的卑劣。"人格既不是单纯的理性，又不是欲望，更不是无意识的冲动，它恰如天才的灵感一样，是从每个人的内部直接而自发地进行活动的无限统一力（古人也说过，道不属于知或不知）。正如论述实在时所指出的，如果把意识现象看成是唯一的实在，那么我们的人格就是宇宙统一力的显现。也就是破除了物心之别的唯一的实在根据情况以某种特殊形态的出现。"所以，人类永恒赞美和敬畏的东西就是"星斗灿烂的天空"与"内心

---

① 刘恒：《刘恒自选集·虚证》，作家出版社，1993年版，第326页。

里的道德规律"①。从这个意义看，与史家兄弟相比，刘玉山的人格要高尚得多。史家兄弟言行之"小"反衬出玉山言行之"大"，他是集二人优点于一身的新型农村青年。玉山不浮躁，不耍奸弄滑，总是脚踏实地，稳扎稳打。他尤其善于根据实际情况观察问题、思考问题，并积极寻找解决问题的途径，把计划付诸行动，即使遇到挫败也不退缩。他顾全大局，着眼于未来，能够比较周全地分析问题。为着理想，能适时进退，把生命和生活品质放在同等地位。刘玉山代表农村青年更大的希望和未来。

文中的张广良则是一个赖皮形象。他好吃懒做，还嫌支钱给得少，借酒发疯，大吵大闹，不顾禁忌在大年初一就讲些不吉利的话，丢人现眼。可是他脸皮厚，等到大笨他们发现了煤头，煤窑有希望了，又厚着脸皮往煤窑来帮工了。更可耻的是，他趁风雨天到窑厂偷煤。造谣生非，给史天会老汉增加心理负担。他是典型的势利眼、变色龙，碰到问题避而不见，看到有好处立马跑来套近乎。这种人在农村并不少见，但像他这样不知廉耻的，又不多见。

即使如张广良一类人物，玉山也必须面对。这个未来的岳父，他必须去团结起来，将之作为一份力量去挖掘他们的潜能。了解一个人的优缺点，充分发挥他的长处，这是一个优秀窑主必须做到的。他和白杏讨论未来时说："人不死心就不死，我要当窑主！"②"当了窑主，就不会稀松地活着了，会干些精彩的事出来"。这就是他简单素朴而又远大的理想。他也明确地跟大笨说："我当了窑主，要比你干得好。"这不是空话大话，前面的种种事实可以看出他所言是切合实际的，他那强烈的愿望很快就会实现。

纵观全文，没有大笨做铺垫，没有二笨和张广良等人的反衬，刘玉山的优秀就难以凸显，他的追求及其意义就难以被衬托出来。

---

① ［日］西田几多郎：《善的研究》，何倩译，商务印书馆，1997年版，第113—114页。

② 刘恒：《刘恒自选集·虚证》，作家出版社，1993年版，第361页。紧接后面的二处在362、364页。

人物的正反衬托是作家运用的重要创作技巧。文本也塑造了不少女人，史大笨母亲、他媳妇枝子、妹妹史春芝、打工女张白杏等，但这些女人主要为衬托男人而出现。此处暂不做详细分析。

四、坚持原则的窑主们

洪水峪等地的"三沟六峪"盛产煤炭，当窑主成为很多村人的梦想。刘玉山怀揣着梦想，踏踏实实地走在当窑主的路上。《连环套》里的陈金标则是一个颇有能耐的窑主，可是，当了窑主的他并不轻松，很多棘手的事情接踵而至。

陈金标是大柳峪的乡野名人，主管村里的煤窑，不缺钱用，但他从不声张，保持低调行事的习惯。年前，窑厂一个得力炮工跳槽了，作为窑主的他四处张罗，想找一位和前任一样优秀的炮工，却总不如意。老丈人把妻弟李三更送来了，姑夫把表弟段兴来送来了。两家人仗着亲戚①关系，口口声声都说是来"帮"他，要求金标把炮工岗位安排给他们。一边是妻弟，一边是姑表弟，如果满足不了他们的需要，陈金标就无法给妻子交代，也无法面对姑姑。亲戚是亲属关系的一部分，以情感为主要联系纽带。乡土社会，"亲属关系一旦确立，常常被利用来做很多其他事情去满足生活上其他的需要"②。陈金标是有能耐的窑主，窑场招工，亲戚们自然利用"亲属关系"来找他照顾。因为，找别人来做要给工钱，找亲戚们

---

① 亲戚关系在农村社会非常重要。通过血亲和姻亲建立的各种关系往往会成为一个在感情上和经济上互相依赖、互相帮助的亲属团体。亲戚是亲属关系的一支，"亲属一词就包含着亲密的感情依恋，共属一体的意思。亲属体系的亲疏也时常就指感情的密切和淡薄。人和人的亲密感情是发生于长期的接触和深刻的了解"（费孝通，《乡土中国　生育制度》，北京大学出版社，1998年版，第268页）。正因为如此，陈金标明知表弟和妻弟不符合岗位要求，他还是无法抵挡亲属关系施加的人情压力和乡亲舆论，只好违心地聘用他们。

② 费孝通：《乡土中国　生育制度》，北京大学出版社，1998年版，第269页。

来做，也只给工钱，何况还有情感在其中。金标当然明白"亲属关系"的重要，然而，窑上的炮工毕竟不同其他岗位，安全责任十分重大，稍有不慎，就会功亏一篑。金标还是清醒地坚持原则，宣传了新政："安全是屌们的乌纱，可安全是我的命。"① 话虽粗鲁，却明确告诉他们两人做炮工并不合适。可是丈人和姑夫根本就不听他这一套，姑夫甚至以愿意拿老命送到窑上来作要挟。长辈们的态度和言语厮杀使金标"没有招数对付他们的夹击"。两边都不合格，两边又都不能得罪。无可奈何中，金标使出杀手锏，以大幅降低工钱的方式作为雇用条件。两人居然还是答应上窑来。

金标毫无退路，也无法完全丢下亲情，只好同时雇用两个弟弟。为了安全起见，他亲自给他们讲清操作规则，并带他们到实地操练。因为炮工安全了，整个窑上的事情才会顺畅，煤窑的效率才会提高。"一切事业都不能脱离效率的考虑。求效率就得讲纪律；纪律排斥私情的宽容。在中国的家庭里有家法，……亲子间讲究负责和服从。这些都是事业社群里的特色。"② 社会学家费孝通在揭示中国社会的家族关系时，他特别指明了效率、纪律与私情的关系。如果处理妥当，三者就会有机统一；处理不妥，效率自然是空谈。陈金标希望通过他的亲自指导，把两个弟弟训练出来，让他们明白"纪律"，懂得"负责和服从"，让煤窑事业兴旺发展，达到理想的效率。然而，事与愿违。

金标对亲戚的同情与宽厚换来了灾难性的结局。新年开窑后第八天，一向顺畅的煤窑在两个新手的操作下发生了可怕的爆炸事故。由于三更没有遵守点炮规则，用连环炮方式点火，煤窑爆炸了。三更被炸死，兴来受重伤。陈金标理清事故的细节，知道问题出在三更那里。"为六个西瓜肯点连环炮的人，是胆壮却智衰的人，

① 刘恒：《刘恒自选集·狗日的粮食》，作家出版社，1993年版，第405页。紧接前面的二处同此。

② 费孝通：《乡土中国　生育制度》，北京大学出版社，1998年版，第41页。

无论如何是不能做炮工的。他在这儿犯了致命的错误。他惕于亲情，也毁于亲情，用区区六块小钱把小舅子给钓死了，而死者含了饵下沉，正把他一步一步地拖下去。"①亲戚关系这个连环套套住了两个年轻人，套住了窑主陈金标，也套住了三个家庭。

事故发生后，丈人和姑夫两家亲戚都以炮工是为他"解难""帮帮"的名义来找他索要三万元的高额赔偿金。金标认为亲戚们要求太过分，只答应给死者赔偿五千元、伤者赔偿四千元。为了赔偿金，亲戚们翻脸不认人，不依不饶地来闹事。大舅子李三涝甚至带来一帮精壮小伙子准备武力对付陈金标。为了得到保护，金标联系乡里派警察以拘留的方式关押了自己。在农村，"生存保险的提供并不局限于村庄内部，它还建构了同外部社会精英之关系中的道义经济"，这种"分享公共组织的内部资源，依赖于同强有力的保护人的联系，这些是农民为力求降低风险、加强生活稳定性而经常采取的措施，也得到政府的宽恕，甚至常常得到政府的支持。"②金标意识到"生存保险"的重要，主动要求被"关押"以保障人身安全，这种明智处理使他不至于招惹大祸。出乎意料的是，远近亲戚和邻居们却趁机大肆抢劫。

事态非常严重，乡里要求金标亲自去现场处理。回到窑场，"他看见了大柳峪人，桑峪人，柏峪人，甚至看到了兴来丈母娘家的老槐峪人，三沟六峪有关无关的人似乎都聚到这小小的窑场上来了"③。人们不顾乡长、乡公安员的劝阻，也不念及亲情和乡情，疯狂撕抢他的煤窑，背走窑场的煤炭，破坏窑场的设施，抢走挖煤的各种工具，以及窑场内的一切有用之物。一位叔伯抢夺他家的窑车，妻子三秀舍命阻拦，还有的甚至抢劫他父亲喂养的羊群。乡邻

① 刘恒：《刘恒自选集·狗日的粮食》，作家出版社，1993 年版，第 442 页。
② ［美］詹姆斯·C.斯科特：《农民的道义经济学：东南亚的反叛与生存》，程立显等译，译林出版社，2001 年版，第 7 页。
③ 刘恒：《刘恒自选集·狗日的粮食》，作家出版社，1993 年版，第 449 页。

的撕抢让嫉妒和不劳而获的群体心理① 得到了极大的宣泄。

窑主知道自己私存的银行存折没有被发现，内心有了底气。他看着混乱的场面，撕抢的人群"在他眼里犹如狗队一样可厌而可恕了"。乡长要他拿出窑主的姿态说话，"把这帮干蠢事的愚昧人对付明白"，陈金标压抑住内心的火气，用硬气的、宽容的姿态表明了自己的态度：

> ……你们数数人头大半上是我亲戚，有罪我一个人顶，牵连了你们我心里不好受。这窑给抢成这样儿，我也不说什么了，东西你们想拿拿去，钱我照给。三更那边五千，兴来那边四千，今天晚上咱们结账。我跟谁都没仇，走到哪儿也认得谁是我亲戚，我没给闹到家败人亡是万幸，日后我报答你们。出了监我一家三口要是混不上饭吃，免不得到桑峪柏峪讨一口，你们别嫌我寒碜，谁让咱们是亲戚呢！有你们在我就饿不死，你们忙你们的吧，别忘了晚上结账，我到窑里看看，不陪了。说差了你们担待，忙吧各位忙吧。……②

陈金标的突然出现和语意双关的话语，让抢掠的人们傻眼了。这段话里，他三次提到了"亲戚"，可见此在的"亲戚"非同一般。是亲戚要他帮忙，也是亲戚把他套进灾难的泥坑。真是成也亲戚，败也亲戚。尽管如此，他还不能得罪这些亲戚。于是，他借此机会把自己的真实态度和一些真实想法表达出来。一是表明陈金标还活

---

① 沙莲香认为，"群体心理是群体成员共有的价值、态度和行为方式的总和"（见沙莲香，《社会心理学》，中国人民大学出版社，1987 年版，第 274 页）。从人们对陈金标窑场撕抢的行为中可以看出群体心理的扭曲状态。群体心理的共有性既能产生积极的团结作用，也可能产生消极的甚至是严重的破坏作用。

② 刘恒：《刘恒自选集·狗日的粮食》，作家出版社，1993 年版，第 449 页。紧接前面的引文同此。紧接后面的引文在第 451 页。

着，还是一条好汉，以后还有机会东山再起。二是表明赔偿原则没有变，死伤家属即使再闹也不能得逞，何况上面还有政府机关掌管，还有法律武器可以依靠。三是想利用乡村社会亲戚间的情感纽带①来唤醒哄抢者的良知，做人还是要有情有义。内心五味杂陈的窑主陈金标在这场暴风雨中挺住了。他看清了很多人的面目：干得顺风顺水时，不是亲戚的亲戚来捧场了；一旦遇到问题，即使是得到恩惠的亲戚也来充当帮凶。好心没有得到好报，但他仍然以和善的姿态表达了自己的诚意。

面对狼藉的窑场，金标进去祭祀窑神，碰到了三更遗留的一节大肠。现实让他明白了许多道理：

> 人人都有肠子，肠子里的货色彼此雷同。……穷了富了死了活了还有几多趣味呢？死了的，有人替他活着，活着的，已有人代他死了。死死活活凑成一个无尽头的人世，任凭每一位怀着一团大肠在天地间尽情玩耍！②

人的生理机能大同小异，但人的心理和品德却可以完全不同。陈金标坚持用人原则，坚持管理煤窑的原则，可是，当原则被亲情裹挟、被亲情淹没而不能坚持到底时，带来的后果不堪设想。陈金标的善没有被正确理解，他自觉很悲哀。显然，他自身并没有错，也没有责任。如果一定要追究的话，就只能怪他不该怜悯亲戚，不该发送善心。而且，当事故发生的时候，他也主动承担责任，愿意赔偿。应该说陈金标还是一个能坚持原则的好人，是讲情义的

---

① "情感纽带隐藏于信息沟通之中，来往于人际之间，心传、言传、身传和媒传在人际中四位一体，心传是传情，起情感纽带作用，其余三种传递属于传信，起信息沟通作用。"（见费孝通，《乡土中国　生育制度》，北京大学出版社，1998年版，第188页）陈金标这段话是言传，他的现场演说语意双关，表面是担责，内里有对不义乡亲的批评。

② 刘恒：《刘恒自选集·狗日的粮食》，作家出版社，1993年版，第453页。

人，有人格的人。"人格是一切价值的根本，宇宙间只有人格具有绝对的价值。……富贵、权力、健康、技能、学识等本身并不是善，如果违反人格要求时反而会成为恶。因此所谓绝对的善行必须以人格的实现本身为目的，即必须是为了意识统一本身而活动的行为。"① 因为中了亲戚关系的连环套，陈金标的关心和善行变成诱饵和恶行，引起了误解。面对亲戚们的背信弃义和贪得无厌，金标又以大义凛然的形式去化解，把亲情放在首位，让他们自知理亏，平息了事态，他的善行就产生了价值和意义。

从文本叙事和煤窑发展趋势看，《龙戏》可以看作为《连环套》的续篇。柏峪村囫囵坨煤窑窑主张广仁自认把煤窑管理得很好，一直没有发生死伤安全事故。但上级还是以掌子面"瓦斯浓度超标"为由，查封了他这个"流金泄银"小煤窑。想着自己费尽心血经营的小煤窑最后落得被"查封"的下场，广仁难以接受。他找乡长解决不了问题，放肆喝酒也难以麻醉自己的烦恼，向村支部书记万泉、弟弟广义倾诉心中的不满情绪，得到的劝慰也不能释放心中的苦楚，心里便酝酿着人窑两亡的计划。

村长刘志达和他谈话，拿出县里查封小煤窑的文件给他，"中止经营权，并移交柏峪村民委员会，听候上级处理"②。张广仁认为这是"卸磨杀驴"，对刘志达愤愤不满。他一直认为是刘志达在搞鬼，怀疑他在不断上报自己的种种问题：窑主掌窑工嘴巴，私卖高价煤，给老婆买手表，等等。对张广仁的误解，刘志达解释说，"上级让把窑接了，我们只能照办"，"大伙儿谁也没有恶意"，"我图的是柏峪人好过，不亏心"③，劝他"准备交窑"。这场谈话让广仁恢复煤窑生产的希望彻底破灭。他不甘心，却无可奈何，在绝望

---

① ［日］西田几多郎：《善的研究》，何倩译，商务印书馆，1997 年版，114 页。
② 刘恒：《刘恒自选集·狗日的粮食》，作家出版社，1993 年版，第 510 页。
③ 刘恒：《刘恒自选集·狗日的粮食》，作家出版社，1993 年版，这三句分别在第 510、511、512 页。

中自杀。最终，他没有实施炸窑计划，也许是他放弃了，也许是其他因素改变了。广仁的死并没有带来太多波澜，他在龙年演唱的这出戏并没有发生预期的"惊雷"，煤窑被村里接管，他的弟弟、妻儿怀揣新梦各寻出路。

刘志达主管煤窑，窑主更名为"矿长"。"他用村委会的公基金为每一户折了股本，与窑业无关的种田户也能分到可观的红利。这比昔日窑主独吞宝藏的年月强得远了。"①刘志达争取到一笔贷款，为小煤窑添置了新设备，可没用多久就坏了，维修也无效。他还力排众议，坚持把广仁留下的债务"转到村委会账上"，其怜悯行为使广仁弟弟放弃了为哥哥打官司的念头。村长兼矿长的刘志达，很多心思和行为一般人琢磨不了，他的强悍和干练亦非一般人能及。"人各有志，你小心错看了我。"他曾向广仁如此表达自己的态度。在这场煤窑变身、窑主更替的竞争中，连老窑主广仁都没有胜过他，可见村长的能耐之强大。事实上，刘志达比广仁更有远见，更能看清形势和政策，更明白煤窑的发展前景。更可贵的是，他能吸取广仁的教训，善于团结大多数人，坚持大家受益的原则，让更多的人能分享煤窑的利益，以防因过于追求一己之私利而引发众怒。他也更懂得经营煤窑，能运用政策之利好得到上面的资金援助，而不是巴结某一个人的权势去讨得暂时的好处。"人们都叹服这柏峪强人的慈悲，也领略了他手中大业的分量。"②

同样的煤窑，由于管理者的理念不同、做法不同，产生的社会影响和社会信誉就不同。广仁拼死拼活，他也赚了钱，也让小部分人得到了好处，但是他没有把利益放在大众看得见的地方，应有的原则他没有坚持。因此煤窑被查封时，村人还高兴得"放鞭炮"；煤窑被接管时，村委会的人"一个个都兴奋异常"；即使他死了，也没有多少人同情。广仁是利用私人关系经营煤窑，重视私人"情

① 刘恒：《刘恒自选集·狗日的粮食》，作家出版社，1993年版，第516页。
② 同上。

义"，他的结局表明这条路走不通了。刘志达是把全部村民当作团体利益参与者，实行"农村股份合作制度"[①]，更加符合现代管理理念。通过"股份"，使大家"利益共享，风险共担"。他的做法得到了村民肯定，前景自然更符众望。两相比较，就可以看到差异之所在了。

能够将原则坚持到底的人，才是笑到最后的人。《萝卜套》里柳良地坚持的是做人原则。文本塑造了两个窑主。坐落于桑峪的萝卜套前窑主韩德培精明能干，通过村里的煤窑获得了不少钱财。除本村的技术工柳良地，他只雇用廉价的外村人做窑工。合同到期，他也不愿放手，想继续承包赚钱。窑梆子柳良地不满窑主对同村人的刻薄、霸道和贪婪——他自己也曾经因为买的窑柱有虫眼而被窑主扇过耳光，老婆也被窑主睡过，但依然忍气吞声不计前嫌，全心全意配合窑主搞好煤窑生产等事务。

年底，窑主韩德培酬劳窑工后，约定窑梆子柳良地和他一起在冰雪天去打猎。韩德培心太大，不顾劝阻，为追赶一只狐狸而摔下悬崖。柳良地四处寻找后，发现窑主跌落在一棵树上犹如倒挂金钟，处于上下两难的危险状态。在天寒地冻的腊月，在四处无人的荒野，柳良地认为老天惩罚韩德培的机会到了，让他遇到挫折和困难，败败他的威风，挫挫他的霸气，让他再也当不成窑主。柳良地想借此天机发泄长久以来隐藏于内心的怨恨，然而，当他看见"韩宗业的儿子挂在那儿，离死不近，可也不远"时，"水从眼里呕出，变咸了"，"……黑白不过一块肉，值当么？"良心告诉他，救人要紧。想了片刻后，他迅速寻找到解救的办法，同时冷静地告诉韩德

---

① "农村股份合作制度是指农民自愿组织起来，按照协议，以资金、实物、技术、劳力等作为股份，从事生产经营活动，以按劳分配为主，又有一定比例的股金分红，能独立承担民事责任，经依法批准建立的农村经济形式。"（见刘豪兴，《农村社会学》，中国人民大学出版社，2008年第2版，第135页）根据文本的叙述，刘志达的做法就符合这种股份制特征。当然，煤窑生产管理以及后来的命运则另当别论。

培："老实挂着，我上去搭你一把，成不成的你心里掌个数……有话活着再说……"①他不计较韩德培的恶言恶语，想尽一切办法救助他。冰天雪地，孤立无援，柳良地尝试了各种办法，无奈所带工具都不得力，窑主在接应过程中自己从树上掉下。冒着严寒和饥饿，柳良地只好拖着疲乏的身躯"冰人似的背回窑主"。

治疗后的韩德培成了痴呆废人，只会说简单的几句话。嘴边却挂了一句："我像个南瓜，良地兄弟把我救了。"这句话给柳良地带来了良好的声誉，人们知道了他的善举。柳良地接管了煤窑，"窑梆子不噎人，众人乐意听他指使。他把萝卜套整治得井井有条，煤卖得也俏。但他手里不过钱"②。这为他正式承包煤窑奠定了舆论基础和信任基础。"乡土社会的信任并不是对契约的重视，而是发生于对一种行为的规矩熟悉到不加思索时的可靠性"。③出于对柳良地的信任，村里也保证下一个合同由良地接手。良地则承诺合同到手后："村里的利润分成提高百分之二十。"这时村干部们才明白原来韩德培"赚狠了！"他们并不知道良地的用心："我想花钱买痛快，把钱私揣了就不是人……"他希望村里人得到更多的利益，不像韩德培那样私吞。不仅如此，他还答应继续雇用韩德培，即使他不动手也给"月支二百"，只要他嘴里挂的那句话。韩德培健康的突变为柳良地掌管煤窑获得了机会，两人之间的地位发生了逆转。"一旦农民依赖亲属或保护人而不是靠自己的力量，他就让渡了对方对于自己的劳动和资源的索要权"，他们之间的帮助也存在"一个心照不宣的关于互惠的共识"，而"依赖强有力的保护人的当事人，会像忠诚的随员一样感激地服侍他，对他唯命是从。"④韩德培不再构成威胁，良地更加精心努力地干活，同时也细心照料前窑主。

---

① 刘恒：《刘恒自选集·狗日的粮食》，作家出版社，1993年版，第188页。
② 刘恒：《刘恒自选集·狗日的粮食》，作家出版社，1993年版，第190页。
③ 费孝通：《乡土中国　生育制度》，北京大学出版社，1998年版，第10页。
④ ［美］詹姆斯·C.斯科特：《农民的道义经济学：东南亚的反叛与生存》，程立显等译，译林出版社，2001年版，第35—36页。

"这地方添了一个痴子，又添了一个更能闯荡的人，往后的日月说不定会添更多趣味。"① 柳良地的行为是农村道义经济学②的典型体现。

表面看，这部作品写的是窑主更替的故事，却反映了传统的善恶、因果观念："善有善报，恶有恶报。"韩德培不像他父亲韩宗业那样"眼善、面善、心善"，几十年的书记生涯"硬是不倒"，他私吞利益太多，而且贪得无厌，最后落得一个残废下场，这是报应。柳良地用心做事，得以实现自己的愿望。在处理韩德培事件中，他不是落井下石，而是从良心出发，凭良心办事。"柳良地似乎听到了哭声，云后面是一个老人哀泣的声音。"③ 这个声音在他救人过程中从心里出现了两次，也许是韩宗业行善遗留的声音，也许是他内心善良召唤的声音。柳良地拯救老窑主，也不单是一个良心问题，更符合乡土社会"礼"的要求。

费孝通认为，乡土社会是一个"礼治"的社会，"礼"是"社会公认合式的行为规范"。"道德是社会舆论所维持的，做了不道德的事，见不得人，那是不好；受人吐弃，是耻。礼则有甚于道德；如果失礼，不但不好，而且不对、不合、不成。这是个人习惯所维持的。十目所视，十手所指的，即使在没有人的地方也会不能自已。"④ 依照当时冰天雪地的寒冷情境，良地完全可以不顾韩德培，自己跑回村里喊人寻求救援。然而，他没有放弃救生，及时地明智地解决了问题。尽管他心中对韩德培的为人处世有诸多不满，还想报复性地勾引他的老婆，最终他还是克制了自己，没有乘人之危，

---

① 刘恒：《刘恒自选集·狗日的粮食》，作家出版社，1993年版，第196页。

② "在人际交往行为中，互惠起着核心道德准则的作用。"（［美］詹姆斯·C.斯科特，《农民的道义经济学：东南亚的反叛与生存》，程立显等译，译林出版社，2001年版，第215页）"以德报德"又是核心道德中的核心。柳良地对老窑主韩德培的各种态度中就体现出这种道义经济。

③ 刘恒：《刘恒自选集·狗日的粮食》，作家出版社，1993年版，第187页。

④ 费孝通：《乡土中国 生育制度》，北京大学出版社，1998年版，第50、52页。

反而关照残疾的韩德培。他善意对待韩德培，也给自己赢得了好名声，给乡土社会树立了好风气。当然，柳良地身上也有矛盾的地方，也有自私和小气之处。总体看，他是一个具有良心和正义感的人，他身上彰显着人性的光辉，社会的善良与正义在他身上得到了传承。

总体看，陈金标、刘志达和柳良地都是坚持原则的人，只是他们坚持的方法不同。从他们身上都可以看到人性的闪光点，看到生命的光华。他们都想当一个好窑主，都愿意为亲戚和乡邻办一些好事。可是，很多情况不为他们自己所左右。要有回报，自然要尽心尽力，但尽心尽力未必能得到理想的回报。不过，他们并不计较，只是秉着内心的坚持去做自己认定的事情。

小煤窑曾经在中国一些地方盛极一时，也产生了可观的经济效益。但在经营和生产过程中的确发生了很多安全事故。关闭或是改造小煤窑，是明智之举。不过，方法不能太简单粗暴，不能过度牺牲窑主们的个人利益去实行"均等"，如果给窑主造成物质和精神上的损失也应该有一个适当的交代或补偿，在人性化、理性化管理中实现新的飞跃。随着新能源的不断开发和利用，煤炭生产已渐趋弱化。《连环套》《龙戏》《萝卜套》三篇小说，初看都是反映小煤窑窑主故事的（上一节的《狼窝》也如此），若细读，可以看到，文本通过日常事件反映了人世百态，透视了种种人心，贯穿其中的一个核心理念就是窑主们要坚持原则，这一原则又离不开道德观念的支持。"道德观念是在社会里生活的人自觉应当遵守社会行为规范的信念。它包括行为规范、行为者的信念和社会的制裁。它的内容是人和人关系的行为规范，是依着该社会的格局而决定的。从社会观点说，道德是社会对个人行为的制裁力，使他们合于规定下的形式行事，用以维持该社会的生存和绵续。"① 要当窑主就必须舍得为大众谋利。唯其如此，才能真正做到利人利己。

其实，坚持就是一种精神，这种精神在洪水峪另一位男人杨天

---

① 费孝通：《乡土中国　生育制度》，北京大学出版社，1998 年版，第 31 页。

臣那里得到了更全面的诠释。

五、追求"硬朗朗"的杨天臣

如果说杨天青、杨天宽、刘玉山、陈金标、柳良地、刘志达等人追求的是一种可见的物质生活，或者身心的某种利益与满足，那么，《力气》中的杨天臣从出生到死亡，追求的是"一辈子硬朗朗的"①。杨天臣所言的"硬朗朗"，其实就是一种骨气、一种气节、一种活着的精神。他用实际行动印证了这一点，在子孙面前能骄傲地总结自己，并倍觉自足与自豪。

气节，是中华民族非常尊崇的重要品格。孟子称之为"浩然之气"，对此他有非常精湛的阐释："其为气也，至大至刚，以直养而无害，则塞于天地之间。其为气也，配义与道；无是，馁也。是集义所生者，非义袭而取之也。"②一个人有了这种气，就可以做到"富贵不能淫，贫贱不能移，威武不能屈"③。用文天祥的话说，"天地有正气，杂然赋流形。下则为河岳，上则为日星；于人曰浩然，沛乎塞苍冥"④。仁人志士的这种"气"，在杨天臣这里表现出来就是"硬气"，就是杨家人永世追求的"先锋！"。他一生靠力气吃饭，赢得了"共产党员、地雷大仙、庄稼强人"的美誉，赢得了洪水峪百姓的爱戴。杨天臣把自己的追求凝聚为一种精神、一种家风，传承给了儿子杨明德、杨明义，以及孙子杨坤亮、孙女杨坤月等人。自己和儿孙能做到的，他就备感欣慰；做不到的，就努力去做，也督促儿孙们去做。

杨天臣是洪水峪鲜见的力气超人。他活了八十七岁，见证了中

---

① 刘恒：《刘恒自选集·狗日的粮食》，作家出版社，1993年版，第153页。

② 《孟子·公孙丑上》。

③ 《孟子·滕文公下》。

④ 文天祥：《正气歌》。

国社会近一个世纪的发展变化。他的一生，经历了晚清、民国、抗战、解放战争、中华人民共和国成立初期的土改、三年困难时期，以及"文革"到改革开放各个阶段，经历了许多重大历史事件，经历了家庭变故与家庭重建。很多关键时刻，力气为他带来了好运，偶然也有些背运。无论好运和歹运，皆因力气而起，也因力气而变。力气是他生命的体现，也是他人格的象征。

出生时，由于他的强壮和大个子，辛苦了母亲和接生婆。"先出头有心计，先出腚有力气！"接生婆的咒语预示了他的一生。人们对大个子新生儿评价说"家伙！力气愣壮！"这句带有隐喻色彩的评价贯穿了全文，也贯穿了杨天臣的一生。既是他的性格表现、形象特点，也是他的思想境界，更是人们对他办事方式的褒扬。后来的种种事实印证了接生婆的话。他三岁跟母亲上山挖野菜，菜篮子比母亲的先填满。四岁跟父亲砍柴，背着小山似的柴架把父亲抛开好远。七岁下地耕田，成人使用的工具他没有一样落下。十岁跟着父亲进庙，磕头时竟然把青砖撞裂了缝。十三岁与父亲换鞋穿，成为洪水峪"正正经经一条汉子"。天臣小小年纪就表现出惊人的力气。

天臣不只是力气好，头脑也灵敏，心地也善良。清末，国运不好，家境愈益糟糕。天臣娘病重，祖田被慢慢变卖，父亲难以承受命运的打击，撂下天臣母子跳崖自杀。"亲爹身首俱在，却丢失壮像，烂衫子和酥肉跌出冰凉的一个红团，天臣不号不泣，蹲下来找那张脸，却无论怎样扒拉也寻不清了。终于放出悲声，令洪水峪哀切切为之一抖。"① 为了得到埋葬父亲的棺木、得到母亲治病的药钱，十三岁的杨天臣咬牙为富户王久庆从山崖上背石块卖，赚取苦力钱。辛勤劳作中，他慢慢成熟，凭借过人的力气维持了生活，还娶了媳妇生育了儿女。时局在不断变化，王久庆为日本人做了维持会长，要天臣入伙。他秉着仁义心，不愿加入。在回家的路上，还

---

① 刘恒：《刘恒自选集·狗日的粮食》，作家出版社，1993 年版，第 118 页。

徒手杀死一个日本医生。其勇敢行为被民兵队知道了，要他加入队伍，天臣也拒绝了，因为他撂不下辛苦挣来的九亩地。不几日，他的村子洪水峪遭到了日本人的烧杀抢掠，留在家里的妻儿被烧死。带着家仇国恨，天臣和大儿子明德双双加入打击日本人的队伍。抗日战争和解放战争结束后，天臣一家又经历了分田地、合作化、困难时期和新时期等历史阶段。无论在哪个阶段，天臣都是当地的头号力气人物，他做任何事都会把其他人甩得远远的。

儿子明德继承了他的秉性，在抗日战争、解放战争以及抗美援朝的历次战争中，都表现出极强的英雄主义。战争让他失去了一只眼睛和一条胳膊，他也从无怨言。转业后明德做了干部，后升职到副县长。他觉得父母辛劳一生，想接他们入城享清福，可父亲告诫他："你小子仔细给公家做事，操心我两个算你没志气……你小狗日的头也白了，再不狠做日月它可饶了你？"[1] 父亲的谆谆教诲让明德不敢松懈。同父异母的弟弟明义不愿在父亲的督促下做艰苦工作，跑到城里求哥哥帮忙。明德明白弟弟的意图，但绝不开后门。兄弟俩的对话可以看出家风的传承：

> "你是农民，要守本分。爹苦不苦？一辈子也受了。"
> "天生做活的命！他受他的，我不受！"
> "混账！爹是老党员，他的作为你不明白？人往高处走。你就不让爹省心，年轻轻惜力有什么好？"
> "他也是你爹，疼他就把他接来，我不跟他过！整日里督命死做，我受够了！"
> 嫂子也批他，又塞给他五十块钱，明义就回村子。[2]

明德夫妇夫唱妇随，用软硬兼施的手段劝回了明义。同时也

---

[1]　刘恒：《刘恒自选集·狗日的粮食》，作家出版社，1993年版，第150页。

[2]　同上。

想办法接年迈的父母进城，想方设法改善物质条件让老人们颐养天年。可是天臣享不了清福，没多久就吵嚷着要回家。为了挽留父母，明德夫妇买了索尼牌电视机给老人看电视，希望能丰富他的生活，帮他打发无聊的时光。得知这是日本产的货物，老人"恨得牙痒"要砸掉它，机器的伶俐外观又让他下不了手。只好憋着愤怒，迅速逃离儿子家，悄悄地徒步回小山村。明德追到半路才赶上，心疼地说："爹，你不知道？你老啦！"[1]老人嘴上说是担心家里的地荒芜了，实际上是过不惯城里的"轻松"日子，尤其是心理和情感上的伤痛让他在短时间内很难接受日本生产的电视机。另一方面，天臣也是用行动教育子女要有诚实劳动的美德以及不忘历史的爱国情怀，这对于亲历过战争的明德来说，自然能心领神会。他在干部岗位上从不要权弄术，总是秉公办事。虽然得罪了不少人，他也心安理得。"仔细给公家做事"，是父亲对他的告诫；不辜负父亲的期望，成为一名出色的"公家"人，是明德的追求。从心理学角度讲，明德所追求的就是一种高级需要，"归属、感情、尊严、尊重、赏识、荣誉，还有自我实现的机会，以及对最高的价值实现的促进，如真、美、效率、优秀、正义、完美、次序、合法，等等。"[2]他把父亲身上的优秀品质继承下来，就成为一种杨家家风。"继承一种来无影去无踪、看不见也摸不着的东西。"天臣也要求小儿子明义去继承。但明义自有想法，最后在哥哥的帮助下，从水泥厂辗转到农贸市场摆菜摊，靠自己的劳动维持生计。

　　天臣的追求是时代赋予的，他的精神在儿子明德、孙子坤亮等人身上得到了继承和发扬。坤亮超越了爷爷，他学业优异，不恐惧洋货，能够"师夷长技以制夷"。虽然，像祖父天臣那样靠力气吃饭、靠力气立身的时代过去了，但他有更好的头脑和更远大的志

① 刘恒：《刘恒自选集·狗日的粮食》，作家出版社，1993年版，第155页。
② ［美］马斯洛：《自我实现的人》，许金声等译，生活·读书·新知三联书店，1987年版，第177页。

向，他代表了年轻一代的希望和未来。

总体来说，刘恒小说中的农村男人形象多创造于二十世纪末期，农村社会处于一个大发展、大变革时期。农民的思想、观念都在发生急剧变化。他们的追求具有时代的共性，也是一种时代情绪的表征。新世纪也即将过去十八年，很多当时人们追求的东西如今不再成为主流，甚至不复存在，但这些人物形象所呈现的可贵品质、奋斗精神并没有随着时间的流逝而消失，它们作为一个时代的标志而存活于文学之中，给人们以思考和启发。

第二节　追求路上的城市男人

刘恒塑造的农村男人形象具有鲜明的时代印记和地域色彩。每个形象看似很平凡很普通，却也不失个性不失精神。他们是农村社会各项活动的参与者、见证者，甚至是推动者。了解他们，就可以知晓大半个世纪以来中国农村社会的发展状况。关注农村，书写农村，与刘恒早期的人生经历有关。他曾说，"我不是农民，只是借'文化大革命'的光，在山区滞留过一些日子"[1]。可见他对农村生活有一定程度的了解，对农民有一定深度的情感。因此，"以农村敷衍过"的几篇小说，至今读来仍具有研究价值。进入城市后，他的目光便转向城市，关注城市社会中各个角落的男性，观察他们的行为动向，了解他们的性格心理，创作了一系列关于城市男人的作品。郭普云（《虚证》）、周兆路（《白涡》）、李慧泉（《黑的雪》）、张大民（《贫嘴张大民的幸福生活》）等人物，是城市男人形象的部分代表。从他们身上可以看到城市男人的生存态度、精神困惑与奋斗历程。他们的追求与农村男人有所不同，所走的道路也不免烙上

---

① 刘恒：《乱弹集·火炕》，春风文艺出版社，2000年版，第19页。

了时代的印迹。城市男人与农村男人一道，共同建构了一个时代的社会风景，建构了一个时代的文学风景，共同丰富了中国当代文学的人物画廊。

一、郭普云：追求路上的"倒霉"者

《虚证》运用心理分析的方法，叙述了一个普通市民走向自杀的心路历程。男主人公郭普云有生活原型。作家在一份创作谈中提到说："10年前，我的一个朋友失踪了。他发了几封信，冷静地为自己辩解，说自己是对的。一个星期之后，他从山区一座小水库里漂了上来。"[1]从现实的真实到小说的真实，个人的死并没有引起多大轰动，生命轻微到只是花名册上划掉一个具有姓名指称的符号。值得探究的问题是：正当盛年的多才多艺的美貌男子，还没来得及享受人生的欢乐，就走上了一条不归路，何故？

郭普云的成长道路并不复杂，没有什么太大的波折，无可歌可泣的事迹令世人骄傲，亦无离奇经历令世人震撼。比较那些历经大灾大难的人，或是大起大伏的人，他的一切都算得上比较顺利，顺利得有些平淡，平淡得有很多人不以为然，顺利得他自己认为"不顺"了。就是这样一个极为平凡的人，却用投水自杀的方式结束了年轻的生命。为什么会这样？小说通过一连串的日常生活细节、慢叙述节奏，工笔式地刻画了郭普云的敏感心理、狭窄胸怀、双重性格，以及由此造成的友情、事业、爱情的种种失意和身体上的意外伤残，进而导致他人生道路的种种"不顺"，最后以自杀终结生命的必然性。可以说，《虚证》是一部青年人的成长史、恋爱史，也是一部家庭教育史、社会教育史，更是当代文坛中一部罕见的心理分析小说。

---

① 刘恒：《乱弹集·去也无妨——小说〈虚证〉创作谈》，春风文艺出版社，2000年版，第116页。

文本用倒叙开头。工农兵班的大专学员郭普云是红都机械制造有限公司的宣传科长，长相俊美，喜欢绘画、写诗。他所在班级的科任老师几次上课点名却无人应答，准备给他期末考试按不及格处理。当老师通过同学的回答得知"他不在了"，便提出"自然除名"。"自然除名"看似很简单，只把名字划掉即可。然而，人的名字常常与生命息息相关。从生命本体来说，代表生命的符号一旦消失，整个生命的价值也随之消失，在熟知这个符号的人们心中的影响也会随着时间的流逝而流逝。但短时间内，符号所包含的种种意义仍会成为熟知者的谈资。"除去的不是名字而是一块生动的肉体，名字留下来替他承担一切，包括人们因这名字而产生的种种沉思和闲想。"[1] 成年人的名字包含了他的生命和生活，非正常消失，自然引发疑问。考察郭普云的人生轨迹，沉思他生活的种种细节，可以揭示一个普通人物的悲剧人生，了解其悲剧的深刻原因。

按照天生的个体条件，悲剧不应该发生。如果是一个性格上的乐观者、坚强者，出身于郭普云那样的家庭，拥有他那样的天资，不但不会去自杀，反而会干出一番光耀的事业来。"郭普云是个美男子，只是体格有些瘦小，他自称身高一米七二，看上去似乎达不到这个高度。他的面孔相当漂亮，五官搭配的好，皮肤白，眼睛很大，眉毛极清秀地弯出两道蓝弧，牙齿也整齐，他三十六岁，最有光彩的年华已经消逝，但他仍旧比同龄人显得年轻许多。这张脸的缺陷是过于文静，多多少少的带点儿女性气质，说话时声调又不太响亮，初次接触便使人感到他是个性格软弱的人。"[2] 小说第二章开头部分的这段外貌描写，非常细致，可以看出作家用词之精心以及观察之细微。通过外貌可以了解到郭普云带有女性化的软弱性格，就是这"软弱"注定了他人生道路上的种种"不顺"。

---

① 刘恒：《刘恒自选集·虚证》，作家出版社，1993 年版，第 3 页。

② 刘恒：《刘恒自选集·虚证》，作家出版社，1993 年版，第 11 页。紧接后面的引文在第 12 页。

文本多次写到郭普云的各种生活细节，照应他的"软弱"。"他的坦率使人感动，但我总感到他自嘲豪爽的谈吐与他恬静的表情很不相称。刚才打火机险些燎了我的眉毛，他突然的慌乱和狼狈说明他本质上是个心胸不大开阔的人。"而且"他对某些细微的问题很敏感"。"心胸不大开阔"的人自然对细节就很敏感，而敏感的人遇到挫折很难坦然对待，一旦想不通就容易走向死胡同，产生自杀倾向。作者层层逼近郭普云，从表面的细微处洞见到内心深处，为他的自杀做好情绪、心理和精神上的种种铺垫。

1. 童年经验是郭普云悲剧命运中无意识层面的因素

人的所有活动，从心理学角度看，都存在意识与无意识的因果关联。弗洛伊德认为，人的意识活动分为意识和无意识[①]两种。意识常常是无意识作用的结果，无意识产生作用时，通常不会被清晰地意识到，总以"下意识"的方式去提醒意识者。"任何一种被'压抑'的东西都是无意识的"[②]，人的无意识从童年时期就开始累积，所以童年经验对一个人的学业、工作、爱情乃至生命的终结方式都会产生巨大影响。郭普云的童年经验影响了他一生。

童年时期的郭普云最爱舞蹈。"不到十岁就听惯了掌声。……他成了少年宫的大红人儿，女孩子们都跟他好。男孩子们却因嫉妒而恨他。他过度的自爱与自卑就是从这儿开始的吧？他天生的软弱性格使他无法对敌视采取傲慢的态度，受宠的男孩子本来很容易应付的问题，在他这儿成了攻不破的障碍。""他不大成熟的快乐与痛苦多来自这个地方，他不会轻易地忘掉它。"[③]一个人有兴趣爱好并

---

① 弗洛伊德认为，"所谓无意识，它一方面包含着种种因潜伏而暂时不为意识所知，其余一切都与意识活动相同的活动，另一方面又包含着种种被'压抑'的活动，如果这些活动变成意识活动，他们肯定与意识中其他种种活动形成极鲜明的对照。"（［奥］西格蒙德·弗洛伊德，《性爱与文明》，滕守尧译，安徽文艺出版社，1987年版，第292页）

② ［奥］西格蒙德·弗洛伊德：《性爱与文明》，滕守尧译，安徽文艺出版社，1987年版，第285页。

③ 刘恒：《刘恒自选集·虚证》，作家出版社，1993年版，第22—23、24页。

成为一种特长，应该是值得骄傲的。可是，郭普云的爱好成了他痛苦的根源。小小年纪就遭遇同学嫉妒，往往会得到更多难堪，也会遇到更多困难。对于这样的问题，父母应该教会孩子坚强勇敢地面对，可是郭普云的父母却采取了相反的态度，"咱不去了。你踏踏实实学习，再跳舞功课就完了"。父母还隐瞒了老师对这棵苗子的爱怜态度，小小年纪的郭普云并不知情。无奈之中，他放弃了舞蹈学习，其兴趣爱好遭到强行"压抑"。

> 觉得阿姨抛弃了他，那些善良的小姑娘们抛弃了他。他不知道问题出在什么地方，但他采取了主动的态度。从小学到中学，他在男孩子群儿里人缘儿不错。他从不拒绝帮助别人，不在背地里说任何人的坏话，交谈时有意无意地做出大大咧咧、滔滔不绝的样子。男同学都认为他很讲义气。友情可以淡化敌意，他的绰号"菜锅"，始终未能叫起来，他是优等生。老师的青睐，女同学的亲近，是他不得不随时警惕的两大困扰。难以想象他用什么办法既得到师长和异性的关怀，又避免让自身的优点遭到嫉妒。[1]

这一长段引文可以看出，作家刘恒变成了一个心理分析学家。跳舞经历在年幼的郭普云心里埋下了阴影，使得他在成长过程中非常在意与男生、女生的关系，与周围人群的关系。言行上多了些小心和谨慎，内心里多了些隔膜和包裹物。为了和淘气男同学"保持行为上的平衡"，他不敢出面保护被欺负的女同学，男子汉那种雄性的力量、阳刚的气势被有意识地压抑，心里积聚的各种偏执想法与矛盾也被一同压抑到潜意识。初二那年，为了看一场外国人的演出，他花光了身上所有的钱，而且偷偷离开了当时参加的夏令营，结果遭到了一向文雅的父亲的痛打。父亲形象在他心中急剧改变，

---

[1] 刘恒：《刘恒自选集·虚证》，作家出版社，1993年版，第23页。

与父亲的"不和"也自此产生。"由于身体的仪表和丑美，以及学习和品行好坏等情况，少年儿童常被父母或同伴取笑、挖苦，受到奚落或中伤，许多周围的人不以温暖和关怀的态度对待他们，这就会给儿童造成终身自我怀疑而失去自信。"[①] 在学校女生疏远他，男同学妒忌他，在家里父亲稍有不满就殴打他，这都让年少的郭普云感受到周围世界的可怕。于是，他的"雄性"力量被隐藏起来，长期累积，为日后婚恋中的"阳痿"埋下了祸根，最后导致厌世和自杀。

2. 事业挫折是郭普云悲剧命运的显在因素

童年时，郭普云爱好舞蹈，因受同学嫉妒而被迫退出训练。初中毕业后他考上了军艺，由于历史原因没读成。进入文艺宣传队，也由于阴差阳错的原因没有得到很好的熏陶。舞蹈事业无望而终。他喜欢画画，起点也较高，曾经和朋友吴炎一同学习。但他老是心重，觉得吴炎的画很好，而自己"不行"。报考美术学校，他放弃考试，朋友考上了；而他第二年考中文却落榜。多年后，吴炎搞画展请他参加，面对朋友的成功，他内心不免有各种滋味。基础不如自己好的人，绘画成就却很大，他自愧弗如。两相对照，可以看到"一个虚弱无力随时都被外部力量所左右，一个韧性十足我行我素随时都准备把外部阻碍掀翻在地"。对比同学的成功，看到自己的失败，郭普云心里更加难受。

郭普云还有一个长处是作文写得好。他想在这方面寻求发展，便计划写史诗，可是一直没有做成。"桎梏了郭普云创造力的根本原因，是他自身的混乱。我一向认为诗人的生活即使不能井井有条，骨子里也应当维持某种清晰的坚定性。他应当知道自己在干什么，并且始终盯着自己的目标。郭普云缺少的正是这些。他思想的混乱有许多表面特征。至少当我走进他零乱不堪的小屋时，便立即感到这是一个痛苦的巢穴，里面隐居着一个惰性十足的人。……他

---

① 陈仲庚、张雨新：《人格心理学》，辽宁人民出版社，1987年版，第339页。

不支配这个房间，不能主动地让它舒适点儿干净点儿，这个房间就来支配他了，它用肮脏与压迫他的一切结合，最终把他赶了出去。"① 这一长段叙述，通过郭普云的生活细节来诠释他的懒惰性格和终归失败的原因。这是一个小说家的叙述语言，也是一个心理学家的发现，从一个人的性格来推断他事业的成败，从日常小事来看他对自己内心及其品质培养的态度。"混乱"是他失败的根源，怯弱是他失败的表象。"一切都没有秩序，一切都是彻头彻尾的破败芜杂，像一座阴暗宁静的废墟。如果不是自感踏上了穷途末路，人怎么也不会无所谓无聊赖到这步田地。他已经垮掉，除了他自己恐怕没有人能挽救他。"② 这种自甘堕落是郭普云性格的弱点。当他自己不去正视生活，不振作自己，每日沉醉于酒精的麻木中，沉溺于空幻的理想，沉迷于自我欣赏的境界，他与这个世界的隔膜就会越来越大，与同类（人类）的关系越来越疏远，直至无法融入。

舞蹈、绘画、写诗，郭普云都有兴趣，而且有一定的功底，但他样样都是半途而废，没有一项获得成功，更没有创造出让自己骄傲的成就。可见郭普云并不缺乏才能，而是缺乏对自己的正确认知，即自信不足，进而缺乏对自己命运的掌控能力，对外部世界的积极适应能力。自信不足就容易导致自卑。他在和朋友喝酒的过程中倾诉自己的遭遇，可是又不愿深谈，总是欲言又止，让人推测揣摩。"我这个人……老是不顺"，他在酒友面前感叹，却又不愿和别人深谈。别人不追问，他又想重复，接着后文出现了两处他的感叹："我，太不顺了……""我跟别人不一样，你爱信不信，我碰上的倒霉是太多了……"这种祥林嫂式的"我真傻，真的"③ 句式反复出现，可见"不顺""倒霉"成了郭普云评价自己的一条心理定

---

① 刘恒：《刘恒自选集·虚证》，作家出版社，1993 年版，第 32—33 页。

② 刘恒：《刘恒自选集·虚证》，作家出版社，1993 年版，第 33 页。

③ 鲁迅在《祝福》中写祥林嫂失去她的孩子后，经常把这句话挂在口头，向人表达自责之感和痛苦思念之情。一旦说多了，听者就麻木了。

律。他这种心理已经形成非常顽固的"回避型人格障碍"，即"心理自卑，行为退缩。面对挑战采取逃避态度或无能应付。想与人来往，又怕被人拒绝、嫌弃；想得到别人的关心与体贴，又害羞不敢亲近"[①]。郭普云就这样为自己建立了一套心理"防御"机制。

曾经因为差六分，他没有考上大学，到三十多岁了被单位推荐去读工农兵学员班。在乐观的人看来这是好运，是值得庆幸的事情，也应该珍惜上大学的机会。可是郭普云却把它看作是"倒霉"事件。对于"运气不好"的人来说，总是"福不双至，祸不单行"。就在等待高考成绩的那段时间，郭普云骑车外出遭遇了一次车祸，眼睛被一辆卡车撞伤。当时觉得"没事"，就没有追究司机责任。事后，眼睛问题严重，"弄不好将成终生残疾"，医生的诊断给了他意外的打击。十多年后，他的眼疾严重到不得不做手术。对于在乎外貌的郭普云，得知手术给眼睛留下一块疤痕，"当场便哭倒在地"，从此，眼睛成了他的心头之痛。

高考失败，事业无成；眼睛受伤，疾病缠身，精神和肉体的接踵打击，引发了郭普云对自己极不公平的评价。"他的自我责备愈演愈烈，最终导致了严厉的自我否定，除此之外，他已经找不到别的手段冲破那无处不在的罗网。"[②] 对一个怀抱理想的人来说，这是多么失望的结果！当他把"不顺"都归为自己的原因时，心理上的压力和负担自然加剧。加剧到无法排遣，也无法找到其他更有效的替代物时，累积在他心里的压力就会产生更大的悲剧效果。

3. 情爱失败是导致郭普云悲剧命运的直接因素

爱恋是每个正常成年人都会追求并经历的情感。"造成'爱恋'的条件是什么？或者说，男人和女人根据什么去选择自己的爱恋对象？"弗洛伊德认为，文学家们最有条件去回答这些问题。但文学家们的回答往往要受到某些条件的限制，他们"虽然描述生命，但

---

① 陈仲庚、张雨新：《人格心理学》，辽宁人民出版社，1987年版，第422页。
② 刘恒：《刘恒自选集·虚证》，作家出版社，1993年版，第40页。

对种种心理的起源、发生与发展等，却不太注意"①。弗洛伊德看到了文学对人的心理分析与描述的重要作用和意义。很多作家描述人物时，的确"不太注意"其心理方面的具体内容。不过，刘恒的《虚证》是个例外，他不但关注了别人忽略的地方，甚至在心理分析上不亚于某些专业的心理学家，使此书成为心理学和美学完美结合的文本。不过，他书写的是一个失败的案例，其悲剧原因令人唏嘘。

　　爱情挫折对一个人命运的影响常有多种。有的愈挫愈勇，有的屡挫屡败，有的一败不起。通常情况下，男人对爱情挫败的承受能力要高于女人，不会动不动就自杀。郭普云却与众不同，可见一定是事情产生的压力大大超越了他内心的承受力并自觉无法挽救，才会走向极端。根据文本透露的信息，正当盛年的郭普云生活在二十世纪八十年代，为了文凭去上大龄"专修班"。遇到班上美貌女子，就会出现"痴迷神态"，认为她是"林黛玉"，将她画在自己的本子上，"把两片小嘴唇描了又描，流露了对异性优点极端美化的愿望"②。他因此赢得了很多少男少女的崇拜，他们纷纷请他画像。追求异性之美是人之常情，郭普云对美女的喜爱说明此时的他是非常正常的男人。

　　回顾郭普云的经历，也没有排斥异性的行为。初中毕业的他进入某个兵团的文艺宣传队，遇到的舞蹈教员是位年轻漂亮的女军代表。教授过程中，近距离接触的女军代表成熟的身体，"使他第一次领略了发自异性的惊人信息。这和以往女孩子们的柔情是完全不同的两回事。……任何血缘之外的姐弟关系都隐藏着程度不等的感情密码，这恐怕是成年人的最一般的常识"③。女教员也对他情有独钟，郭普云的初恋给他带来了美好的体验。可是他们"接吻"的亲

---

① [奥]西格蒙德·弗洛伊德：《性爱与文明》，滕守尧译，安徽文艺出版社，1987年版，第209、210页。

② 刘恒：《刘恒自选集·虚证》，作家出版社，1993年版，第14页。

③ 刘恒：《刘恒自选集·虚证》，作家出版社，1993年版，第26页。

密行为却被红卫兵发现。在那个"严酷"的时代里,这些举动自然会被认为是"丑陋"的,是"误入歧途"的。

数年后,郭普云仍然反复回忆说"她对我太好啦",念念不忘旧情的话里包含很多意思。可是,"我"却读出了很多猜疑:一个十八岁的男孩"扑到一个二十四岁的女人怀里他的最大感受只能是恐惧。他纯真的官能是被劫掠的对象,他的初吻在颤抖和不知所措的情况下被一位强有力的异性夺走了!给他留下的只能是困惑重重的内心创伤,并使他常年为此忍受折磨"①。这些猜想应该是"我"作为朋友通过郭普云后来的叙述分析出来的。今天,十八岁青年男女相互接触是常事,但在当时"严酷"的环境里还是稀罕事儿。当事人和旁观者都很局促。这种懵懂和仓促给郭普云带来了不安和困惑。行为的美好和现实的残酷无法调和。女军代表复员回家,郭普云的感情一直悬而未决。"自杀者都或多或少地受到幻觉的吸引,这是权威性的分析,许多法律和心理学著作中都提到过。"②当年的一次亲吻,在郭普云内心烙下了难以抹去的影像。"曾经沧海难为水"的记忆让他刻骨铭心,现实中他却无法得到,要回味这种美好,只在幻觉中才能找到。他在情感上无路可逃,萌生独身的念头。

一个单身美男子,很难逃出人们的舆论。郭普云走到哪里都有人打听他的个人问题,猜测他的私生活,甚至给他介绍对象,都遭到了郭普云的拒绝。中国人的现实生活中,一个正当婚龄的青年,若无缘无故总是拒绝别人的好心好意,便会招致各种猜想。结果人们传说他"有生理缺陷",这样的社会舆论对于单身男人是一个致命伤害,需要有强大的心理抵抗力方可对付。如果稍有软弱,就会被击伤甚至败倒。郭普云开始还可以扛住,似乎有足够的力量抵挡。但当他和赵昆的关系破裂后,终于难以承受舆论之重。

---

① 刘恒:《刘恒自选集·虚证》,作家出版社,1993年版,第29页。

② 刘恒:《刘恒自选集·虚证》,作家出版社,1993年版,第30页。

在专修班，女同学赵昆向他主动发起了进攻。他本想把自己打算独身的事实告诉她，可没有勇气说出口，赵昆对他的示好以及"不幸"经历又使他难以拒绝，唯恐伤害她。两人勉强恋爱了，两个成熟的男女自然会有心照不宣的亲密接触。然而，从赵昆口里传出来的话就是"郭普云的家伙不好使"。如果遇上真心爱他的好女人，也许郭普云的命运会得到改变。然而，赵昆是"二手货"，对郭也非纯粹的爱情。表面上他们都不在乎"那个"，当事件真正降临时，两人又难以抗拒，也难以承受。恋爱无果，性行为失败，还要戴顶性无能的帽子，对于男人来说，没有哪件事会比这个更严重的了。作为男人的郭普云无脸见人，他被彻底击垮了。

如果说女军代表留给郭普云的是圣洁温柔的姐弟恋情感，那么赵昆要求他的是一种更加世俗的肉欲。没有发自内心的柔情的引导，对于自卑到要"独身"的郭普云来讲，很难激发对赵昆的欲望。所以，两人在情与欲的认识上未必相同，就更难合拍。或者说，赵昆只是出于找一个男人的需要而去找郭普云，并不是发自内心的喜悦去爱郭普云，因此更多的是想从他那里得到肉欲的快感，行动上她就更主动一些。这对于本身就不够主动的郭普云来说，需要有足够的勇气。一旦勇气不足，他的心理性阳痿就出现了。弗洛伊德说，"如果他在同一个女人身上屡屡失败，他就会按照习俗之见，认定是第一次失败所致，或者说每次都要回忆起第一次失败，这种失败的回忆本身又会带来焦虑和干扰，从而使失败继续下去"[①]。从文本的表述看，他们肯定不止一次交往。赵昆既然得不到满足，对郭普云自然就会有非议。既然是郭普云的问题，他就觉得自己无能，自信心遭到进一步削弱。

万分沮丧的郭普云再也无脸见人，自尊心受到了极大伤害，便采取不去上学的方法避开同学，躲在父母家为自杀做准备。"自尊

---

① ［奥］西格蒙德·弗洛伊德：《性爱与文明》，滕守尧译，安徽文艺出版社，1987年版，第222—223页。

需要的满足导致一种自信的感情，使人觉得自己在这个世界上有价值、有力量、有能力、有位置、有用处和必不可少。然而，这些需要一旦受到挫折，就会产生自卑、弱小以及无能的感觉。这些感觉又会使人丧失基本的信心，使人要求补偿或者产生神经病倾向。"① 郭普云所做的比马斯洛的分析更为果敢决绝，他留下六封信后，果断地结束了自己的性命。

从郭普云的道路看，他还存在一种虚伪的和谐——双重人格。这源于他年少时跳舞的经历。因为受女生喜欢而遭男生嫉妒，导致他以后不敢得罪男生，不敢表现个性。在家里，他因为看表演而遭过温和父亲的殴打，心里留下了阴影。他说母亲很好，他的生活却看不到母亲表示的"好"，他的孤独与无聊、混乱与懒惰，可以看出他对原生家庭的感情并不深厚，父母对他的关怀并不多。一个热爱父母、热爱家庭、热爱生活的人应该是积极向上的充满阳光的人，不会把自己扔到尘世的不堪环境中，为自己的不作为寻找理由和借口。作家花费很多篇幅谈郭普云的处事行为、对待他人的态度。应该说，郭普云是一个好人，却常常得不到别人理解，反倒引发一些误解。他心地善良，为人热情，却不敢大胆表示。女子赵昆喜欢他，却到处传说他"不行"。他的所谓"阳痿"只是一种心理性阳痿，完全可以治愈。但是，赵昆和郭普云都没有正确面对，脆弱自卑的郭普云最终毁灭在可怕的传言里。

郭普云把一切归根为"不顺"：眼底充血、相貌缺陷，写诗无光，作画不成，性爱无能，"难题山一样堆砌在眼前"而无法克服。他觉得自己是"小丑"，自嘲是"该死的小丑儿"，自认为"生命毫无意义"，也无法理解同学的劝慰，最终郭普云做了一回勇敢的选择，跑到离家很远的水库去了结生命。

刘恒在《乱弹集》中说："《虚证》是观察与思索的记录，更是友人死亡的回声。"采用这种心理分析的叙事方式，体现了"我真

---

① ［美］马斯洛：《动机与人格》，许金声等译，华夏出版社，1987 年版，第 52 页。

正的兴趣"①。文本从头到尾对人物的心理进行了细致叙述和深入分析，具有心理分析小说的典型特征。下面这段精彩的细节描写可见一斑。

> 郭普云酒量不大，不喝白酒和果子酒。桌上床下一律是啤酒瓶子。空瓶子很多，说明他每天都要灌一点儿。有客人他也不畅饮，满满一杯子老也喝不净。酒一落肚，他的面孔会出现细微变化，不细看看不出来。别人脸白脸红，他变色的是那双大眼，眼白由灰转青，亮亮的像是瓷器。再喝几口眼睛就充血了，还是不红，淤了似的发蓝，最突出的是左眼下面鼻子旁边，有一小块柿饼那么大的蓝皮肤长时间不褪色，好像叫人给打肿了。我以为那是睡眠严重不足，可他老是有意无意地抬手遮挡，我就怀疑他那地方可能真有什么毛病。②

这一段话可以看出刘恒十分擅长描写人物动作和心理变化，通过郭普云喝酒的状态和脸色的变化刻画他的性格。他很有节制地喝酒，说明他的自律性很强。而眼睛的变化，不但与酒有关，还与他的命运有关。特别是左眼下面鼻子旁边那块蓝色皮肤，则为后文埋下了伏笔。从后文的叙述中，我们知道眼睛的毛病一定程度上促成了他走向死亡。

小说文本将郭普云的死与他的生交叉叙述，通过生来写他选择死的必然，通过死来写他生的苦痛及其对生的思考。当一个人觉得活着了无生趣、处处碰壁、处处不顺、总是充满失败感和挫折感时，生的趣味就被刮得干干净净。友情、爱情和事业无一样感觉舒

---

① 刘恒：《乱弹集·火炕》，春风文艺出版社，2000年版，第116、117页。
② 刘恒：《刘恒自选集·虚证》，作家出版社，1993年版，第34页。紧接下面的引文在第35页。

心惬意，他生活的信心就彻底失掉了。文本告诉读者的就是：一个人的生活状态取决于他的生活态度。悲观懦弱的人，看到的是生活的种种不顺，种种不利，种种失败，种种挫折，进而丧失勇气。坚强乐观的人，看到的是生活的欢乐和愉快，把一时的不快消解在能够带来快乐的事情上，让事物积极的一面鼓舞自己，增添信心，所以生活就会越来越美好。郭普云懒散到连自己的房间都不愿意打扫，让尘土积弊于生活的空间，可见他的生活态度是何等消极。郭普云有追求，但是他看不到自己的优点，也不能正确对待自己的弱点；更不能把各种弱点克服，让优点放光，让生命之光绽放更加艳丽的色彩。这就是他的悲剧所在。

二、李慧泉：追求路上的救赎者

当一个人陷入人生泥淖时，能够拯救他的只有自己，所以，自我救赎常常是各种救赎中最有效的。郭普云没有救活自己，因为他过于自卑。李慧泉（《黑的雪》）也没有救活自己，这不仅有个人原因，也有社会原因。从阅读感受来讲，《黑的雪》并不比《虚证》轻松，这大概是心理分析小说的共同特点。叙述方式上，作者依然是在极其淡然的琐碎的庸常的状态中描写人物，描写李慧泉这个刑满释放人员的无奈生活。他重新踏入社会的时间不到一年，却被各种情感缠绕：他和罗大妈一家的邻里情感，和方叉子的朋友义气，和马义甫的义气、怜悯、恨铁不成钢的懊恼，和歌手赵秋雅的朦胧爱情等，似乎都在折磨他，唯有薛教导员的关心让他最有自信心，最有温暖感、安全感和方向感。这些情感之后，小说中部出现了令人兴奋的情节：李慧泉和走私犯的利益纠结；他抢救病中的李芬；罪犯朋友方叉子找他及其处理方式。这三处可以说是小说的高潮部分，也是主人公李慧泉生命中最精彩的部分。

李慧泉的成长道路远不如郭普云幸福，他是被养父母从北京火车站捡来的弃儿。二十五岁的他生活在城市底层，想努力奋斗，又很难自主，总是身不由己干一些不该干的事情，养成了阴冷、坚硬的性格。他"爱打架。只爱打架"，因而被称为"李大棒子"。打架目的就是"朋友们有求于他，服他，让他觉着满足。他不需要别的什么。帮了忙塞钱不要，请客却必去，他吃遍了北京所有的好馆子。他爱喝酒"①。进监狱前，李慧泉把哥们儿义气当作是他个人价值的全部体现。这种错误的价值观是家庭教育和社会教育缺失的表现。"最稳定和最健康的自尊是建立在当之无愧的来自他人的尊敬之上，而不是建立在外在的名声、声望以及无根据的奉承之上。"②李慧泉靠哥们儿义气赢得朋友好感，以致不惜违法乱纪，可见他们的心理和行为都是不健康的，甚至是病态的，属于"反社会型人格障碍"。用心理学家的话说，他们"在做了违法乱纪的行为后，既缺乏内疚、罪责感，也无羞耻之心。他们的自尊心强，有自我中心的特点，……他们的智力一般是正常或较高的，不少人表现得友好、诚恳、懂事、有见识，能够赢得别人的好感和信任。"③社会上这种人人数极少，但其行为对社会"危害极大"。当李慧泉再次帮铁哥们儿方叉子打架时，还没动手就反"挨了一拳"，于是被警察抓住判了"强劳三年"。

出狱后，李慧泉明白自己是"白蹲三年"，什么都不值，再也不想帮忙打架了。他这种认识上的转变说明"强劳"有效。心理学家认为，"如果惩罚的时间得当，具有一致性，并有足够的强度的话，它可能加速儿童或某些成人的社会化"④。在居委会罗大妈和片区民警的帮助下，李慧泉一心改邪归正。不久便从街道办事处领取了"个体摊商的营业执照"，开始学做服装鞋帽生意。因为年轻，

---

① 刘恒：《刘恒自选集·黑的雪》，作家出版社，1993年版，第8页。

② ［美］马斯洛：《动机与人格》，许金声等译，华夏出版社，1987年版，第52页。

③ 陈仲庚、张雨新：《人格心理学》，辽宁人民出版社，1987年版，第426页。

④ 陈仲庚、张雨新：《人格心理学》，辽宁人民出版社，1987年版，第342页。

因为脑瓜灵活，李慧泉早出晚归，慢慢学会了销售，懂得了道理，知道要想过好安稳日子，必须有非同寻常的耐心。有了这样的信念，加之薛教导员（李慧泉狱中的上级）的关照，他的生意越来越兴旺，信心倍增。

随着市场的变化，生意并不稳定，李慧泉继续坚持。过去的朋友刷子马义甫找到了他，套近乎叙旧，当天晚上带他去卡拉 OK 厅炫耀自己的女友，同时介绍他认识一些不太正经的朋友。之后，马义甫多次来找李慧泉，要求借钱并许诺按时还款。出于朋友义气，李慧泉给予帮助。最后得知马借钱并非为什么好事，而是赌博输掉了。李慧泉非常生气，经验告诉他没有去计较。

李慧泉是一只在风浪中漂流的小船，生活的主航道让他必须稳住舵，必须努力奋斗，劈波斩浪朝正确的方向前进。但是，在主航道的四周，有很多暗流，有很多漩涡，有很多意外的风云让他颠簸不定，摇摆不前。马义甫赌博成性，屡教不改，债台高筑，欺骗朋友，利用朋友的善良与善意一次次堕落。崔永利圆滑、世故，利用赵雅秋的虚荣贪占便宜。赵雅秋不能很好地控制自己的感情、珍惜自己的身体。李慧泉在力图把握住自己朝生活的正轨迈步，可是周边生活中有许多人和事让他举棋不定。对此，作家把人物的心理活动表现得非常细致，通过李慧泉的纠结展示一些城市青年在成长路上的迷惘、痛苦，也从另一个角度说明社会风气、周围环境对年轻人思想情感的影响。其实，薛教导员、罗大妈等人代表的正能量到处存在，也能照亮一部分阴暗的角落，唤醒一些沉睡的灵魂。但是，对那些自制力不够强、走过弯路的年轻人来说，必须有强大的吸引力和牵引力。否则，他们容易再度失足，再度陷入泥坑。李慧泉的经历，就是一面镜子。从社会学角度看，他们的社会意义更深刻。从心理学看，对人的教育启发意义更大。从文学的角度看，作家反映了一部分特殊人物的特殊道路，需要社会各界更多的关注关心。"我国的经验证明，把伤残的心灵浸润于热情的关怀与照顾之下，使其涤荡于集体暖流之中，训练他们做出有益于社会的事业，教给他们尊重他人也尊重自己，爱他人也爱自己，培养他们健全的自我同一性和情感移入的心理状态，是可以改变精神病态行为的。"[1] 这种改变，需要一个很长的时期，也需要社会各界通力合作。

从小说前半部分摆摊卖衣服就可以看到，李慧泉完全有能力经营好自己的人生。他聪明，也有力气，有很多好习惯，如果能用在正道，自然会有收获的。但是他的思想不够成熟，心智不够健全，意志不够坚定。他给在逃犯朋友方叉子提供了食宿机会而隐瞒不报，巨大的忐忑中又不能原谅自己，也不敢自首。去找深信的薛教导员倾诉心中的苦闷，希望得到指点，可惜教导员又出差了，无处倾诉的苦闷只能郁积于心。最后，李慧泉想挽救"纯洁"的女孩赵雅秋，也努力向爱情伸手。当他把自己辛苦挣来的部分钱换成戒指送给心仪已久的女孩赵雅秋时，却遭到她的嘲笑、冷落和拒绝。"那个在他心里主宰了那么多日子的纯真女孩儿"被人"毁了"，而这个心中设定的"神"只是个"聪明的婊子"后，神圣的东西轰然塌下。他重新审视人生，审视身边的人。当"别人都为别人活着，他为他活着。人都为自己活着！"然而，他的活法需要有动力、有精神支柱——来自家庭的温馨、父母的爱或者是爱情带来的甜蜜。然而，他两样都没有了。

一向关心李慧泉的罗大妈推荐他当"先进个体劳动者"，旨在激发他的正能量。获得提名后，李慧泉需要在表格上填写籍贯、家庭成员等信息。他不知如何填写，那个作为"弃儿"的、被抱养的人生闪现在眼前，养母早被他气死，喜欢的女孩抛弃了他，除了自己，没有"家庭成员"，也不知亲生父母是谁。面对过去，李慧泉无法释怀。"他撅断了圆珠笔，走进秋冬交接的初雪之夜"。罗大妈的苦心、"先进"的鼓励全被他丢在脑后，他脑袋里"空空荡荡"，在咖啡馆里喝酒到深夜。醉意朦胧的李慧泉在飘雪的夜晚，在回家

---

① 陈仲庚 张雨新：《人格心理学》，辽宁人民出版社，1987 年版，第 438 页。

途中被两名抢劫的少年捅伤。黑夜里，鲜血染红了白雪，慢慢地，红血变干，变黑，雪也变黑。"黑的雪"既是黑夜的雪，也是被鲜血染红而变黑的雪。李慧泉力图呼救，但是没有人理会他，他的呼救声慢慢微弱，他在幻觉中静静地迈向安静的世界。死亡意外来到了这位年轻人身边，作家毫不留情地在结尾部分留下了无限空白，让读者唏嘘感叹。

有人认为《黑的雪》是"一部探索性的精神分析小说"，刘恒自己说"并没有刻意追求那种心理描写的效果，可能是一种自然而然的抒发"[1]。作家的话是真实可信的。当时西方心理学著作大规模涌入中国，自觉或不自觉地影响了中国文坛，何况刘恒自己还读了一些心理学的书。所以，这部作品和《虚证》一样，都运用了心理学的写法。两相比较，《虚证》侧重于个体心理分析，《黑的雪》则在个体心理分析基础上，还涉及了许多社会心理分析，为人物性格和命运的揭示提供了更广阔的社会背景，作品更具有社会意义和社会深度。

三、周兆路：追求路上的迷惘者

如果说郭普云是陷入心理脆弱不得不自杀，李慧泉是陷入哥们儿义气遭遇他杀，那么，周兆路则是陷入情网难以自拔。

《白涡》是一部关于三角恋的小说。这类故事在二十一世纪的今天并不新鲜，但在二十世纪八十年代中期（写于 1986 年）的语境下，在欲望书写刚刚兴起之时，这个以婚外情为主题的略带喜剧色彩的文本，揭示了一部分男人和女人的真实心理：朦胧之情、偷来之情似乎比合法的公开的更具魅力，从而暴露了这对男女在私情上不得手的诱惑、得手后的罪恶感和厌恶感。

研究员周兆路有一份很好的工作，且有很好的发展前景，也有

---

[1] 刘恒：《乱弹集·逼视与抚摸》，春风文艺出版社，2000 年版，第 166 页。

一个很和睦的家庭。妻子温柔体贴，默默地为家庭奉献一切。一儿一女两个孩子"令他骄傲和愉快"。"他爱自己的家庭，没有什么力量能使他改变这一点。他也不想改变！"[1] 就是这样一个责任心很强的男人，在工作中不自觉地被漂亮的女同事华乃倩逐步引诱到三角恋陷阱中。华乃倩为硕士学位论文答辩的事找他，表示自己的仰慕与艳羡。得到帮助和指导后，她顺利获得了硕士学位。两人关系进一步靠近[2]。同事老刘通过华乃倩的硕士论文发现她采用的一些资料来源于周兆路研究过的病例，委婉地提出问题的存在。面对同样的美丽妇人，两个男人各有心思。周兆路不满老刘的怀疑，反而加深了他和华乃倩的关系。频繁的交往中，情人的柔情蜜意最终使两人关系突破了底线。女人总是不断寻找各种机会与之约会。北戴河之行使他们的关系达到了高潮。每次和情人约会后，回到家里，周兆路面对妻子的温柔，都心存愧疚，"他抓住妻子的手，把她揽到怀里，在对自身罪恶的体味中，他想哭。但他很快就睡着了。"这种矛盾心理、矛盾行为贯穿整个文本，揭示了周兆路作为一个男人的真实心理：利用自己的职权和男性的温存，获取另一个女人的好感，并不断得到她的身体。

和周兆路一起，华乃倩就要抱怨自己的丈夫林同生，为自己的婚外情找借口。林同生是一个老实木讷的男人，其本分与实诚，无法满足妻子追求的物质需求和肉体上的欲望需求。林同生也知道妻子不忠，但无法干预，因为喜欢她，只求不离婚即可。他向周兆路倾诉自己的苦恼。周兆路进一步认识到自己行为给这个家庭带来的严重后果。他不希望这个家庭离散，也不希望自己的家庭瓦解。于是有意识地慢慢收敛自己的行为。加上升职在望，他更不愿婚外情

---

[1] 刘恒：《刘恒自选集·虚证》，作家出版社，1993 年版，第 108—109 页。

[2] 这个情节，电视剧《满仓进城》中也有类似表达。景梅本科毕业及其论文答辩、考研究生的过程与艰难有很大相似性。从时间上讲，刘恒发现、书写这类问题至少早二十年。

破坏自己的美好前程。但是，华乃倩不愿放弃自己的追求，她要离婚，摆脱丈夫的束缚，慢慢将周兆路全部据为己有。周兆路在和林同生的秘密交谈中，明白华乃倩并不只有他一个情夫。他只是她众多爱人中的一个，而且是其中可以使她得到更多好处的男人。他明白了自己的处境，明白了华乃倩的用心。想下定决心斩断情丝，可是并没有达到目的。华乃倩找上门来，"他坐在椅子上被她抱住了"，说出了"你是我的"这类话，周兆路再次"被埋葬了"，他深陷在华乃倩的情感漩涡中。

> 他在飞黄腾达。
>
> 一个声音悄悄告诉他：当心！他笑了。他知道那声音来自何方。
>
> 周兆路已经没有恐惧。①

　　小说结尾部分留下许多空白，男人的软弱与忧虑、女人的得意与奢望等情绪没有深层次揭示。"当心"二字进一步印证了漩涡之深、自拔之难，以及他对自己行为不得不谨慎对待的矛盾。

　　《白涡》的叙述技巧是高明的，叙述语言却是素朴的，叙述声音也是"平淡"的。对于文中人物的关系、男女间的秘密，"没有惊讶，缺少感慨万端的情绪，就意味着转述过程中需保持一种平静的语调和文体。鲜艳的词汇和美丽的句子就显得多余了"②，"简洁"是文本语言最大的特点。而简洁的背后，包蕴的是自古以来就被无数次书写的、容易惹是生非的男女主题、情爱主题、欲望主题。如何在老生常谈的亘古中突出新意，将男人的贪婪、欲望，女人的虚荣、奢求表现出来，就靠作家的巧妙构思。将带有功名利禄的婚外情放在和谐的夫妻关系中叙述，将暗流汹涌的销魂酥骨之情放在掩

---

① 刘恒：《刘恒自选集·虚证》，作家出版社，1993年版，第190页。

② 刘恒：《乱弹集·断魂枪》，春风文艺出版社，2000年版，第83页。

人耳目的平静语境中叙述，将一个人的兽性放在他衣冠楚楚的外表之下叙述，将一个知识分子的本我与超我交织叙述，在情感对比与心理挣扎的矛盾中，小说的新意就这样呈现出来。从这个层面讲，小说揭示了一种普遍性，或者典型性。自此后，婚外情常见于各类创作，有的是作料，有的成为主菜。

《白涡》的叙述看似"平静"，实际是作家隐藏了惊涛骇浪。刘恒运用了大量心理描写和细节描写刻画人物，表现情感。"她很任性，也很温柔。她用嘴巴触他，沿着小臂触上来。他们都有成熟透了的嘴唇，它们本能地互相寻找，明知道对方在哪儿，却偏要迂回着凑过去，来一场心照不宣的偷袭和搏斗。他做得很认真，就像读一本好书。书很厚，第一页就吸引了他，他不想翻得太快。"[①] 把女人比作一本书，供男人阅读。这样精妙的比喻，不只是刘恒使用。鲁迅的《伤逝》中早就有用得极为生动、含蓄的句了，"我也渐渐地清醒地读遍了她的身体，她的灵魂，不过三星期"，涓生读子君，只三个星期就读遍了。阅读速度之快，难以想象。可见子君之浅显，涓生之潦草。刘恒也借用了这个写法，只是周兆路和华乃倩两人的阅读目的与过程不太相同。因为不是公开大胆地读，而是偷读，偷享甜美滋味比公开获得更能让他们感受其中的刺激和喜悦。这是偷窃心理带来的快感，紧张、兴奋中潜伏着下次的期待。

二十世纪八十年代中期，心理学在中国文艺界颇为盛行。特别是弗洛伊德的大量心理分析理论以及心理研究作品传入中国，影响了大批文学创作者。爱情心理学是人们最为关注的一个问题，是时，很多爱情小说相继涌现。《爱是不能忘记的》《被爱情遗忘的角落》《贞女》《五个女子和一根绳子》等作品都描写了爱情，终因主人公崇尚"贞洁"或被要求遵守贞操而导致悲剧发生。《白涡》却一反常态，带有喜剧色彩。周兆路和华乃倩的情爱行为，暗示一个新现

---

① 刘恒：《刘恒自选集·虚证》，作家出版社，1993年版，第116页。

象正在发生：女人的贞洁不再成为男人追求的目标，也不再成为女人坚守的节操。"正常人一般看不起放荡不规的妇女，他们敬重的是贞洁的女人。然而奇怪的是，这种人的态度却恰恰相反，对他们来说，女人越是轻浮淫荡，就越使他们爱得发狂。同这种女人相爱，往往使他们魂销骨酥，不能自拔。"① 周兆路就是这类男人，心理根源是他渴望成为"爱恋对象的拯救者"，让自己成为她的"保护"人，唯其如此，他的价值才会发挥得更充分，作为男人的能量释放得更加充分。虽然，这类爱情故事有些不合道德伦理，却是社会真实的生动反映，这在八十年代小说中并不多见。横向比较中，可以看出《白涡》的新颖性；纵向比较中，也可以见出它的时代性。

四、张大民：追求路上的满足者

俗话说，"男怕入错行，女怕嫁错郎"。女人是否幸福，不在于她有多么能干，而在于是否嫁对了男人。李云芳是幸运儿，她能够有尊严地活着、幸福地活着，是因为她有幸找到了张大民，或者说，是张大民及时娶了她。

《贫嘴张大民的幸福生活》是刘恒系列男人小说中最富趣味、最有乐观基调的作品。张大民，在平淡中追求理想生活，不屈不挠地发挥自己的聪明才智。小说中的张大民和剧本、电影中的张大民基本一致，差异不大。这个带有喜乐色彩的故事，表现了张大民积极乐观向上的生活态度。他的追求和理想都称不上远大，但每个愿望一旦确立后，他就会凭着自己的努力，抓住机会创造条件，坚持不懈地去实现愿望，满足自己的需求。

张大民是城市底层劳动者，身无长物。从小就笨嘴笨舌，生活却让他练就了一张能说会道的贫嘴。他能说大堆不着边际的废话，

---

① ［奥］西格蒙德·弗洛伊德：《性爱与文明》，滕守尧译，安徽文艺出版社，1987年版，第212页。

有时有点讨好卖乖，有时还能通过贫嘴缓和尴尬气氛、调节情绪。他不够聪慧，没有很强的幽默感，但因为不计较，又爱表达自己的诚恳态度，很多话能够让人接受，不至于惹人生厌。张大民数学学得不好，却能把某些数字关系说得很透彻，从中悟出一般人不易明白的道理。张大民容易知足，能想出各种办法解决各种麻烦。别人看来棘手的事情，他动动脑筋用嘴说一说，用手去做一做，就干得很漂亮。他实诚，吃得苦，有责任感，善于也乐于帮助他人。对待生活，他乐观向上，从不悲观懈怠。他最大的优点就是：把缺点看成优点，把无理讲出有理，把无趣说出有趣，在悲观中看到希望，在痛苦中发掘快乐，把贫穷日子过得幸福。他的性格和人生态度与前文分析的郭普云（《虚证》）完全相反。论家境、论天赋，张大民与郭普云没有可比性。但是，从人生道路和结局看，郭普云是悲观人生的代表，张大民则是乐观人生的代表。换句话说，张大民是达观开朗、积极向上的平民典型，是平民生活的楷模。他的幸福生活归结起来有以下几个原因。

首先是他脚踏实地、勤勤恳恳、真诚待人的态度。相比一些浮躁的、好高骛远的人，张大民的生活态度能给人以强大的信心。尽管树立的都是一些小小的目标和心愿，但他凭借老老实实地做人做事的态度，凭着惊人的毅力和艰苦的精神，能够去逐步实现。正如马斯洛所言，"自我实现不仅是一种终极状态，而且是随时随刻、点点滴滴地实现个人潜能的过程"，就是"努力做好自己想做的事情"①。最为可贵的是，张大民能正视自己，既不自卑也不自大，偶尔还能表现些幽默和机智。这在很多平凡人那里难以看到。他先天条件不足，长相丑陋，家境困难，要找一个媳妇很难，找一个比自己个儿高的、经济条件好的媳妇更难，张大民却在特殊事件中用特殊方式追求到了梦中情人，从此过上了幸福的家庭生活。

---

① ［美］马斯洛：《自我实现的人》，许金声等译，生活·读书·新知三联书店，1987年版，第120页。

要论条件，不只是李云芳，任何一个稍有头脑的女人没有谁瞧得起张大民。用今天的审美标准看，张大民的身材就是一个武大郎再世。"他一米六一"的身高是很多人眼里的"残疾"。"张大民不是聪明人"，"三岁才说话，只会说一个字'吃'！六岁了数不清手指头，没长六指却回回数出十一个"，小学、中学都留级，算不懂四则混合运算。奇怪的是，他的生活逻辑却不亚于很多数学学得好的人。再次，张大民工资不比李云芳高，家里兄弟姐妹多，住房狭窄。从身材、长相、才干、家境等方面看，张大民没有一条胜过李云芳。李云芳爱上本单位毛巾厂的技术员，这是情理之中。可是张大民并没有放弃癞蛤蟆想吃天鹅肉的宏愿，事情的发展出现了一百八十度大转弯。聪明的技术员离开毛巾厂去国外进修，李云芳失恋，得了抑郁症，在家不言不语，多日不吃不喝。急坏了家人，却乐坏了张大民。他被请去劝说深陷情网的李云芳。

暗自钟情一个人，要把她从情网中拉回到现实，在一般人看来是十分尴尬的事情。张大民却不顾忌这些，反而是把它当作一个施展自己才华、表达自己情感的良机。刚开始遇到的是李云芳的麻木、冷淡，他没有气馁，继续攻心。不是用大道理说教，不是用端庄的态度严肃规劝，而是逼视李云芳的内心，层层剥开她的情感疙瘩，大"放血"后再用诙谐幽默的花言巧语旁敲侧击。说她不吃不喝为失恋而死，毫无意义，人家不会为她"评烈士"，顶多"从美国"发一份"唁电"。再劝她吃饭，"世界上最好的东西就是饭了"。再根据她的表情和肠鸣现象，进一步刺激她是否要"上茅房"，并说愿意蒙着毛巾陪她去。从精神世界到生理现象，张大民步步设计不断刺激李云芳，让她冲破虚幻的情感围困回到现实生活。"李云芳张着大嘴，没笑，哇一声巨响就把一切悲愤和忧伤都哭出来了。她扑倒了张大民，喷了他一脸唾沫，一边号啕一边连咬带掐，把他做了爱和恨的朦胧替身。"[1]张大民大获成功，轻而易举地获得了李

---

[1] 刘恒：《四条汉子·贫嘴张大民的幸福生活》，人民文学出版社，2013年版，第10页。

云芳的爱情，两人从此死心塌地相爱着。

　　张大民说话，类似于《一句顶一万句》中的杨百顺。能围着某个事情绕弯子，然后绕出某些道理，绕出某些情感来。张大民的很多道理也就是这样绕出来的。他喜欢李云芳，但自身条件差，不敢表达，当李云芳被抛弃要寻死觅活时，他就站出来说话了。没有多高的水平，全都是一些不咸不淡的、可有可无的话语，可是在当时语境下，他的话对李云芳就产生了作用。尤其是他劝解的后半段，有许多妙处。他帮李云芳算经济账："你不吃饭，每天可以省三块钱……你饿到你姥姥家去，也只能给你妈省下十八块钱。"数落她绝食是没有意义的，害臊。再讥笑她身上蒙的新被面。

　　　　别以为你捂着个被面我们就什么也看不见了。我们什么都能看见。快把被面扔了吧，充什么大花蛾子，你不烦我们早就烦了。你换一个花样儿行不行？你头上顶个脸盆行不行？不顶脸盆顶个酱油瓶子行不行？我们烦你这个破被面子。[1]

　　说着又要李云芳用毛巾包头去"偷地雷"。这些滑稽的言语和动作劝动了李云芳。于是一腔爱恨都发泄到张大民身上。二人开始了二重唱。

　　　　"大民，你怎么这么贫呀！"
　　　　"云芳，没人要你我要你！"
　　　　"大民，你怎么这么矮呀！"
　　　　"云芳，我是个土豆儿我也要娶你！"
　　　　"大民，你怎么这么坏呀！"

---

① 刘恒：《四条汉子·贫嘴张大民的幸福生活》，人民文学出版社，2013年版，第10页。紧接下面的二处引文在第11页。

"云芳，我不坏你就好不了啦！"

"大民，你怎么……这么好呀！"

"云芳，恕我直言，你的腿你的腿你的腿腿腿……怎么这么这么这么长呀！"

这段二重唱唱开了李云芳的心扉，也唱出了张大民的真情，他们的情形正如恩格斯所言，"真正的爱情是表现在恋人对他的偶像采取含蓄、谦恭甚至羞涩的态度，而绝不是表现在随意流露热情和过早的亲昵"[1]。张大民的真诚打动了李云芳，一个愿娶一个愿嫁。李云芳家人高兴极了，她父亲抹着眼泪嘟囔："多好的一对儿呀！贫了点儿，也矬了点儿，可是这俩小兔崽子一公一母是多么合适的一对儿呀！"这种嗔骂表明了长辈们真心欢喜的态度。经过张大民的贫嘴劝说，李云芳不治而愈，嫁给了比他矮一个头的张大民。物质虽然贫穷，日子却过得有滋有味。爱情，全靠张大民的贫嘴功劳。

张大民与李云芳的对话，同刘震云《一句顶一万句》中老头劝杨百顺哥哥与一富家女子结婚有异曲同工之妙。也是女方家条件优越，但身体有点点缺憾，嫁给杨家老大自然吃亏了，可是在媒人巧舌如簧的劝解下，居然把婚事说成了。两个看似不可能的人物结合到了一起。小说的情节发展也很合乎逻辑。不同的是，张大民是靠自己要"贫嘴"得来的。其实，"贫嘴"就是一种饶舌手段，一种说话技巧，一种"绕"理哲学，曲曲折折地"绕"出自己的某种想法，达到某些目的。"既可以'绕'出生活矛盾，也可能'绕'出生活趣味。有意识的'绕'，透露出'绕'者的心理动机和社交理念"[2]。张大民就"绕"出了自己的幸福生活。把一个几乎被别人

① 高放，等：《马克思恩格斯要论精选》，中央编译出版社，2016 年版，第 430 页。

② 李莉：《荒诞叙事与民间智慧——刘震云小说〈一句顶一万句〉解读》，《商丘师范学院学报》2016 年第 1 期。

抢走的心仪女人抢回来，多么不容易！他的成功故事告诉人们一些道理：获取爱情，未必需要令人艳美的外表、诱人的物质，或是华丽的誓言。他打破了很多爱情神话，也没有英雄救美的壮举，只是把一个人从情感的陷阱中拉到地面上，让情感生活回归到日常生活中。鲁迅在《伤逝》中早就说过："人必生活着，爱才有所附丽。"没有了人的基础，爱情就是空谈，单相思只会给自己带来伤害。有了人，没有情感，同样不牢固。建立在共同情感基础上的爱情，即使人的外在形象不够理想，即使眼前物质生活贫乏，也可以在未来的生活中努力培养努力创造。所以，爱情，需要两人互相欣赏，互相体贴。张大民就是这样一个实在人，把"没人要的"李云芳揽进了自己怀抱；失恋的云芳也明白了爱情的真谛：爱是相互的。

其次，张大民有韧性、能吃苦、能吃亏，遇到困难不怨天不尤人，彰显出普通劳动者的质朴本色。张大民和李云芳结合，只是故事的开始。他的"贫嘴"带来了幸福，也带来一些麻烦。但关键时刻，他能挺身而出，甚至敢于牺牲自己。张大民的家庭是个典型的人多空间小的地方，房子也是歪斜不成规矩。一个母亲，三个兄弟，两个姐妹，挤在两间狭小的房子里居住，家庭矛盾自然不少。他要结婚，连一张床的位置都找不到，可通过叠床、睡箱子等办法，张大民硬是挤出了一个角落放下自己的婚床。妻子生完孩子没有奶喂，他千方百计给妻子发奶水，就在全家绝望之际，问题解决了。不但节省了大笔开支，孩子的健康也得到了保障。不论什么激烈的矛盾，他总是可以想办法不急不躁地化解。

张大民善于解决生活中的棘手问题，甘于充当"和事佬"。家里居住空间狭窄，弟弟三民结婚，婚床也无处摆放。作为哥哥的张大民，便让弟弟夫妻和自己夫妻住一间房，中间用帘子隔断。两对夫妻同住一间房，自然不方便。他和妻子处处忍耐不影响他人，弟弟的夫妻生活常常干扰他们。为此他与弟弟和谈，希望把声音弄小一点，互不干扰。事实并不能如愿。于是，他想法把房子拓宽，即使只能宽到一张床的位置，也是奢望，也能改善尴尬的居住环境。他设计把外墙拆掉，拓宽两尺。即使屋外的石榴树保留在屋子中央也不计较，把大床拆开摆放也不计较，只要夫妻能有一个蜗居空间就满足了。房子拓宽过程中，与邻居翻砂工亮子发生了争执。他不怕亮子威胁，头被打伤一条小口子后佯装重伤，却故意不去找亮子麻烦，包容了他。让别人理亏，自己顺理成章地把房子改建成功，从此有了清静的住处。

对于兄弟姐妹，张大民极尽手足之情。大妹二民被丈夫打了回家，他弄清原因后教训了妹夫，同时化解了妹夫与妹妹之间的矛盾。带着妹夫去检查不孕不育原因，鼓励他们好好生活。获得原谅的妹夫和妹妹生养了儿子，家庭幸福和睦了，张大民也获得了妹夫的尊重和爱戴。小妹四民不愿找对象，后来才知得了白血病，不愿拖累人，他感动于妹妹的善良。母亲年迈后经常生病，有时走失，张大民到处寻找，主动承担起照顾母亲的责任。为了挣钱养家，张大民经常背着妻子做两份工作。下岗后，他不怕麻烦背着暖水壶到处销售，终于得到了一笔大单。张大民用勤奋、包容、宽厚创造了简单素朴的生活，他知足常乐，用一步一个脚印的生活节奏诠释了"幸福"的基本要义。其实，"幸福"就这么简单。正如一首歌曲所唱：

> ……幸福在哪里？朋友啊告诉你：她不在柳荫下，也不在温室里。她在辛勤的工作中，她在艰苦的劳动里。啊！幸福就在你晶莹的汗水里。……①

张大民用自己的劳动和汗水创造着自己的幸福。他没有过人之处，只是生活中一个普普通通的人，是一旦走进人流就被立刻被淹

① 《幸福在哪里》由戴富荣作词、姜春阳作曲，反映了二十世纪八九十年代的时代情绪，一度风行全国，大街小巷随处可闻，还被搬上春晚演唱。

没的那种。他的生活内容就是恋爱结婚、生养孩子、扩建房子、挣钱养家、照顾老人等日常琐事，以及由此关涉到的兄弟姐妹关系、邻里关系、工作关系、养老关系，等等，事无巨细。一个个矛盾不断解决，一桩桩心愿不断满足，小小的成就感又促使他不断努力奋斗。生命不息奋斗不止构成张大民生命的精彩。

这里可以将张大民和印家厚（池莉《烦恼人生》）比较。两个男人的生活十分类似。池莉将印家厚的生活浓缩在一天中发生：凌晨被孩子弄醒，挤公共卫生间洗漱，排队挤车送孩子上学，上班处理工作烦琐事务，与昔日情人偶遇，下午接孩子回家，晚上要交房租、水电费，照顾孩子入睡，等等。简单的日子一天又一天地重复，印家厚在这重复中不胜烦恼。如果说印家厚展示的是一天生活中的多个片段，张大民展示的则是一段生活流程。印家厚表达的是人生的"烦恼"，有消极的下沉情绪；张大民表达的是一种幸福感，是积极的向上的情绪。池莉表达的是二十世纪八十年代中后期，人们生活日趋富足后精神归属无着落所出现的各种烦恼，即崇高消解而世俗盛行，庸常生活消磨了雄心壮志，眼前的满足遮蔽了长远的追求，这是当时社会情绪的真实写照，也是新写实小说的普遍基调。文学的审美从崇高开始走向日常的生活的世俗，当然，贴地写作也由此勃兴。

相比于池莉，刘恒有所不同。他在新写实小说流行时期，也写了以生存为主调的《狗日的粮食》，当时也引发了很大反响。但是，到九十年代后期写《贫嘴张大民的幸福生活》（1997）时，社会语境有了新的变化。人们生活改善了，日益增长的物质需要的新矛盾又不断涌现，由此关涉到人的精神生活和信念理想。处于社会底层的人该如何处理？这就需要生活的智慧。张大民展示了平民的生活智慧。他遇到了很多困难，找媳妇难，住房难，生育难（二民夫妇），就业难（下岗卖暖水瓶），治病难（四民得白血病），养老难，等等，但是他没有因生活艰难而退缩，而是迎头而上各个击破。克服困难后，也没有因家境好转而沾沾自喜。他总是以平常心、平常态度对待。三民和五民各有心思，各有生活方式，但都不如张大民来得踏实。唯有他可以踏踏实实过日子，不卑不亢。"日子好过极了！孩子幸福极了！有我在，有我顶天立地的张大民在，生活怎能不幸福呢！"[①] 小说结尾部分这段话点明了张大民的价值观和幸福观，他是"自我实现者"的典型形象。"自我实现者具有奇妙的反复欣赏的能力，他们带着敬畏、兴奋、好奇甚至狂喜，精神饱满地、天真无邪地体验人生的天伦之乐，而对于其他人，这些体验也许已经变得陈旧。"[②] 张大民和印家厚有不同的生活态度，他比印家厚更宽厚、更乐观、更积极，更能看到事物的优点和有益的一面。态度不同，心理感受不一样，生活的状态和结局就完全不同。一个没有任何外部优势的人，却能带领家人过上幸福生活，这是张大民的本领，也是人生的意义，也是作品的意义。由此，文本通过一个普通的现代人的简单生活诠释了知足常乐的理念。所以说，张大民是容易满足的，是具有强烈幸福感的人。张大民的幸福是看得见摸得着的，是千千万万人都能做到的。他的典型性就在他平凡心的普遍性和普适性。

综上所述，刘恒笔下的男人，无论在农村还是城市，多生活在社会底层，他们身上都灌注着一股气、一股子不服输的倔强和韧劲。无论生活多么艰难，不会轻言放弃。这股气，表露在外就是个人尊严，就是个体内心的品质，任何情况下都必须延续。既有杨天青这类挑战伦理的勇士，也有杨天臣一类传承家风的男人；既有郭普云一类为尊严而自杀的男人，也有张大民一类想着法子不断改变生存环境的男人。人一旦有了这股气、这种劲头，就会有生生不息的希望存在。

---

① 刘恒：《四条汉子·贫嘴张大民的幸福生活》，人民文学出版社，2013年版，第122页。

② ［美］马斯洛：《动机与人格》，许金声等译，华夏出版社，1987年版，第190页。

第二章　刘恒小说中的形象塑造（下）

第一节　建构地位的农村女人

新文化运动，是中国现代文学的起点，也是中国现代文化的起点，从 1917 年发端，到 2017 年已有整整一个世纪。一百年来，中国的文学语言、文学思想、文学观念都发生了巨大而深刻的变化，中国在世界中的影响和地位也有翻天覆地的变化。这些变化中，最为显著、最引人注目的当数中国妇女地位的变化了。中国几千年的文明史中，没有哪个时代能够像这个时期一样，把妇女问题当作社会解放、社会发展的重要问题来对待。妇女解放、男女平等、同工同酬、恋爱自由等口号成为一个时代的情绪。引发了胡适①、鲁迅、周作人等新文化运动先驱的热烈关注，纷纷撰写文章发表看法。

1923 年鲁迅写了《娜拉走后怎样》一文，指出女人要能真正走出家庭，必须有两个权利："第一，在家应该先获得男女平均的分配；第二，在社会应该获得男女相等的势力。可惜我不知道这权柄如何取得，单知道仍然要战斗；或者也许比要求参政权更要用剧

---

① 胡适的文章有《易卜生主义》《美国的妇人》《贞操问题》《论女子为强暴所污秽——答萧宜森》等，收录于《胡适散文》第 1 集，中国广播电视出版社，1992 年版。

烈的战斗。"①鲁迅富有预见地指出，女子要获得解放的两个重要条件，以及获得解放之艰难道路——战斗。1933年，鲁迅又写过两篇讨论妇女问题的文章。一篇是《关于女人》，谈到女人的地位："私有制度的社会，本来把女人也当做私产，当做商品。一切国产，一切宗教都有许多稀奇古怪的规条，把女人看做一种不吉利的动物，威吓她，使她奴隶般的服从；同时又要她做高等阶级的玩具。正像现在的正人君子，他们骂女人奢侈，板起面孔维持风化，而同时正在偷偷地欣赏着肉感的大腿文化。"②鲁迅道出了女人的悲哀，批评了男人的霸权和虚伪。另一篇《关于妇女解放》中说道："这是五四运动后，提倡了妇女解放以来的成绩。不过我们还常常听到职业妇女的痛苦的呻吟，评论家的对于新式女子的讥笑。他们从闺阁走出，到了社会上其实是又成为给大家开玩笑，发议论的新资料了。"③这个中原因，鲁迅也分析到了："在没有消灭'养'和'被养'的界限以前，这叹息和苦痛是永远不会消灭的。"如果女子得不到和男子同等的经济权，一切都是空话。"在真的解放之前，是战斗。……不断的为解放思想、经济等等而战斗。解放了社会，也就解放了自己。"④鲁迅这些观点极具远见。社会各界经过大半个世纪的艰苦努力后，其愿望基本实现。今天的现实生活已表明，妇女不但实现了恋爱自由、婚姻自主，而且真正拥有了"半边天"，与男性一样享有各种权利：接受同等教育，参与社会管理，同工同酬，除了极少数行业在性别上和生理上有特殊要求，中国女性的身影活跃于社会各个领域。中国妇女在家庭、社会以及政治地位方面的种种变化，在中国乡土小说中有生动而丰富、广泛而深刻的体现。

---

① 鲁迅：《鲁迅全集》第1卷，新疆人民出版社，1995年版，第77页。
② 鲁迅：《鲁迅全集·关于女人》第2卷，新疆人民出版社，1995年版，第327页。
③ 鲁迅：《鲁迅全集·关于妇女解放》第2卷，新疆人民出版社，1995年版，第365页。
④ 鲁迅：《鲁迅全集·关于妇女解放》第2卷，新疆人民出版社，1995年版，第366页。

一、中国乡土小说史是一部农村妇女解放史

作为一股文学潮流或是一个小说流派，中国乡土小说在二十世纪初至今的一百多年时间中，是唯一没有中断的潮流或是流派。虽然在不同时期有不同称谓，如"乡土小说""新乡土小说""乡村小说""农民小说""农村小说""农民文化小说"[①]等等，但是，对乡村的书写、对土地的眷恋、对于乡村人物的各种感慨，总是在各类作品中绵延不绝。可以说，一部中国乡土文学史，就是一部中国乡村社会的发展史，一部中国农民的成长史；从女性角度看，则是一部中国农村妇女的解放史、一部见证中国女性地位变化的文学史。透过乡土小说，体察中国妇女，特别是农村妇女地位的变化，依据充分，案例生动，理论丰富，意义深远。

二十世纪早期的乡土小说，主要叙述农村妇女的悲惨遭遇，鲁迅的《祝福》、王鲁彦的《菊英的出嫁》、台静农的《拜堂》、柔石的《为奴隶的母亲》都用沉重的笔触书写妇女的悲剧命运，为妇女解放发出了先声。三四十年代后，随着妇女解放观念的普及与深入，有些地方的农村妇女开始觉醒，追求恋爱自由婚姻自主，如赵树理《小二黑结婚》中的小芹；有的甚至走上了革命道路，如孙犁的《嘱咐》《荷花淀》中的水生嫂，等等。中华人民共和国成立后，大多数地方的农村妇女地位逐渐提高，开始当家做主，也能参与社会公共事务管理。如周立波《山乡巨变》中的盛淑君，浩然《艳阳天》中的焦淑红等。但也有部分偏远地方的农村由于传统观念根深蒂固，妇女的权益仍然得不到保障，特别是在婚姻上仍然受到各种桎梏。二十世纪八九十年代的乡土小说，如张弦的《被爱情遗忘的角落》，朱晓平的《桑树坪纪事》等作品反映了许多地方农村社会的爱情悲剧、家庭悲剧。进入新世纪后，农村妇女地位日益提高，

---

① 李莉：《中国新时期乡族小说论》，中国社会科学出版社，2008年版，第5页。

不但婚姻自主，而且积极参与社会政治，当上了领导干部，和男人一样发挥着自己的聪明才智。李洱《石榴树上结樱桃》中的孔繁花、孟小红通过打拼成为村里的决策者；贾平凹《带灯》中的带灯也是为工作为事业积极献身的案例。

妇女地位的变化，既可以从不同时期不同作家的作品所表现的共同主题来考察，也可通过同一时期不同作家所表现的相似性人物来考察，或者根据同一作家不同时代的人物形象来考察，根据文本资料得出相应结论。下面以刘恒为中心，结合同时代其他作家或是作品予以阐释。

刘恒并不是一个完全意义上的乡土作家。他说，"我不是农民，但我是农民的孙子"[1]。这表明了刘恒与农村的血缘关系，加上他有在山区生活过的经历，对农村和农民有一定了解。但离开山区后，他的生活环境以及从事的职业都发生了很大变化。因为与农民有接触，所以其作品有乡村社会题材的；因为他不是职业农民，所以其作品不单有刻画农民形象、反映农村生活的，也有表现城市生活和历史生活（《苍河白日梦》）等内容的。复杂的经历造就了刘恒书写视角之广阔、人物形象之丰富——有农民，有仆人，有干部，也有知识分子等形象。中年后，他又从事编剧工作，根据小说或其他体裁改写了许多形象，包括农妇（《菊豆》）、士兵（《集结号》）、画家（《画魂》）等。

透过刘恒的许多农村生活小说，可以看到他在刻画农村妇女形象方面之用力和用心。他的作品也可以寻觅到妇女解放的轨迹，可以窥见中国妇女，尤其是农村妇女地位之变化。

《刘恒自选集》[2]第3卷《虚证》和第4卷《狗日的粮食》收录的中短篇小说中，故事背景多发生在洪水峪、桑峪等农村，是他各种创作中最具有乡土特色的作品。如第3卷的《狼窝》，第4卷的

---

① 刘恒：《乱弹集·火炕》，春风文艺出版社，2003年版，第19页。
② 刘恒：《刘恒自选集》1—5卷，作家出版社，1993年版。

《狗日的粮食》《伏羲伏羲》《力气》《杀》《萝卜套》《陡坡》《种牛》《四条汉子》《东西南北风》《连环套》《两块心》《龙戏》等。其中《狗日的粮食》《伏羲伏羲》两个作品的主人公以女人为主、男人为辅；其他作品中以男人为主、女人为辅。透过这些文本可以看到女人的家庭地位和社会状态。

二、传统的婚恋生活见出妇女解放之艰难

中国农村社会曾长期存在买卖婚姻现象，女子被当作商品进行交易。《祝福》（1924）中的祥林嫂、《为奴隶的母亲》（1930）中的春宝娘就属于此类。这些女人没有任何权利选择自己的结婚对象。结婚后自己的生活也不能掌控，被婆家（祥林嫂）买卖，或者被丈夫（春宝娘）典当，女人成了牲口或是商品。这两部作品写于二十世纪二三十年代，人物的生活背景与作家鲁迅、柔石的生活时代同步，是对当时现实生活的真实反映，具有典型的现实意义。

刘恒的《伏羲伏羲》反映了社会交替时期农村妇女观念和命运的变化。故事起始于民国三十三年。洪水峪不到五十岁的杨金山拿二十亩山田换娶了新媳妇王菊豆，要她为杨家生儿育女延续香火。"小娘儿们算个什么东西？她是他的地，任他犁任他种；她是他的牲口，就像他的青骡子，可以随着心意骑她抽她使唤她！她还是供他吃的肉饼，什么时候饥馋了就什么时候抓过来，香甜地或者凶狠地咬上一口。花二十亩地的大价换个嫩人，他得足够地充分地使用她。"[1] 这是杨金山的女人价值理论。一个水嫩嫩的大闺女，就是他的土地和牲口，任他耕种任他使唤，男权思想结下的毒瘤在杨金山脑袋中日益胀大。在他眼里，以交易方式得来的女人不再是人，只是一个动物，一个没有人格、没有尊严的供男人发泄欲望、传宗接

---

① 刘恒：《刘恒自选集·狗日的粮食》，作家出版社，1993 年版，第 23 页。

代的工具。杨金山折腾多年，菊豆的肚子也没见起色。他不寻找自己的缘由，反而越发责怪妻子，变本加厉地打骂她。

土地改革后，村里成立了妇委会。杨金山经常把菊豆打得鼻青脸肿，邻居和妇委会指责他糟辱老婆，杨金山不但不认错，反而振振有词地回应道：

> "看看吧，揍出个活的，我给她做猫做狗，揍不出活的，图个乐子！我亏不亏？老子一辈子白活亏不亏？"
> "打坏了，村里有法子治你！"
> "崩了我才好！我活够啦……"

对此，作者发表议论："话说到这个地步，金山竟能弹几滴眼泪下来，别人也就无话，觉得不可妄猜他的心地，无子无后到底是大悲哀，可恶中便有了可怜与可恕了。"[①] 无子无后的思想一直盘踞在杨金山和村人的脑袋中。有了这个根深蒂固的观念，即便折磨老婆，也算是情有可原的了。从这里看出，要解放妇女首先是观念要解放。何况，不能生育的事情并不是菊豆的问题，而是杨金山自己的问题。他和前妻生活三十多年无子无女，折磨菊豆多年也没生一个孩子。可是传统社会，人们不责怪男人，只责怪女子无能。即便村里"有法子"，也难以真正落实"治他"的行动。女人的悲哀，就来自那牢不可破的封建观念。菊豆在家里没有话语权、丈夫面前无地位，只能接受男人无情打骂、肆意践踏。

面对杨金山的凶残，菊豆无论怎样哀求也无效。她在万般无奈的容忍中开始转移生的希望和爱的欲求。在身边，比她年岁小的侄儿杨天青懵懂长大了，这是个有血性的男儿。他痛恨叔叔对婶子菊豆的无情折磨，对遭受蹂躏的婶子产生了同情和关心。在原始生命

---

① 刘恒：《刘恒自选集·狗日的粮食》，作家出版社，1993 年版，第 37 页。

力的驱动下，在人性本能的召唤中，菊豆觉察到了杨天青那默默注视的眼神，以及倔强生长的蓬勃朝气和青春力量。她心领神会地自觉不自觉地表达自己的关注和关心，并伺机启发他、鼓励他，寻找机会表达自己的爱意。

一次劳动之余，菊豆与天青同食一根腌萝卜。聊天闲谈中，菊豆暗示天青："天青，你怕了吧？"……"妥妥看看你苦命的婶子，我像狼不？"……"要吃你！怕你就走。"语言与行动并用，菊豆打消了天青的顾虑，俘获了他。二十六岁的菊豆和二十二岁的杨天青，在生命和青春的本能中，打破了伦理和社会规则，相亲相爱了。偷情给她带来情感上的愉悦，也寻找到作为女人的幸福和作为母亲的快乐。然而，快乐是有限的，痛苦却是无穷的。

菊豆和天青结合，从年龄和情感讲，无可厚非，甚至更合乎人性。从情爱和婚姻权利讲，他们都有自由选择权。但是，刚从旧社会走到新社会的女人，即使婚姻法允许，要突破根深蒂固的道德伦理藩篱，忍受社会舆论的嘲弄，又需要何等的勇气和胆识！菊豆和天青没有话语权，也很难在邻居面前重新建构自己的话语权，两人又无法改变现实，也不愿逃往他乡。只好退而求其次，掩人耳目，偷情不止。这不但给菊豆的身体健康带来损害（吃打胎药，害怕怀孕），也把家庭关系一次次推向深渊。特别是当儿子天白长大懂事后，彼此间的畸形关系更加尴尬。特殊的家庭让天白喘不过气，他带着仇恨送走了杨金山，也以同样冷漠的方式对待亲生父亲，杨天青心灰意冷，最终走向自杀。菊豆的后半生则在思念的煎熬中度过。可见，挑战传统观念要付出多么沉重的代价！天青付出了生命的代价，菊豆付出了健康和情感的代价。

小说《伏羲伏羲》被改编为电影《菊豆》。两两相比，各有千秋。语言和情节上，小说更丰富，更生动，更有曲折感和波动感。当然，电影中人物对话也十分精练和精致，特别是电影中人物活动的场景、行为动作、表情神态、彼此面对面的交流更能直观地表现人物性格，以及事件发生的语境。

刘恒改编的电影剧本中，菊豆出场的画面看似喜庆，却蕴藏着凶兆："菊豆蒙着新娘盖布坐在喜背子的毡垫儿上，青衫青裤，只有红盖头像一团火。她怀里抱着一把伞。"[①]红盖头是新娘子的象征，充满喜气和吉祥。可是，作为新娘子的菊豆，却没有穿红衣服，只是"青衫青裤"，隐含着某种不祥的预兆。接亲途中又遇大雨，杨金山要避雨，要求天青放下喜背子。杨天青提醒他："叔，喜背子不能落地……喜背子落地新媳妇命苦。"新婚中的禁忌在日常生活中不能被随意破坏，一旦不合规矩就会遭遇不幸。这是民间的潜规则，需要谨慎遵守。可是，菊豆没有条件遵守（红色衣服不能自己做主购买制作）；新婚丈夫杨金山也不遵守，反而放肆说："今天老子就破破这个规矩！你婶子的命在我手心里攥着哩，我让她甜她敢不甜？"[②]杨金山的回答充分暴露了男人的霸道、蛮横。菊豆后来的命运基本诠释了"在家从父，出嫁从夫，夫死从子"的传统观念。父亲把她当商品卖给了杨金山，换取了山田和银元；杨金山把她当作传宗接代的生育工具，随意打骂；杨天白知道母亲和杨天青的不正当关系后，痛恨生父和母亲，家庭关系十分僵硬。菊豆只好看着儿子杨天白的脸色度过余生。

总体看，菊豆的一生是悲剧的一生。她饱受杨金山折磨，有挣扎和反抗，却无处容身。移情杨天青后，她得到安慰与温存。但是，婶侄恋是遭人唾骂的畸形恋情，不敢公开。她和天青又无法摆脱社会束缚寻找真正的自由，背负着道德伦理的枷锁过日子。虽然，他们结合后踏入了新社会，婚姻也可以自由选择，可是他们俩既成的身份状态，以及长久地在一个地方生活而形成、接受的习惯并不允许他们改变身份，获得合法的认同。这就是悲剧所在。或者说，社会解放了，但是人们的很多观念、很多思想仍然没有解放，

---

① 刘恒：《刘恒自选集·菊豆》作家出版社，1993年版，第99页。

② 刘恒：《刘恒自选集·菊豆》作家出版社，1993年版，第100页。

特别是家庭关系、情感关系等敏感话题总是让人难以放弃。菊豆和天青要脱离这种世俗眼光，在当时的认识水平和生活环境中几乎不可能，悲剧就难以避免。无论结果如何，不争的事实是，菊豆的抗争为妇女解放冲开了一条血路，为妇女地位的建构提供了重要的铺垫。

三、妇女称谓的变化意味着家庭地位的变化

"姓名在严格的等级制度下可以成为身份关系的制度抽象，一个具体的姓名就是一个具体的身份，一个具体的姓名就意味着身份关系上的具体权利义务。正是从这种意义上来讲，姓名权是一种身份权。"[①]中国封建社会，姓名是身份和财产的象征。为国立功之人皇上可以赐姓赐名，没有身份和财产的人不配有姓名。鲁迅在《阿Q正传》中叙述道，阿Q说自己是赵太爷的本家，结果遭到赵太爷一个嘴巴："你怎么会姓赵！——你那里配姓赵！"阿Q居然不配姓赵！因为他处在社会最底层，既无财产又无身份。作为男人的他都不能拥有姓名权，最底层的女人就更不用说了。封建社会的农村，女子很少有姓名。在家里由父母根据排行称呼。出嫁后，依附于丈夫，在丈夫名字后被冠"×家的"，或跟着丈夫冠上一个辈分，如《祝福》中的"祥林嫂"，《故乡》中的"杨二嫂"。有了孩子后就随孩子叫，《为奴隶的母亲》中的"春宝娘"，等等。

李准的短篇小说《李双双小传》[②]（1959）在开头部分介绍李双双情况就是农村妇女姓名称谓变化的一个典型案例。"李双双是我们人民公社孙庄大队孙喜旺的爱人，今年二十七岁年纪。在人民公社化和大跃进以前，村里很少有人知道她叫'双双'。因为她年

---

① 袁雪石：《姓名权本质变革论》，《法律科学（西北政法学院学报）》2005年第2期。
② 李准：《李双双小传》，房福贤主编《中国现代文学作品导读》，山东画报出版社，2002年版，第44页。

纪轻轻的就拉巴了两三个孩子。在高级社的时候，很少能上地做几回活，逢上麦秋忙天，就是做上几十个劳动日，也都上在喜旺的工折上。村里街坊邻居，老一辈人提起她，都管她叫'喜旺家'，或者'喜旺媳妇'；年轻人只管她叫'喜旺嫂子'。至于喜旺本人，前些年在人前提起她，就只说'俺那个屋里人'，近几年双双有了小孩子，他改叫作'俺小菊她妈'。另外，他还有个不太好听的叫法，那就是'俺做饭的'。"从丈夫和邻居们对双双的各种称谓中，可以看到从旧社会走过来的女人地位之卑微、人格之卑微。

"双双娘家在解放前是个赤贫农户，她在十七岁那年，就嫁给了喜旺。才过门那几年，双双是个小丫头，什么事也不懂，可没断挨喜旺的打。到土改时候，政府又贯彻婚姻法，喜旺才不敢老打了。……合作化以后，男女实行同工同酬，双双虽然做活少，可也有人家一份。喜旺这时候办个什么事，也得和她商量商量。"

这两段描述告诉了农村妇女家庭地位的变化。旧时代，双双和其他女子一样，没有身份和地位。在娘家叫啥不得而知，到夫家后更没有人叫名字，一切都随夫叫，连自己做的工作都只能记在丈夫名下。从"土改"到"合作化"，是中国妇女解放得到进一步落实的两个节点。前一个阶段，从家庭层面讲，丈夫不能随便殴打妻子，不能随意家暴。后一个阶段则是提高了妇女的社会地位，男女"同工同酬"，双双能和男人一样享有自己的劳动成果，而且能参与家庭事务的管理，男人办事也须和妻子"商量"，不能独断专行。不但如此，双双还能有机会进入扫盲班识字，给自己报的名字就叫"李双双"，开始享有受教育权。有了文化，双双就能编撰打油诗写大字报，表达自己的想法和观点。她不愿做纯粹的家庭主妇，希望走到集体生活中。"我在家闷得慌。人家都在大跃进哩，我就不能走出这个家！"走出家庭走向社会是双双们的心愿，也是许多农村妇女的心愿。这不只是她们个人的愿望，也是她们的劳动、智慧、才干向社会展示的重要手段和渠道。双双主动参与到集体劳动，

"工作积极负责，办事又公道"，被吸收入党，也成了村里的积极向上的带头人。她的举动激发了喜旺的上进心，把双双当作自己的奋斗目标，"我一定要赶赶你，也要争个上游！"

双双的变化，不但把妇女的潜能发挥出来，为国家建设出力，也带动了男人的干劲，为社会发展树立了良好榜样。双双的进步和能干不只是一个妇女的表现，也是中国绝大多数妇女的表现。体现了一种时代精神，一种社会风尚。

据上面的分析得知，《李双双小传》是中国农村妇女从家庭走上社会的标志性作品。可以说是一部关于"女权"的代表作。从旧社会到新社会，反映了女人家庭地位和社会地位的变化。李双双依靠新社会的力量，勇敢地冲破了家庭重围，走向社会，改变了自己的命运，提升了自己的话语权和社会地位。

双双是幸运的，但是曹杏花就不同了。杏花是刘恒《狗日的粮食》中的女主角。"女人姓曹，叫什么谁也不知。她对人说叫杏花，但没有人信。西水那一带荒山无杏，有杏的得数洪水峪，杏花是她嫁来自己捡的名儿，大家都还说她不配，因此不叫。人们只叫她脖子上的那颗瘤，瘿袋！"[1] 杏花是洪水峪男人杨天宽花二百斤粮食买的，因为脖子上长着瘿袋，就以这个作为标志来指称她。女人没有名字，即使有名字人们也不相信，也不使用。她的姓名和存在对别人没有多大意义，只是对于男人来讲，有作为女人的价值，能生儿育女能下地干活。

两人在"分地不久"之后结合，随着孩子的陆续降生，粮食越发缺少。到第四个孩子红豆出生时就是"队里食堂塌台，地里闹灾，人眼见了树皮都红，一把草也能逗下口水"。从这个模糊的时间概念看来，是三年困难时期。为了养活全家八口人（夫妻加六个孩子），饥饿时也顾不了脸面，顺手牵羊、偷瓜摸菜的事情常有发生。甚至，骡粪里没有消化的玉米粒女人也会捡来淘洗后再煮给全

---

① 刘恒：《刘恒自选集·狗日的粮食》，作家出版社，1993年版，第6页。

家人吃。她拼尽力气，勤扒苦做，不惜名誉，不顾脸面得罪邻居，完全是为了自家人的存活。可是女人的良苦用心并没有得到男人的理解和尊重，得知女人把购粮证弄丢了时，"灰人有了胆了不得"，他"竟扑上去无头无脸一阵乱拍，大巴掌在女人头上、瘿袋上弹来弹去"，邻居们幸灾乐祸，觉得男人应该"往死里揍她"。女人为粮食操碎了心，为一家人的生活忙碌，不小心弄丢粮证，得不到任何安慰，得不到任何尊重，竟遭男人暴打。一个向来懦弱的男人，偶然抓住了妻子一次的疏忽，就往死里打她，瘿袋如何受得了？她伤心了，绝望了，便独自吞食苦杏仁寻了短见。瘿袋一生为粮食而活，为粮食而死。造成她走上绝路的直接凶手还是男人的无情暴力。

杨天宽的本领不大，打老婆时却逞英雄。刘恒另一篇小说《东西南北风》的男主人公赵洪生也是一个懦弱性格的男人。他做了高中女同学的倒插门女婿。整个文本中，他的老婆没有姓名，开头是"胖胖的女同学"，后来就是"女人"。尽管这是个勤快节俭的女人，在赵洪生那里却是个用钱的障碍。他对女人说话总是凶巴巴的，少有体谅和温情。明知男人嗜好赌博，且经常撒谎，女人总是一次次原谅他，由恐惧到默然，还把血汗钱给他做"正经事"（偷偷赌博）。一个弱女子是难以阻止丈夫的不良行为，只好跟着受苦受累。女人没有姓名，实际上当不了家做不了主，即使是上门女婿，在家里也比女人有权利。小说批判了乡村社会的不正之风，对女人的无奈也进行了思考：没有姓名的女人总是依附于男人，无论她怎样勤扒苦做、一再忍让，也难以得到男人的尊重和爱护。女人应该怎样做才能拥有独立的人格和尊严？即使在今天，这仍然是一个有价值的话题。

四、女性的话语权彰显其社会地位的变化

周作人曾说："妇女的问题只有两件事：即经济的解放和性的解放。"[1] 他认为这两件事解决了，女人就拥有了经济权和性权，妇女就解放了。这句话只说对了一半，因为经济权和性权是外在的、皮相的。女人要获得彻底解放，要得到整个社会的认同，必须是女人自己和全社会的观念解放，即精神思想——话语权的解放。一个女人如果拥有了经济权和性权，未必有话语权。例如旧时代的富家女子和官宦人家女子，有钱，也有性权（选择自己的如意郎君），但是，她未必能当家做主，也未必能获得社会地位和社会影响。反之，一个女人一旦拥有一定的话语权，就可以拥有一定的经济权和性权，武则天和慈禧太后如此。她们有经济权，有性权，也有很高的话语权，但是，她们生活在男权社会，只是遵循既成的某些法则，竭尽所能去满足自己所需，达到个人目的。这两位位高权重的女人并没有明确的女性解放意识，更没有解放其他女人的意识。她们的才能和各项权力在男权社会并没有被完全接受，也没有被真正认同，甚至遭到了来自各方面的打压。可见，封建社会的妇女，要在政治领域得到男权认可，在社会上要和具有同等地位的男人一样得到尊重，会遭受常人难以想象的挑战和困难。

中国妇女解放的脚步比西方缓慢得多。十七世纪的法国最早掀起了妇女解放运动，十八世纪的欧洲、美洲都有大规模的妇女运动发生。到二十世纪初期，世界妇女运动如火如荼，妇女解放运动思潮随着其他社会思潮传播到中国，中国才开始有明确的妇女解放意识。这种意识起源于文艺界的讨论。其时，挪威著名戏剧作家易卜生的戏剧《娜拉》[2] 传播到中国，娜拉不愿做丈夫的玩偶，为追求个性解放而离家出走。娜拉出走后的情形，在中国社会，特别是文

---

[1] 周作人：《谈虎集》，河北教育出版社，2002年版，第132页。

[2] 易卜生创作于1879年，该作又名《玩偶之家》或《傀儡家庭》。

艺界掀起了一场轩然大波。胡适①、鲁迅②、周作人等纷纷撰文讨论妇女问题。当时的讨论集中于女人的贞操以及妇女离开家庭后怎么办等问题。很多人认为：女人应该独立，自强。

其实，女人的独立和自强，也不完全是女人的事情。历史上有很多独立、自强的女性并没有摆脱旧思想的牢笼。刘兰芝（《孔雀东南飞》）、窦娥（《窦娥冤》）都是不愿屈服强权、敢于追求独立人格的人，她们的命运比常人更凄惨。这就是说，女人很难解决女人自身的问题，很多要靠男人才能实现。半个世纪后，经过社会各方面努力，女人的独立自强逐渐实现。

电影剧本《秋菊打官司》实际是一部关于话语权争夺的作品。村妇秋菊要为丈夫"讨一个说法"贯穿全文，也是作品凸显的主旨。剧本是根据陈源斌小说《万家诉讼》改编而成的。小说出版时在社会引起了巨大反响。秋菊有主见、有人格、精神自强，为了给受气的丈夫争口气，她三番五次上告村长。最后，依靠社会的支持，依靠法律的力量，她实现了目的。从秋菊打官司的目的看，她是为了要"讨一个说法"，这个说法就是话语权，就是人权，就是人格和尊严得到尊重的权利。所以这部作品是话语权进步的表现。

如果说，《菊豆》是围绕一个家庭而写，侧重于男女情、父子情，那么在家庭与社会关系中，菊豆要争取的是自由恋爱权、婚姻权，她完全可以放弃杨金山选择杨天青。但是，社会舆论未必允许她这样做。她站在杨金山身边，与关系上的侄子天青保持恋情时，就与伦理不符。这种尴尬的关系导致了家庭恩怨。菊豆的苦楚让人同情，但是她得不到家庭和社会的话语权，所以得不到婚姻权。《秋菊打官司》写邻里情、夫妻情、同学情。这些情感也是围绕家

---

① 胡适撰写了《易卜生主义》《贞操问题》《论贞操问题》等文章，收录于《胡适散文》第 1 集，中国广播电视出版社，1992 年版。

② 《我之节烈观》(1918)，《娜拉走后怎样》(1923)，收录于《鲁迅全集》第 1 集，新疆人民出版社，1995 年版。

庭设计，围绕家庭问题来建构事件、突出矛盾、结构各种人物关系。各种关系中，秋菊要争取的是"话语权"。

《秋菊打官司》是剧本，要突出人物语言，通过语言动作展示人物性格符合人物身份。刘恒处理得十分精彩。秋菊的硬气，村长的霸气，张九路的义气，万庆来的屎气，调解人顺来的和气，店老板的大气，公安人员的锐气等都很形象。这些人物表现出这个地方的话语风格，每个人可以认理，却不愿意服输。特别是村长，是一个很真实的立体的形象。因为自己只生了几个女儿而没有儿子，觉得没有人续香火，传统观念使得他很不顺气，正是这个思想成了矛盾的焦点。庆来受到他欺负时，专门挑人家的短处，指桑骂槐地讽刺村长没有能耐生儿子。这在农村很常见，也是人们最为忌讳的事情，挑到人家的死穴，逼人动手。村长也不好惹，专踢庆来裆下的命根子。这也是农村最忌讳的事情。头部都可以打，就是不能踢胯下，这是带有侮辱性的行为。村长王善堂以牙还牙的方式不但没有解决问题，反而激起了秋菊的愤怒。由此引发了秋菊的系列动作：从乡里到县里再到市里，三级地方机构都上访状告了，最后在秋菊不做指望，一心感谢村长为她生孩子而出手相助，对村长的打人和救人两事抵消而互相言和时，结局出现了反转：警察来了，村长被抓了。此时，秋菊惊讶了。她一直只想让村长认个错，讨个说法，给自己和男人长点志气。真把村长告倒时，他们夫妻又不忍心，风急火燎地再去上法院，要保村长出来。

这个故事的意义在于：农村妇女的自我意识提高了，人的尊严提高了，人在社会的地位提高了，法制观念也增强了。村长的"踢"并不是主要的，关键是他踢人的部位不能被人接受，踢了"命根子"，不但给人带来严重伤害，而且具有明显的侮辱性质。秋菊受过教育，她不能忍受这口气，必须给村长一个回击，否则，她和她的男人再也难以在村里立足了。所以，她带着身孕，不辞劳苦，不惜金钱，冒着风雪，一趟又一趟地告状。村长赔付钱财，秋菊也没有在乎钱财的多少，倒是很在乎赔款的"给法"。第一次是村长故意把钱摔在地上要他们"弯腰低头"去捡拾。第二次是调解书直接给了村长，他有意把赔付款放在台子上要庆来"自己拿"。这两种赔钱方法都盛气凌人，不是真心诚意的道歉，刚强的秋菊当然不能接受。她没有接受赔款，反而以撒钱的方式回敬村长，于是有了第三次上告。秋菊与其说是在告状，不如说是要通过告状维护并挽回自己的尊严，挽回做人的尊严，同时也是回击村长这类霸道的干部。他以为自己可以一手遮天，是村里的"家长"，可以任意侮辱他人，犯错不改。两人在彼此的较量中，都把面子和尊严放在第一位。

正如叔本华所言："女人不论身处任何时地，都是透过丈夫的关系，间接支配一切，所以她们具有一种支配丈夫的力量。她们天生就有一种根深蒂固的观念——一切以虏得丈夫为主。"[1]丈夫是农村妇女的第一靠山，即使窝囊，也是作为男人的形象给女人以家庭的名分。秋菊打官司，不只是为了维护丈夫的尊严，也是维护自己和家庭的尊严。她不是和村长一个人打官司，而是和落后的封建观念打官司、和霸道蛮横的村干部打官司，为争取女人权益打官司。从女权的角度讲，她展示了新时代农村妇女的精神风貌。最后她要救村长，又显示了法制观念不够强，还必须深入普法。当然，这个作品在二十世纪九十年代是具有鲜明的时代意识和时代精神。我们看到妇女不但拥有了半边天，而且能充分掌握自己的命运，有了自强意识，敢于运用法律武器维权。秋菊形象的现实意义就更加深刻了。

如果说菊豆代表的是人的爱的权利、性的权利和生育的权利，是家庭地位的争取与维护，那么秋菊代表的是话语权、法律意识权，是女人社会地位提高的表现。这两个女人在两个不同层面维护妇女的权益。

综上所述，经过近一个世纪的奋斗，中国妇女的地位发生了巨

---

① ［德］叔本华：《叔本华人生哲学》，九州出版社，2003 年版，第 230 页。

大变化，妇女权益得到了保障。社会观念有了巨大进步。妇女们不畏强权，还可以拿起法律武器维护自己的权益，维护家庭的权益，这就是社会进步的表现。秋菊打官司，只是一个个案，却反映了一个重大的社会主题：妇女解放具有了本质上的意义——妇女的择偶权、姓名权、话语权，一步步走向了深化。当女人和男人一样同享各种权利，妇女在社会的发展和进步中所做的贡献会更多，社会环境也会更好。

第二节　变革观念的城市女人

刘恒作品塑造了很多女性形象。根据其生活环境划分，大致分为乡村女性和城市女性两大类。还有一些身份比较独特的女性，如《少年天子》中的皇室贵族孝庄太后、乌云珠等人，《画魂》中的画家潘玉良等人，她们的身份和生活环境不同于普通市民，各种观念与其他女性相比，有共同的一面，也有很独特的一面，况且这些作品都是刘恒改编而来，所以不放在本文中论述。本文所指的城市女性主要是相对于"农/乡村"生活环境而言，她们不靠耕种土地为生，有迥异于农村社会的工作环境和生活环境，有的甚至还有工作单位，属于"非农"女人。在这样的前提下，下文探讨的女性是一定范围内城市女性的代表，她们的观念变化体现了某一时期城市女性的观念变化，反映了不同时代的不同情绪和不同心理。

一、成长型女性价值观念的变化

刘恒早期小说中塑造了一批成长型女性，她们生活在"文革"向新时期过渡的阶段。汪晓叶（《心灵》[①]）、朱秀云（《小木头房

---

① 《心灵》《小木头房子》《爱情咏叹调》《花与草》《堂堂男子汉》均收录于《刘恒自选集·虚证》，作家出版社，1993 年版，相应的有关引文均出自本书。

子》）、王小敏（《花与草》）、严小丽（《堂堂男子汉》）等女性由于某些原因耽搁了正常的读书，没有高考或者高考失利，工作中遇上某个男生（同事或者其他人物）后，受到感染，观念发生转变，工作积极上进，学习勤奋刻苦。文本中的男生大多是导师型（启迪型）的，在他们有意无意的言行影响下，女生逐渐形成了正确的价值观，在人生路上一步步实现自己的目标。这些青年男女都是作者怀抱着"理想主义"[①]情怀塑造的。他们在成长路上呈现出一定的共性，体现了二十世纪七八十年代社会转型发展期的时代特点，也是城市中有过上山下乡经历然后又回城（也有选择不回城）的很多年轻人真实生活的写照。他们的成长历程烙上了鲜明的时代印记，也反映了一代人价值观念的变化。

　　下面以列表的形式对刘恒早期作品中塑造的几位女性做一个比较，可以看出她们在成长路上的变化。

作品名称	男女人物	生活和工作环境	相遇机缘	成长过程	成长结果
《心灵》	林立冬汪晓叶	小时同住一条胡同，同龄同班同学。长大后立冬当街道清洁工，晓叶在街道生产组糊纸盒。	立冬从小就背着瘸腿的晓叶上学。	晓叶自学成才，立冬插队多年回城后寻找她，两人心灵相通。	晓叶鼓励自卑的立冬重拾读书的信心和追求爱情的勇气。
《小木头房子》	李平朱秀云	在同一个工厂的不同岗位工作。调到图书馆后李平当图书馆馆长，朱秀云当管理员。	同在一个部门。	秀云主动承担图书馆各项工作，让李平有更多时间看书考大学。	李平感动于秀云的认真负责，上大学前对秀云表明心迹，得到积极回应。
《花与草》	李欣王小敏	在同一个工厂的不同岗位。李欣在废料场，小敏在仓库。	雪天李欣找借口正面接触师傅的女儿小敏，两人往来频繁。	李欣帮助小敏学习外语，自己备考出国研修班。	两人相爱，李欣出国研修，小敏学习更努力，也更珍惜自己的工作。
《堂堂男子汉》	赵韦生严小丽	在同一个工厂的不同岗位。赵韦生是门房，小丽在车间。	通过考勤记录等工作发生交往。	韦生失恋，鼓励小丽考职工业余大学。	小丽一边工作一边上学，韦生暗中帮助她，两人相爱。

① 刘恒：《乱弹集》，春风文艺出版社，2000年版，第142页。

上表的比较分析显示，刘恒早期创作存在一种模式化写作倾向，有幼稚的"套路"之嫌。主要人物、成长环境、故事情节、事件结果都有某种相似性，人物经历也大同小异。文本在人物关系设计上，主人公多是年轻的一男一女（同事或家人等其他人物对主人公关系的发展具有辅助作用），有插队经历，回城后不满足于现有工作，利用业余时间复习考大学或者寻找其他学习机会。工作单位或某些社会平台为他们相遇相见提供了机会，彼此为对方的某些行为而感动，互相鼓励互相帮助，最后相知相爱。表现手法上，作家多采用先抑后扬、先贬后褒模式。作品的前半部分用降格，平平淡淡的女子，生存环境和工作环境都很艰苦，但她们没有自暴自弃，坚守于平凡的岗位。一旦出现某个转机（工作调动或者考学、升学等），遇到某个男同事，在他们感染、刺激或鼓舞下，她们的精神追求和心理情感就会逐渐发生变化，进而形成新的价值观。文本的后半部分，女性的潜能和影响力凸显，乐观向上的精神反过来对男生的成长产生促进作用。叙事视角上，有的用全知全能的第三人称视角叙述，他者的叙述视角比较容易把握各种关系，观察人物也比较全面。有的采用第一人称视角叙述，如《小木头房子》的"我"就是男主角李平，《堂堂男子汉》里的"我"就是女主角严小丽，这样的叙事视角能更深入描述主人公的心理和情感历程。当然，具体到每个作品，在事件发展和人物性格描写上，作家又展示了他的叙事智慧。

《心灵》中的瘸腿姑娘汪晓叶爱好学习、追求上进，不卑不亢地对待友谊和爱情。晓叶父亲早逝，母亲改嫁，由小时候的保姆、善良的老太太收留她，照顾她。其邻居、儿时的伙伴林立冬经常背着她去上学。因为父亲在"文革"中自杀等原因，晓叶和立冬常常遭到同学们的奚落和嘲弄："小王八搂个大板牙，大板牙驮着个狗崽子。"无奈中，保姆带着晓叶搬离了住处。插队多年的立冬回城后，当了垃圾清洁工，对工作和生活有些哀怨。儿时的生活场景重回心中，他忘不了晓叶，鼓起勇气千方百计寻找她。得知晓叶在街道生产组糊纸盒，不再是过去那个任人欺负的孱弱女孩，她已出落成一个漂亮的爱美的大姑娘，爱读书，掌握了三门外语，还被当地图书馆特聘为业余外文资料翻译。"她几乎放弃任何娱乐，每天伏案到深夜，却总是充满了自信和快乐。……她是残疾者，却以超越健康人的勇气站在生活的土壤上。到底是什么神奇的力量，使同样的生活，在她的眼中比在他的面前显得更可爱、更值得追求呢？"①自强不息的晓叶让立冬产生了自卑感，他对自己的追求产生了犹豫。晓叶却与他想的完全相反。正如儿时的立冬帮助晓叶一样，他的无私和纯真已在晓叶心中生了根发了芽，并且枝繁叶茂，还孕育出了美好的情感花朵。晓叶在过早品尝人间苦难的同时，也品味了珍贵纯洁的友谊。艰难的生活并没有把晓叶打倒，她身残志不残，迎着困难前进，通过刻苦自学掌握了过硬的本领。以至于成年的晓叶反过来主动帮助立冬，鼓励他继续学习，并制定了详细的学习计划，自此两人的交往更加密切。满怀信心的立冬在晓叶家巧遇她表哥，误以为是其男友，心情沮丧，主动中断了往来。晓叶渐渐明白立冬好久不来的原因，便写了一封热情洋溢的信，不仅没有嫌弃思想，还激发立冬追求爱情和事业的勇气。晓叶认真对待工作、乐观对待生活、用心帮助他人的阳光态度，说明她在人生路上和爱情路上已经健康成长，是一个充满正能量的且有巨大潜能的女性。

晓叶身上散发的励志光辉，燃烧了自己，也照亮了他人。与晓叶不同的是，朱秀云（《小木头房子》）是位健康姑娘，没有走读书考试的道路，而是甘当铺路石，为别人读书提供更便捷有利的条件。作为工厂车间一个条件破旧的图书馆的管理员，朱秀云对这个平凡的岗位充满热情。接受这项工作时，她并没有因为条件简陋、设备奇缺等原因找理由搪塞或者敷衍。她自己没有读多少书，总是

---

① 刘恒：《刘恒自选集·虚证》，作家出版社，1993年版，第392页。

主动整理各种书籍，认真细致地做好每一个细节。还学会利用废旧材料制作书架，修缮桌椅凳子，甚至加班加点装饰图书室、千方百计购买图书，和其他单位合作为本单位职工提供更宽松的借阅空间，营建更好的读书氛围和条件。

原本"讨厌"朱秀云的"我"——李平不知不觉被她的热情和工作精神打动，主动加入到建设图书馆行列中。得知李平准备报考大学，朱秀云尽可能地主动承担工作任务，让李平有更多时间和精力去复习功课。热心助人的朱秀云感动了李平，他对她有了更深入的了解和更深刻的认识。"她汗流满面地劳碌在小木头房子里，别人眼睛却只盯着书、书、书！……他们只图用精神食品来滋养由于饥渴而消瘦了的肌体，却不考虑就在眼前这个姑娘身上蕴藏着最可宝贵的人生的知识！"正是看到了朱秀云的这种可贵品质，李平发自内心由衷感叹道："如果让我从心灵上离开她，不仅上大学，甚至连我的全部生活还有什么意义？！我像个白痴似的默默地疯狂地依恋着她，被自己的感情逼得走投无路。"[1]这是一种多么纯洁的感情！朱秀云珍惜且热爱图书馆管理员的平凡工作，不计报酬帮助同事，用美好的心灵赢得了李平的爱情。小小木头房子，建构了一座丰富的知识宝库，激发了年轻人的学习热情和学习愿望；也转变了一些年轻人的价值观念，并催促了一桩纯真爱情的萌生。

《花与草》从标题就可以知道这是一个富有寓意的作品。大千世界中，花为谁开，草为谁栽，冥冥之中自有上天安排。王小敏是一位很典型的新时期的成长型女性。她回城后高考失利，接父亲的班，进入工厂"总务科当了仓库管理员"。工作地方偏僻，工作量不大，父亲要她"凑合"着过，旁人也觉得这是一份省心省力的好差事。但小敏认为"人活着可不是为了凑合的"，这份"沉闷单调"的工作让自己备感"委屈"，可是又找不出更好的办法来应付，只好"织毛衣"打发日子。开小火车的司机章玉川开朗大方、老成厚

---

① 刘恒：《刘恒自选集·虚证》，作家出版社，1993年版，第415页。

道，总是主动做很多工作之外的事情。他热心帮助小敏，和她聊天解闷，说她是"厂子里的小公主"，要她"学着适应环境"，干一些"织毛衣"之外的事情。这给小敏增添了自信心，为她的人生目标指明了方向。与仓库相距不远的废料场工人李欣是小敏父亲的徒弟，是"铸工车间标兵式的年轻人"，受伤后调到废料场，因多次报考大学都未如愿，便利用一切机会日夜苦读准备报考"机械设计院研究生"。小敏曾多次听父亲赞赏李欣，心里暗暗喜欢他，经常悄悄观察他的行动。一个大雪天，李欣借口扫雪，直接上门找小敏。此后两人往来频繁。小敏感动于他的精神，跟着他一起学习外语。相互激励中，两人发展为恋人关系。

李欣经过努力，考取了"机械工业公司组建赴日本工人研修团"，集训后将出国研修两年。面对男友的未来和送来的鲜花，小敏心情复杂。被李欣瞧不起的工人章玉川却在快乐工作，常利用业余时间义务给厂区整地种草搞绿化，连结婚日都不休息，跑来加班运输钢板。他给小敏和李欣送来喜糖。当小敏善意地询问他"爱人什么样儿"的问题时，他与小敏的对话风趣中不失启迪。

> "美得像个五八怪，恶心得像个仙女，……你这个小公主，不能老看着王子愁眉苦脸不管呵！你们说不定哪天撞上犯难的事，你准备个锥子，只要他犯松就毫不客气，扎他！"
>
> "……您真坏！"
>
> "就是叫人给打趴下，爬也要爬出个样子来嘛！就这么跟他说，他一听准明白。你也当心，别老为自己发愁，差不多就行了，要不然小公主要愁成谁也不待见的老太婆啦……"①

---

① 刘恒：《刘恒自选集·虚证》，作家出版社，1993 年版，第 474—475 页。后面的两处引文也见此书第 476 页。

快乐开朗的章玉川再次鼓舞了小敏。她对爱意流露的李欣说："一个好人！比你好，比我也好！你说他一无所有，可他有的比我们多……"她明白自己该干什么了。"小敏从容地吻着他纤巧的额头，觉得自己是一个真正的成年的女人了。"李欣走后，小敏更清楚地明白自己有很多知识要学，有很多事情要做，"最诱人的事业是，她将学着做人，做一个比较纯粹的人生的强者。"

小敏在章玉川的引导下，明白了做人的道理，在李欣的引导下，明白了知识的重要。两个男人的言行使她不再觉得平凡的工作委屈了自己，也不再怨天尤人。她明白了人生的方向在哪里，人生应该做什么。人不但要能够适应环境，还要主动去改善自己的生活环境，为它增色添彩。小敏的成长是一个时代女性成长的代表。

《堂堂男子汉》是一部以女性视角写的短篇小说。通过女主人公严小丽的成长故事表明一个时代青年人的价值观。严小丽是一个与众不同的女孩子，个性要强，孤芳自赏，有追求，好学习，不喜欢庸庸碌碌。她和新进的门房赵韦生都有与众不同的个性，两人的相识相恋也与众不同，属于"不打不相识"类型。表面上他们互相挤对、嘲讽，实际都很在乎对方，暗地里观察对方，并通过具体的细微行动表达自己。可是，落实到话语上却是一种强刺激的"激将法"方式。

"韦生，……你喜欢我吗？"
"你自己也知道，你长得不怎么样……"
"是那么回事。……"[1]

要是今天，换了很多女孩子，是很难接受男生这么回答自己

---

[1] 刘恒：《刘恒自选集·虚证》，作家出版社，1993 年版，第 488 页。后面的两处引文也见此书第 476 页。

的。可是，严小丽不但不反感，反而和他越聊越投机。他鼓励她去"报考区职工业余大学"，严小丽却表示："我对生活不抱什么希望，一切都没意思透了……"赵韦生严厉驳斥她说："所以你情愿跟'庸俗的小市民'同流合污！上班迟到，开车床出废品，瞧不起同事，像泼妇一样跟班长顶嘴，你心比天高，却不理解做人的起码标准！……你总想让生活服从你的意志，可它偏偏欺负你。你自我欣赏、无病呻吟的样子真是俗透了，比招摇过市的浓妆女人更俗！……"[①]他称小丽是"一个软弱的个人主义者"。严小丽的虚荣心被他彻底揭穿了，"虚伪的强者被一个真正的强者击败了，他粗暴地剥光了我的衣服，使我在思想上成了一个赤裸的、苍白而懦弱的人"。赵韦生的直率给严小丽以醍醐灌顶之感，他同时用自己在平凡岗位上的平凡工作唤醒她的斗志。小丽发愤图强，终于考上了业余大学。为了补足自己的生产任务，她不顾赵韦生劝阻，拼命加班加点，终于把自己累晕倒了。赵韦生救了她。

"如果你觉得生活没意思，我就背你上火葬厂，如果还有活头儿，就送你回家。你看上哪儿好呢？"在赵韦生温暖的后背上，严小丽找到了真爱。她被送回家时，面对姐姐的疑惑，她坦然回答："他是我的未婚夫！"赵韦生是严小丽的人生导师，鼓励她、引导她、帮助她、关心她，让她明白真正的人生意义在哪里，人的价值在哪里。虽然，他长一身黑皮肤，腰也受过伤，而且只是工厂里的一个门房，他却用一双勤劳的手认真细致地做各种有益于他人的事情，打扫厕所，帮人理发，修理自行车，等等。就这样，"一个要强的，对生活缺乏信心、有点儿神经质的女孩子，终于抵挡不住一个堂堂男子汉的诱惑，心甘情愿地缴械投降了"。从相识到相爱，小丽和韦生是在互相"别扭""较劲"中感受对方的魅力，进而互相欣赏。上了大学后，好强的小丽又不愿意耽误工作，拼死加班，是赵韦生的细心关照感动了她，两个看似性格迥异的人终于明白了

---

① 刘恒：《刘恒自选集·虚证》，作家出版社，1993年版，第490页。后面关于该作的引文分别见此书第491、493、494页。

彼此的心灵世界，终于为自己找到了归宿。不同世俗的爱情观说明小丽有了责任感、有了上进心，在人生路上有了跨越式的成长。

上述作品的女主人公都非常年轻。她们对新的工作岗位并不满足，力求通过各种方式去改变创新工作环境。改变过程中产生了求知求新的欲望，单位的工作平台和周边的同事让她们获得了成长的机会，也为她们正确价值观的确立起到了促进作用。这些女性通过主动积极的努力，最终都寻找到了人生目标，寻找到了个人价值。刘恒后来的作品中，这种成长型女性塑造得不多，《贫嘴张大民的幸福生活》中的二民和李云芳具有成长型特点，但她们的社会环境和工作环境已经发生了巨大变化，上人学读书也不再是唯一的强烈愿望，人生道路有了更多选择，她们的价值观念也有了新的变化。换句话说，人的价值观会随着社会的发展和时代的变化而变化，当个体意识到自己与社会和时代一致，并通过自己的成绩获得他人和社会认同，他的人生价值就实现了。

二、奋斗型女性人生观念的变化

"每个了解一点历史的人也都知道，没有妇女的酵素就不可能有伟大的社会变革。社会的进步可以用女性（丑的也包括在内）的社会地位来精确地衡量。"[1] 马克思的这段话说明妇女在社会变革中产生的巨大作用，或者说妇女也是推动社会变革的重要力量。中国历史用大量的事实证明了这一论断的正确。一部社会的发展史也是一部妇女的奋斗史。古代社会各行各业都有杰出女性[2]，进入现代

---

[1] 马克思：《致路德维希库格曼》（1868年12月12日），《马克思恩格斯文集》第10卷第299页。见高放等主编《马克思恩格斯要论精选》，中央编译出版社，2016年版，第416页。

[2] 文学作品中刻画的巾帼英雄有花木兰、穆桂英等人物，历史上真实的女将领有梁、陈、隋朝时期的冼夫人，明朝时期的秦良玉等，她们有载入史册的赫赫战功。此外，文学家有班昭、李清照等，政治家有武则天、孝庄太后等，发明家有黄道婆，等等。

社会以后，卓有成就的女性更是举不胜举。五四新文化运动让越来越多的妇女参与到社会事务中，她们广泛意识到人格独立和个体价值的重要性。觉醒的妇女在社会活动和生活方式上也有了更多的选择权和自主权。"我是我自己的"这种子君式的认识，让她们能够在纷繁复杂的社会中去选择自己的职业，把所选职业当作一项事业愿意为之奋斗终身。尤其是中国共产党成立后，很多优秀女性和男性一样，参与到伟大的救国救民事业中，奉献自己的智慧、青春乃至生命。和平建设时期，获得了"半边天"的中国女性，特别是城市女性，加入到国家建设的各行各业中，大显身手，为自己认准的事业拼搏奋斗，谱写了一曲曲壮美的赞歌。文学作品以许多实际生活中的妇女为原型，塑造出了许多经典形象。《青春之歌》（杨沫）中的林道静，《林海雪原》（曲波）中的白茹，《红岩》（罗广斌、杨益言）中的江姐，《嘱咐》（孙犁）中的水生嫂，《李双双小传》（李准）中的李双双等形象都来源于生活，她们展示了各个时代女性的各种追求。刘恒的部分小说也塑造了一些这样的女性。《冬之门》中的赵顺英、《爱情咏叹调》中的张一平、《贫嘴张大民的幸福生活》中的张四民等人物在平凡的岗位上有不平凡的追求。她们为心中的目标艰苦奋斗，为理想和信念而不懈追求。从她们的追求过程中可以看到其人生观念的变化。

赵顺英是《冬之门》的女主角，她本可以安心做一个富家人的妻／妾无忧无愁度日，或者跟着做汤饼生意的父亲老老实实做一个小老板娘过自在日子。可是，她走了一条旁人难以置信的道路。小说对她的叙述是从她新寡后带着三岁的儿子回到父亲家开始。赵顺英回家，在小镇北大仓激起了层层波澜，不但影响了男主人公谷世财的命运，也影响了她父亲赵仁久的晚年，甚至许多其他男人的生活。

赵顺英的过去和外貌，小说中没有直接描述，而是通过旁人（李广泰、高子昆、谷世财等）粗鲁的夸赞之言来表达。因为不愿意做维持会长王楷山的小妾，她跟着一个江湖郎中私奔了。五年后，丈夫被日本人打死，她不得不回到父亲赵仁久家。女儿回家并没有让赵仁久轻松快乐，他为单身的女儿忧虑。不只是王楷山，周边那些掌管着权势的人如刑务李广泰、营副高子昆等都想打赵顺英的主意，连家里的小伙计谷世财也对这位干姐满怀心思。为了生存，他又不敢得罪他们，他的赵记汤饼店还要保持着和附近治安军营以及日军昭仓大队的某些生意往来，他自己的老病之躯还要徒弟兼干儿子谷世财（兼治安军二营长官灶上的厨子，通过他得到某些便宜）照料。赵顺英理解父亲的忧虑，她有自己的办法。她知道男人们对她垂涎欲滴，当面背后之言行都神魂颠倒。她有时不理不睬，有时又故意惹人注目地招徕一些军营里的士兵来小店里。李广泰来店里喝酒，炫耀他的杀人技巧，她或是"嗯啊"地应答着，或者"似笑非笑地听着"，不温不火的态度让人难以捉摸。

倒是谷世财，一心想当干姐的保护神，对李广泰、王楷山、高子昆这类不怀好意的男人深深厌恶。他告诉干爹愿意和他们父女"一块儿过"，赵仁久明确告诉他："你姐是啥人你看不出么？她能相中你？""她相中的家伙在坟里！你个鬼呀，咋就不开窍儿了。"[1] 但是，谷世财并没有放弃。他努力表现出自己的勇敢，悄悄把那些情敌一个个暗杀掉了。他拿着战果向干姐表功，面对面说出自己"要娶"她。赵顺英回答"你蠢呀"，"找死哩"，这个态度令谷世财非常痛苦。他不明白干姐的心思，依然一厢情愿地一意孤行。当他不顾一切强行占有时，干姐扔给他的话是"你个可怜的狗东西！"事实上，从一开始，赵顺英就对谷世财很冷漠，"她扫了一眼他的治安军全套的日式装束，不等他傻呵呵地笑完便将木门咣当闭住了"[2]。之后也没有给这个男人任何机会，认为他和她不是一路

---

① 刘恒：《刘恒自选集·虚证》，作家出版社，1993年版，第242页。接下去的一条引文是262页。

② 刘恒：《刘恒自选集·虚证》，作家出版社，1993年版，第218页。

人。为了赢得干姐的欢心，谷世财倒是慢慢走上了正道。当他从干爹口中得知干姐寻砒霜毒日本人而不得的行为时，化情欲为革命力量，勇敢而巧妙地干成了赵顺英没有干成的事情。

赵顺英的计划深藏不露，没有深入她内心世界的谷世财当然难以察觉。谷世财得知赵顺英离开镇子是为了给死去的丈夫"祭百日"时，向赵仁久核实她事后是否回来。老父亲说："她男人让鬼子崩了一年多，祭百日？怕是又浪到哪块充杀神去了。一个女人家，给人搭帮着干这号事，她就不怕报应！""她在店里下药，毁我赵家汤饼店三代的名声！"[1]从赵仁久的话可以知道，赵顺英回家并非为了过日子，而是为了向日军报杀夫之仇。至此，她之前做的事情就豁然开朗了。她招徕士兵喝酒、敷衍李广泰等行为只是为了掩人耳目，或者说是通过他们暗中打探日军军营的情况，为下砒霜寻找机会。她之所以拒绝谷世财，首先是瞧不起他为日军做事，不能忍受他受人欺负的猥琐。在谷世财连续杀死了几个"情敌"后，她慢慢了解了他，但还是不放心他。其次，她自己的杀敌计划必须保密。她不能也不敢让谷世财摸清自己的真实想法和行动去向。再次，她的复仇行为伴有牺牲风险，她不愿意连累谷世财，毕竟风烛残年的父亲还需要人照顾，只好一次次地拒绝了谷世财无赖式的求爱。

赵顺英看似一个冷面寡妇，却是一个极有头脑和主见的女性。如果她安心跟着父亲经营汤饼店，接受谷世财的求爱，完全可以过上自己想要的小家庭生活。但是，她舍弃了这种安逸和稳定，甘愿去冒险去流浪，去充当杀神。至于她跟谁搭帮着干杀日军的事，小说没有再交代，留下了很多空白。一个女人家充当"杀神"，家仇国恨一起报，可以见出她的觉醒和觉悟、见出她的胆量和智慧。正是她的英勇行为感染了谷世财，也感染了自己的父亲。他们不再浑浑噩噩地过日子，用生命彰显了自己的价值。最后，谷世财用砒霜毒倒了一批日本人，父亲被抓进监狱也严守秘密，保护女儿行踪和

---

[1] 刘恒：《刘恒自选集·虚证》，作家出版社，1993年版，第265、266页。

干儿子谷世财。一家人从普通百姓成长为为抗日的民族英雄。

小说主题直至后半部分赵顺英离家事件才逐渐突显，结局既出人意料，又都在情理之中。文本中前面大部分篇幅和文字都是为了后文做铺垫和伏笔，结局则是前面事件发展的必然结果。文学创作中的"草蛇灰线"①法，被刘恒发挥得淋漓尽致，其表达技巧的高明在这里可见一斑。也许，"略读型"读者看到的是一个为情为欲的小说，只有深入字里行间仔细品读的人，才会发现，这并不是一篇单纯关于性、关于情欲、关于汤饼生意的小说，所有关于性与情欲的描述都只是文本的作料，为人物性格成长变化，或者深化主题而提供的诱饵罢了。赵顺英貌似一个配角，却是作品的灵魂人物。她的回家和离家，都蕴藏着不同寻常的意义。第一次离家是为了反抗王楷山的强权婚姻，去追求真正的爱情。第二次离家，则是为了已经逝去的爱情，同杀死他们爱情的敌人拼搏。丈夫的死，让她深刻认识到，生命的价值在于它所做事业产生的有效意义和实质影响。

赵顺英形象是战争年代平民英雄敢于奉献的一种独特表达。她有朴素而深沉的家国意识，她不求回报，也从不外露张扬。作者把她与家人的故事置设于一个看似和平宁静的小镇环境中展开。对她的肯定和赞美，都是通过男人们想入非非的情欲言论、求爱而不得的痛苦表达以及父女间一些矛盾冲突予以呈现。作品改写了以往战争小说那种敌我黑白对阵、人物非好即坏的思维模式；改写了作者对主要人物直抒胸臆地议论评价或高扬赞歌的审美模式；改写了故事结局通用为凯旋、胜利的结尾模式；改写了人物只有民族国家利益而没有自我私心的宏大叙事模式。主人公的思想是从个体利益受

---

① 金圣叹在《读第五才子书法》中提出的术语。他认为《水浒传》中作者运用了许多文法，"草蛇灰线法"是其中很重要的一条，"意即有一条不显眼的线索贯穿全书。灰线，是说它不十分明显，粗心人不一定看得出来。草蛇是喻前后连贯成为线索"。见霍松林主编《古代文论名篇详注》，上海古籍出版社，1986年版，第430—431页。

到损害而开始觉悟；人物关系在看似暧昧的情欲诉说中展示；情节在宁静的利益交易中推进；高潮在即将结束的叙述中产生。从这几个方面讲，《冬之门》以及女主角赵顺英是刘恒战争小说中一篇具有标志性意义的作品。

如果说赵顺英体现的是战争年代女性人生观的变化，那么《爱情咏叹调》则反映了新时代女性人生观的变化。小说将一场偶遇与艳遇巧妙地结合在一起，书写了男主人公王森——"我"的两段恋情。与我结婚的是城市姑娘雪晴，"她欣赏一切时髦、优雅的小把戏。她唯独缺少实实在在的，需要付出艰苦努力的追求，除了勉勉强强在书架子后面蹲八个小时之外，她对生活的贡献几乎就谈不上什么了"[1]。与雪晴的"浅薄、幼稚、做作"形成巨大反差的是前女友张一平。婚礼前一天在街上偶遇，和她的再度相见勾起了"我"的回忆以及对自己人生的思考。张一平是"我"在内蒙古大草原当知青时相恋的女友。当年"我"和她为了共同理想发誓要在草原上奋斗终生。可是几年后，由于众所周知的政治原因，"我"开始怀疑"所谓信仰，所谓爱"，违背诺言，离开那块准备"毕生为之奋斗的土地"而回城了。分手之际，张一平苦苦挽留，讲了各种大小道理。"你害怕了，……怕草原埋没了你？！你只靠别人指路给你走，还得捧着、哄着你！你自己根本不会选择道路。"她的声音尖锐得可怕，又说："森，留下吧！别人在哪儿把我们打倒，我们就在哪儿爬起来！"[2]她好说歹说，从理想信念到个人私情全部抛出来，最后甚至拿出了"我们"留下的血书，甚至举起鞭子来鞭打"我"，可这一切都没能留住"我"，"我"义无反顾地回到了城市，在城里期待着张一平回来延续姻缘。张一平有充足的理由回城，但她不像"我"那么软弱，那么背弃诺言，毅然选择在草原上继续工作生活。无法等到张一平，也无法抵挡世俗生活的诱惑，"我"便选择了和

---

[1] 刘恒：《刘恒自选集·虚证》，作家出版社，1993年版，第446页。

[2] 刘恒：《刘恒自选集·虚证》，作家出版社，1993年版，第440页。

漂亮女子雪晴结婚。婚礼结束后，"我"去车站为张一平送行，发现她还携带了一台沉重的打草机传动链。看到张一平的辛苦，"我"很可怜她，觉得她的生活完全可以是另外一种样子："没有人强迫你这样做嘛……你为什么不摆脱这种糟糕的处境？"面对王森的"善意"提议，张一平再次坚定地表达了自己的观点：

> 别说了！正因为没有人强迫我，我才爱怎么做就怎么做，我用不着别人为我选择生活道路！……王森，你也许认为我很羡慕你的生活，以为我会接受你的怜悯，那就大错了！我生活得很好，我自己有能力给我的生活打分，别人想随便给我打分我还不干呢……[1]

对于自己的未婚夫，她也很欣赏，认为比王森"更像个男子汉"，也从不后悔与王森分手。这就是张一平的生活态度。为了自己的信仰和理想，她愿意放弃回城的机会，愿意放弃多年的恋人，将自己的一生贡献给草原，将建设草原当作自己毕生的事业。其实，张一平这种人生观念并不是一开始就有的，而是在后来的工作环境中逐渐形成的。作为知青被下放到草原后，她明白了自己要选择的道路是什么。知青回城大潮并没有撼动她，是草原的环境和生活、草原上那些"脏乎乎的小马儿"、草原上那些"追起人来真让人受不了"的"男子汉"感动了她，更加坚定了她的信念。张一平身上散发着知识青年的时代光芒，彰显了一代人甘于奉献的伟大精神。

张四民（《贫嘴张大民的幸福生活》）生活的时代与张一平又不太相同，人生理想和追求也不一样，她是改革开放初期城市女性选择生活方式的代表。四民家里兄弟姐妹多，住房相当狭窄，她从来不抱怨。护校毕业后，分在医院做助产士。四民除了有"洁

---

[1]　刘恒：《刘恒自选集·虚证》，作家出版社，1993年版，第449页。

癖"，还有"工作癖，业务上很钻研"，"年年都是先进工作者"。可见她有强烈的事业心和敬业精神。对待家人，她也是全力支持。弟弟张五民读大学，需要生活费，上面的三个哥哥姐姐各有理由不给或少给生活费，四民愿意一个人全管了，"就算五民替我读研究生了"。她帮助弟弟，也是替母亲分忧，替哥哥姐姐解难。母亲患老年痴呆离家了，四民着急得"趴在桌上哭了"。侄儿张小树逐渐长大，四民对他关怀备至，疼爱有加。工作十余年的四民有一次晕倒在产房，医院检查后诊断她得的是白血病，"已经到不易救治的程度了"。病入膏肓的四民，不愿给亲朋带来痛苦，只要他们在旁边，"脸上永远挂着苍白的笑容，像灿烂的纸扎的花朵"。她临终前的愿望就是希望拥有一个悬挂淡绿色窗帘的房间。令家人和同事遗憾的是，工作刻苦、孝敬长辈、待人友善的张四民，怎么连男朋友都没有？其实，这就是张四民的优秀所在。从她对弟弟的关照、对侄儿的喜爱可以看出，她应该早就发现了自己的病情，只是认为难以治疗，所以不愿意声张。事事处处替他人着想的四民，不愿意连累别人，所以干脆不找男朋友。她用短暂的生命为家人、为单位、为人世间留下了美好的回忆。

从赵顺英到张一平再到张四民，可以看出刘恒塑造的奋斗型女性在人生观上的变化。这三位女性代表了三个时代的人生观。基于时代的需要，或者工作环境的变化，她们在为各自理想目标奋斗的同时，也在不断调整自己的人生观，努力为社会贡献更多的力量。

三、消费型女性婚恋观念的变化

刘恒塑造了一批批充满正能量的女性，也塑造一批以自我为中心的庸俗卑鄙、荒淫无耻的消费型女性。这里的消费并不指物质消费，而是指女性为了达到某些目的或者实现某种交易消费自己／他人的情感、青春和身体，以满足自己的各种欲望。随着社会的发展变化，由于个人私利或是私欲等原因，有些女性做事只顾自己的感受或是利益，不顾忌他人言论，更不顾及社会影响和社会后果，从一个好女人堕落成一个让人反感，甚至是令人憎恶的女人。她们的不良言行造成的不良结果，暴露了人性的丑陋，值得人们深入反思。

忠于婚姻和家庭，是中国传统女性的美德。即便是由于各种原因引发了婚姻不幸，明智的女子也会大胆提出来，寻找合理解决的办法。以出轨偷情的方式寻求刺激，或者满足自己的欲望，即便有万千理由，也得不到同情，到头来只能落得声名狼藉，甚至家毁人亡的下场。历史上这样的案例不胜枚举。《苍河白日梦》中的少奶奶郑玉楠本是一个令人爱怜的女子，长相俊俏，身段迷人，性格温顺，是仆人耳朵心中的女神。由于包办婚姻，她嫁给了富家子弟、留洋归国的青年才俊曹光汉。丈夫是接受了新思想的进步青年，全部身心扑在朦胧的"革命"上。他秘密参加蓝巾会，从事各种"革命"组织，还借制造火柴之名秘密制造火药。曹光汉没有把心思放在俊美的新媳妇那儿，或者说是为了保护她，不让自己的行为日后殃及她，有意识地隔膜了妻子。对于这个秘密，曹光汉既不能明白地告诉给妻子，也不能让周围的人知道，所以在众人面前他常常伪装出另一副面孔，是恋母的儿子，或是行为变态的性自虐者，或是毫不关心家庭收入的甩手少爷。单纯的郑玉楠没有深入了解自己的丈夫，没有洞察到他的内心世界，不能做他的知音伴侣，只觉得丈夫的冷落是某些怪癖引起。

作为年轻少妇，面对丈夫常常外出而留下的空房，衣食无忧的郑玉楠寂寞难耐。丈夫邀请来帮忙制造火柴的机械师洋人大路趁机向她示好，郑玉楠没有回避，半推半就地制造机会迎合大路。她没有遵守中国女子应该遵守的妇道，和洋人发生了婚外情。丈夫回家后得知她的孕情，表示了极大的怀疑，郑玉楠也没有如实说明情况，而是怀揣隐瞒和侥幸心理。纸包不住火，十月怀胎，她生下了一个蓝眼晴的孩子。孩子特殊的生理特征让曹家人丢尽了脸面。若是今天，这种事情也许可以放在桌面上去解决，然而，在观念并不开放的二十世纪初期的中国社会，这可是大伤风化。郑玉楠出轨偷情一事对外界隐瞒得非常严实，但在家庭内部遭到了来自大少爷为代表的家族施行的严厉惩罚。洋人被秘密处死，孩子被丢弃，她自己被休掉，在回娘家途中投水自杀。偷食禁果的婚外情扼杀了三条人命，不能不说是人生大悲剧。就人性来讲，郑玉楠有做女人的正当需求，洋人也有他寻找爱的权利，但是这些权利必须在不影响他人尊严和利益、不影响社会风尚的前提下去获取。何况，"在任何一个社会里，人体都受到极其严厉的权利控制。那些权利强加给它各种压力、限制或义务"①。中国传统婚姻对男女双方，尤其是女方有诸多严厉控制。作为有夫之妇，郑玉楠在婆家与丈夫的朋友勾搭，和外国洋人偷情，还生下了一个混血儿，虽然缓解了自己的压力，却严重破坏了家庭和社会制定的规矩，败坏了社会风气，违背了婚姻赋予的义务，为传统妇道所不能容忍，为道德伦理所不能容忍。她自酿苦酒自己吞噬，将宝贵的青春和生命葬送给难以宽恕的偷情。

自古以来，无论是为了美好爱情而偷情还是为了寻求刺激而偷情，若事情败露，男女双方，特别是女方往往都没有好下场。郑玉楠的悲剧固然可悲可憎，因为其生活环境和丈夫志向的特殊，尚存有可怜的一面。《白涡》中的华乃倩则是一个利用姿色蓄意诱惑男人并企图从中获利的可恶女人。她是新时代那种虚荣心强烈、有追求文凭欲望，可能力又达不到，也不想真正努力付出的代表。

华乃倩与周兆路同在一个研究室共事，是下级和上级关系。华乃倩硕士论文答辩，需要周兆路帮忙。她主动靠近他，利用女性的柔媚去俘虏他，表达自己的爱意。本是好丈夫、好父亲的周兆路无法抗拒华乃倩的美色进攻。在周兆路的大力帮助与关照下，华乃倩

---

① 〔法〕米歇尔·福柯：《规训与惩罚》，刘北成、杨远婴译，生活·读书·新知三联书店，1999年版，第155页。

的硕士论文尽管有许多破绽和漏洞，一些同行也指出了其中的问题，但还是勉强通过，并顺利获得硕士学位。"我有点儿可怜她，她的水平我不敢恭维，但她的确太漂亮了，也算咱们研究院的小小骄傲吧。"同事老刘说出了研究院同事们的心里话。

华乃倩利用她的漂亮姿色感谢周兆路，利用她的开放大胆不断挑战这个男人的底线。华乃倩之勾引目的不只是让自己的论文通过并获得学位，她还有更大的野心。她邀请周兆路去自己家里吃饭，一为感谢，二为"认识"自己的丈夫，为日后的离婚铺垫。得知单位安排职工去北戴河疗养的信息，华乃倩费尽心机巧妙地把自己和周兆路安排在同行成员中。又通过掩人耳目的形式巧妙地和他发生关系，让周兆路享受她迷人的肉体。"那具淫荡的肉体使他难以忘怀。他一点儿也不后悔。堕落。他怀着藐视的心情想到了这个曾经令他恐惧的字眼。"[1] 然而，华乃倩不只是让他暂时享受，她要深入追问他得到的是什么："是人？感情？还是肉体？你认为你得到了什么？"[2] 一面是华乃倩的千娇百媚，另一面是妻子的温柔体贴，这令周兆路十分矛盾。面对华乃倩的单刀直入和赤裸裸的发问，周兆路有些心虚，多次回避话题，要求她"别把人弄得太尴尬"。这是周兆路的真实心理，但华乃倩并不善罢甘休，因为她是有强烈"奢望的人"。

疗养结束后，华乃倩又借来同学的房子为与周兆路幽会提供便利，并且希望他离婚与自己重组家庭。与华乃倩幽会次数多了以后，他发觉自己并不爱她，"只是有一种玩弄她的感觉"。周兆路暗暗自责。可华乃倩告诉他，自己的丈夫患有"阳痿"，难以满足她。便故意找岔子和丈夫吵架，为离婚提供更多的理由。这让周兆路意识到华乃倩并不是真心爱他，只是喜欢他的权力和肉体。由此对比妻子的温柔和儿女们的乖巧，他良心难安，不愿意放弃现有家庭，

---

① 刘恒：《刘恒自选集·虚证》，作家出版社，1993年版，第147页。

② 刘恒：《刘恒自选集·虚证》，作家出版社，1993年版，第149页。

即将升迁的仕途也有很强的诱惑力。家人和同事的关爱都在提醒他管好自己。良心、道德和仕途迫使周兆路悬崖勒马。他意识到自己只不过是被华乃倩实现利欲和满足情欲的工具时，便主动提出要分手。

可是华乃倩不依不饶，一旦得手就不愿意放弃，并趁周兆路家人外出之际跑到他家里寻找她需要的"东西"。她继续软硬兼施着自己的美人计，"我希望像过去那样，我不破坏你的家庭，我会保护你，可是你不能拒绝我，你的冷淡让人受不了"①，她从椅子后面抱住周兆路，他有拒绝，最终还是"屈服了"，"像夜一样的黑暗包围了他，不论他怎样挣扎，始终也逃不脱那幽深的陷阱。他被埋葬了"。周兆路的困境正如一些妇女心理学研究者所描绘：他和华乃倩的两性行为"既是极大的快乐的源泉，又是对个人满足感的令人生畏的挑战"②。此后，周兆路"脸上总是心力衰竭的样子"，他深深地陷入华乃倩布置的情感漩涡了，竭力想拔出来，可是力不从心。婚外情中华乃倩使用的各种手段看似巧妙，却也用心险恶。她所做的一切都是为达到自己目的而设计的。她有意识地利用周兆路在工作上的能力和作为男人在生理上的能力，为自己的学历追求和生理需要充当工具。若没有利益可图，她也不会引诱他，可以毫不夸张地说她是一个非常庸俗的势利女人。周兆路不能抵挡美色、占有欲强烈。从这个角度上讲，他们两人有权色交易、互相利用互为工具之嫌。"通奸之所以可耻，是因为谨慎和虚伪达成了妥协，自由和真诚的协约能消除婚姻的缺陷"③。周兆路知道自己行为可耻，也曾想中止通奸行为，保持原来家庭的和谐。可华乃倩不依不饶，事情发展到让他无法掌控之程度。他在仕途上飞黄腾达，可是必须

① 刘恒：《刘恒自选集·虚证》，作家出版社，1993年版，第196页。
② ［美］珍妮特·希伯雷·海登 B·G·罗森伯格：《妇女心理学》，范志强、周晓虹等译，云南人民出版社，1986年版，第26页。
③ ［法］西蒙娜·德·波伏瓦：《第二性Ⅱ》，郑克鲁译，上海译文出版社，2011年版，第391页。

处处小心，事事"当心！"表面上，他们的肉体是自由的，可以随意支配，实际上他们彼此被对方捆绑了，因为总有个声音在警告周兆路，他也清晰地知道那声音来自何方。华乃倩犹如一个紧箍咒套在周兆路头上，他不得不扮演多面人，用多副面具应付生活和工作。

波伏瓦指出，"真正的爱情应该建立在两个自由的人互相承认的基础上，一对情侣的每一方会互相感受到既是自我，又是对方；每一方都不会放弃超越性，也不会伤害自身，两者将一起揭示世界的价值和目的。对这一方和那一方来说，爱情将通过奉献自身展示自己和丰富世界"[①]。用这样的爱情观衡量，郑玉楠和华乃倩与男人们的关系都称不上真正的爱情，她们自身不是"自由人"，她们的"奉献"不是为了丰富世界，而是为了自己的索取，而且给对方带来了"伤害"。这些女主角都是为了满足自己的私欲、情欲而寻找婚外恋，进而背叛了丈夫，破坏了家庭。小说《虚证》里的两个女人与她们不同，有一种难以言说的苦楚，竟因此而造成了不良影响。

文本塑造了两个对男主人公郭普云影响很大的女人，一个是女军代表，一个是赵昆。女军代表是"文革"时期文艺队的老师，教授十八岁的郭普云舞蹈。虽然大他六岁，却对郭普云产生了美好情感，后因复员而离开。这段朦胧的初恋"对当事人来说美轮美奂"，也是一种令人陶醉的梦境。之后的郭普云每次回顾这段往事时常会陷入"被时间斩断的温情之中"，而"回顾对象给他的却是美妙的幻觉"。在当时的语境下，姐弟恋非常危险，自然会引发许多非议。"二十四岁面对十八岁，事情绝不会简单结束。动乱年代表面的严酷之下，往往蕴藏着末日的淫荡和混浊，行为本身也许是不堪的丑态，实质却是绝望中的个性反抗，以放纵手段达到内心的自由。"[②]这种事后的评价虽然是一面之词，却影响了郭普云后来的婚

① ［法］西蒙娜·德·波伏瓦：《第二性Ⅱ》，郑克鲁译，上海译文出版社，2011年版，第526页。

② 刘恒：《刘恒自选集·虚证》，作家出版社，1993年版，第28页。这前后三条引文均在第28、29页。

恋。"他纯真的官能是被劫掠的对象，他的初吻在颤抖和不知所措的情况下被一位强有力的异性夺走了！给他留下的只能是困惑重重的内心创伤，并使他常年为此忍受折磨"，以至他三十六岁仍孑然一身。文本中的女军代表并没有正面出场，她的一切都是通过男性或他者视角加以述评。在"旁人"看来，军代表就是"淫乱"的化身，她不该勾引一个十多岁的孩子，给他造成心理阴影，这是他日后走上自杀道路的重要原因之一。

对于有自杀倾向的男人来说，女人，未必是医治他病态的良药，反过来会加快他走向另一个极端的危险频率。可是，对于一个长相帅气的男子，家境、品性各方面又很不错，迟迟找不到女友，"旁人"受不了，连郭普云自己也说不过去。于是他和赵昆无花无果的恋爱开始了。

最先传播赵昆和郭普云恋爱关系的是他们专修班的"秘书大姐"，她的"长舌头"让班上部分同学得到了这条爆炸性新闻。作为郭普云的朋友，"我"迅速了解到了他们的恋情，认为"她并不是合适的人选"，因为"尖刻的女人做妻子未必合适，做郭普云的妻子就更不合适了。他驾驭不了她"。[1]无论"我"的判断是否正确，赵昆和郭普云的关系还是继续发展了。

就在大家期待他们开花结果时，不良的信息传出了。赵昆把她和郭普云并非和谐的两性生活传播给了"秘书大姐"，结果传出来的话就是"郭普云的家伙不好使！"就这样，赵昆"坦率而不负责任地""把郭普云的生理难题像说下流故事一样捅了出去"。这对于一个男人来说，是多么严重的打击！也有人安慰道，"赵昆是二手货"，"破锅找了个破锅盖，什么人都有人爱……他俩谁也别说谁，挺合适"。这种议论说明赵昆并不是好货色，身体不严实，嘴巴更不严实。在出卖郭普云的同时，也出卖了自己。这件事的传播，对

---

[1] 刘恒：《刘恒自选集·虚证》，作家出版社，1993年版，第44页。之后三条引文均在第47、49页。

当事人的面子影响应该很大。可是，赵昆的心理承受能力较强，流言不至于伤害她性命，她活得很好，"活得很自然"，可见她心性并不脆弱，或者说她对于这种两性问题不是特别在意。可是，对于抑郁症患者郭普云来讲，却是致命一击了。他在各种场合谈论死亡，"他竟受不了，竟晕过去，竟变本加厉地拿死唬人，全是因为他的恋爱和婚姻缺本钱，因为——他的家伙不好使"[1]。"好使不好使无关紧要，他已经牢牢占有了一个证据，杀掉自己不中用的生命是不可避免的了"。毫无疑问，赵昆的口无遮拦损害了一个男人的自尊心，加速地促使郭普云走向死亡。尽管这并不是他死亡的唯一原因，但却是众多原因中最重要的一个。

与其他女子比较起来，女军代表和赵昆都谈不上放荡；从所做事情的结局来看，她们却也算不得良妇。以今天的道德标准和习惯眼光衡量，她们的行为也无可指责，只是在当时的环境中，在郭普云这样的人面前她们过于主动了。女人的过分主动对于心智并不成熟的男人，或者遭遇过某些打击而存在心理阴影的男人，未必是好事。因为女人的成熟行为，可能会被看作是带有某些企图和目的，若得不到理解，或者让事物朝向不良结果，自然会受到指摘。如果她们能够谨慎处理，不要那么急迫和仓促，在了解郭普云的性格和习惯后以循循善诱的方式开导他，或者站在他的角度，真心爱护他、关心他、帮助他，也许郭普云就会提高自信心，不至于那么自卑，不至于那么快就结束年轻的生命。

上述几个女性形象，从郑玉楠、华乃倩、女军代表、赵昆，以及《贫嘴张大民的幸福生活》中的三民媳妇（自私自利、贪图安逸又不检点）等人可以看到，刘恒作品中塑造的不良女性都带有一定的主动性，或者迎合性，具有"女逐男"的模式。这些女人的欲望似乎比男人更为强烈，行为更加大胆，当然，结果都不理想。若是

---

① 刘恒：《刘恒自选集·虚证》，作家出版社，1993年版，第67页。之后的一条引文在第54页。

男人自己把握不好，对自己的命运和前途可能导致不良结果。周兆路深陷"白色漩涡"难以自拔；郭普云最终自杀了；三民被他女人弄得神魂颠倒，鸡犬不宁。可见，亲密的两性行为，有时会给人以愉悦，有时却给人致命打击。这个尺寸的把握，需要女人好好拿捏。

比较起来，《逍遥颂》里的少女，是刘恒笔下一个罕见的具有荒淫行为的悲剧女性。整部小说的故事情节发生于动荡年代，文本中的红卫兵组建了一个名称特长的"少年赤卫军"组织，各自任命为作战部长、后勤部长等官职。他们聚集一起谈论最多的话题就是"性"，所做的事情也没有离开"性"。小说前半部分主要是几个男部长口头谈论，有意淫倾向。后半部分才出现少女，才开始真正的淫乱行为。少女没有具体姓名，是赤卫军们公认的"校花"，却与一个打死她父亲的"乳臭未干的毛孩子"红卫兵发生了性关系。两人玩着花样，几乎到性虐待至死的癫狂状态。问题是，这个女孩不止是和这个男人，还和其他多个男人有肉体交往。她炫耀道，"你的四个战友当中有三个人每人跟我一次，另一个跟我四次，你跟我一共进行了二十八次，总共三十五次。你们的功劳簿在我心中开花结果，我的身体早熟是应该的。……我喜欢性交"[1]。在男人面前谈论这些话题，她面无羞涩，甚至在被抓捕的临死的老校长面前，她也毫不避讳，"少女纯真地扒开三角裤衩，就像要往老人嘴里撒尿一样无私地展示了自己的器官"。她本想用自己的这件"凶器"杀死老人，反而让老人"双目炯炯有神"。一个混乱无序的时代，淫乱的少女反而被总司令任命为"赤卫军的卫生部长"。部长们口里痛恨这个"臭婊子"，实际上却没有人拒绝她，依然和她频繁地发生着关系。少女不同于以往的女性形象，她无耻的淫荡行为荒谬至极，是堕落时代垮掉的女性代表。可是，这种荒诞却来源于生活的

---

[1]　刘恒：《刘恒自选集·虚证》，作家出版社，1993年版，第444页。之后的一条引文在第457页。

真实,"《逍遥颂》实际上确实跟我少年时的一段经历有关系,我只是将这段经历稍稍来点象征化、荒诞化,以及夸张化"。作家书写这种真实的荒诞亦旨在揭示出人性的丑恶与丑陋,"人的劣根性一旦膨胀起来会把一切美好的东西都毁掉"[1]。正是这种膨胀使"校花"演变成了"恶之花"。

上文分析的三种女性,归结起来属于两个类型,积极型女性和消极型女性。中国历史上,由于男性话语霸权曾长期占据统治地位,女性作为社会人的积极面曾被长期埋没,作为"雌性"工具的消极面却被发挥得淋漓尽致。女人中的卓越者常被誉为"女丈夫""女豪杰"。这一点同西方精神分析学家有着惊人的一致,即"只有男人被定义为人,而女人被定义为女性;每当女人作为人行动时,就被说成她模仿男性"。精神分析学家对女人的定义,遭到了著名的女性研究者波伏瓦的批判,她更正说,"对我们来说,女人被定义为正在一个价值世界中寻找价值的人,认识这个世界的经济和社会结构是必不可少的;我们将通过女人的整个处境,以存在主义的观点去研究她"[2]。这就说明,女人是有价值的,在价值世界中寻找自己的价值。在不断寻找中改变着自己的观念,一旦树立了正确的观念,就能有效地实现自己的价值。前文所述的成长型女性和奋斗型女性就属于这一类。如果观念错误,价值就变得无效,对个体、对家庭、对社会就会产生负面作用。上文中的消费型女性就属于此类。

人们常说,一个好女人就是一所好学校,可以供男人读一辈子。又说,一个成功男人的背后一定站着一个成功的女人。古今中外,这样的事例不计其数。塑造好女人,是作家的职责;塑造坏女

---

① 刘恒:《乱弹集》,春风文艺出版社,2000年版,第167页。
② [法]西蒙娜·德·波伏瓦:《第二性Ⅰ》,郑克鲁译,上海译文出版社,2011年版,第75页。

人，同样是作家的职责。好女人可以给社会很多正能量，催人奋进；坏女人可以给社会很多反思和启迪，让人们在思索中前进。无论好女人还是坏女人，她们观念的变化，都见证了一个时代社会发展变化的轨迹，她们是社会的一面镜子，让人们更加清醒地看到过去和现在。"作家是个公民，要就社会和政治的重大问题发表意见，参与其时代的大事。"①时代许多大事是由各种各样的小事组成，是由各种各样的人物来具体执行。刘恒塑造了不同时代的女人，表达了不同时代的大小事情，也就是表达自己作为一个公民对时代对社会的责任。这也许是刘恒塑造众多女性形象之意义所在。

---

① ［美］勒内·韦勒克、奥斯汀·沃伦：《文学理论》，刘象愚等译，江苏教育出版社，2005 年版，第 104 页。

第三章　刘恒小说的创作艺术

第一节　刘恒小说的叙事艺术

所谓叙事，顾名思义，就是指叙述事件。但不同的人对叙事有不同的理解。当人们按一定的规则运用一定的技巧叙述某些事件，叙事作品就此产生了。美国文学理论家华莱士·马丁认为，叙事作品"总是为思想提供多于它们自己已经消化的信息和食粮"[①]。以叙事为主的文学通称为叙事文学，小说、剧本都离不开叙事。刘恒遵循的是现实主义[②]叙事理念，无论是对于过去、现在还是未来，他的叙述都追求强烈的"真实性"，有鲜明的"现实"色彩，是一位在现实主义道路上坚持不懈地攀登[③]的作家。四十余年的创作，刘

---

① ［美］华莱士·马丁：《当代叙事学》，伍晓明译，北京大学出版社，2005年第2版，第192页。

② 华莱士·马丁认为，"现实主义"是"指某种阅读经验"，即读者"相信一个故事很有可能发生"，并以"某种特定的方式沉浸于故事之中"。普遍性的术语的"现实主义"，"指对于世界的真实反映，无论作品是何时被创作的"（［美］华莱士·马丁，《当代叙事学》，伍晓明译，北京大学出版社，2005年第2版，第47页）。从这个意义讲，刘恒的创作可以归属于现实主义。

③ 刘恒在谈有关《四条汉子》的创作感受时说，"我想借此说明生活是文学的源泉这个唯物而又辩证、辩证而又唯物的真理，说明我在创作上是一个循规蹈矩的小心翼翼的现实主义者。"（见刘恒《乱弹集·永恒的局限——杂谈〈四条汉子〉及有关或无关的几个问题》，春风文艺出版社，2000年版，第92页）后来的作品也证明，刘恒一直走在"现实主义"这条创作路上。

恒用一部部作品建构了自己的文学长旅，树立了不少的文学高标。

刘恒创作的旺盛期遇上了他所生活的那个年代的"创新"期。二十世纪八十年代是中国社会的新时期，也是文学的新时期，有人戏谑说"创新像一条狗被人们不断追赶"。是时一股又一股文学思潮相继出现，伤痕文学掀起了潮头，接着反思文学、改革文学、寻根文学、先锋文学、新写实小说、新乡土小说、新历史小说、"现实主义冲击波"小说等一浪接一浪，一浪"新"过一浪，有很多思潮被冠上"新"字。那些在技巧上大胆创新的作品还被批评家们称之为"新潮小说"，标示它与传统的区别。寻根文学喊出了寻找文学的"根"这一响亮口号，力求突破传统，韩少功、张承志、阿城可为代表。先锋文学打出了"先锋"旗号，作家们大胆追求文体创新，在叙事语言、叙事结构、叙事方法等方面出现了前所有未的新态势，余华、孙甘露、马原等作家成为"先锋"代表。比肩而来的新写实作家们，如方方、池莉、刘震云等，他们把目光注到普通人的生存上，带着"零度情感"，用贴地的方式揭示底层人物的生存状态。通过"生存"表现琐碎的庸常生活，表现人的价值和尊严。"现实主义冲击波"小说也赶趟一样进入热潮，刘醒龙、关仁山等作家表现了乡土中国出现的"新"状况。

刘恒是作为"新写实"作家引起人们关注并进入文坛的，《狗日的粮食》《伏羲伏羲》等作品引发了热烈反响。三十年后的今天，这类在标题上惹人注目、在内容和技法上突破传统规约的作品仍有一定的冲击力。如果拨开那些在当初看来颇为"火辣"的字眼和词句，从叙事方法和叙事技巧等方面衡量，刘恒采用的仍然是现实主义创作方法，通过一套富有新意的话语系统有条不紊地叙述着自己设想的故事。他在循规蹈矩中又有破"规"创新，有些文本因为其"贴地"的现实性更显生活气息。

接受美学认为，由于阅读主体的差异，面对同一个作家、同一个文本，不同读者会有不同反应，即人们常说的一百个读者就有一百个哈姆雷特。阅读刘恒，重口味的人会感觉很清淡；清淡口味的人会觉得越嚼越有味。无论哪种口味，只要仔细深入字里行间，文本中那种特别的韵味就会扣人心弦，让人产生共鸣，不禁为作家的叙事艺术而惊叹。细读各部文本后，会发现刘恒在叙事主题选择、语言修炼、结构编排等方面都是殚精竭虑。其作品在简洁明丽中不失多义朦胧、温和慈祥中不乏老辣犀利、风平浪静中暗含波涛汹涌，呈现出独特的艺术风貌。

一、叙事主题的选择艺术

刘恒的创作主要有小说和剧本两类，另有一些散文和报告文学。其散文主要集中于随笔、访谈、杂感等。他从小说起步，始于二十世纪七十年代。小说又以乡村、城市为主要叙述对象，其中贯穿着对"文革"、改革等"亲历"事件的"真实"叙述，也不乏对历史、战争等问题的想象性叙述。进入二十世纪九十年代后，他并行于小说与剧本的双轨道上，呼啸前行中取得了一路成绩，也播撒了一路声誉，进而形成了自己的叙事主张和叙述风格。

古今中外的创作中，叙事主题有无数种，都围绕着人的一切而发生和发展。那些书写频率高的主题常被称为"母题"①，如爱情、婚姻、家庭、生存、疾病和死亡，等等，由此衍生出万千事件和万千形态。文本中的人物体现为下述角色："争夺（主人公／对手）、追寻（主体对象：施与者接受者帮助者反对者）、通奸（已婚双方，第三者），成长或转变（无能力的年轻人变为成熟的、有力

---

① 托马舍夫斯基从基本叙述单位层面，将"母题"定义为："主题材料的最小粒子。"他认为母题有两种：动态母题（成规性的动作序列，无助于行动发展者）和静态母题（形成一个叙事局面与下一个之间的绞合链）（见［美］华莱士·马丁，《当代叙事学》，伍晓明译，北京大学出版社，2005 年第 2 版，第 107、111、113 页）。他强调的是"部分与整体之间的相互联系"，这里的母题具有"功能"的作用。

的成人)"①，无论何种角色，都构成作家创作的内容。当然，作家对于叙事主题都是有选择的。主题选择是一门艺术，这门艺术又与作家的成长环境、人生经历、生活理念、价值取向和审美观念息息相关。

具体到一部作品或系列作品，叙事主题的形成需要叙述时空、叙述对象等要素共建。从刘恒的叙述时空看，二十世纪一百年的社会发展全部纳入了他的写作视野：民国叙事、战争叙事、十七年叙事、"文革"叙事、改革叙事②等。从他叙述的对象看，社会各阶层人物，下起百姓上至皇帝，全被收进创作"罗网"。具体说，有农民叙事（《狗日的粮食》《伏羲伏羲》等）、市民叙事（《黑的雪》《虚证》《贫嘴张大民的幸福生活》）、知青叙事（《爱情咏叹调》等）、军人叙述（《小石磨》）、小商人／小老板叙事（《萝卜套》《连环套》等）、知识分子叙事（《白涡》）、皇室贵族叙事（剧本《少年天子》）等。他的叙事主题选择以人类所需要的衣食住行、吃喝玩乐乃至心灵困惑、精神追求为中心，于是形成了生存叙事、情欲叙事、志趣叙事、教育叙事、心灵叙事、荒诞叙事、死亡叙事等系列主题。同一个主题，被不同作品表述，可以看到作家广阔的写作视野；同一部作品有多个主题交叉或并行，就赋予了文本多义性，可见其内涵之丰厚。因此，不同读者从不同视角阅读分析，作品会呈现出不同主题。单一主题现象在刘恒作品中并不多见，即使是在短篇小说中，也有多义存在。

1. 与死亡交织的叙事主题

人的很多行为与生有关，也与死有关。死亡便交织在各种事件

---

① ［美］华莱士·马丁：《当代叙事学》，伍晓明译，北京大学出版社，2005年第2版，第123页。

② 此处各种类型的划分不一定全面，也未必准确，只是从某个角度、某个层面讲有相对的突出点和侧重点。根据文本流露的信息，它所涉及的人物和社会、现实和历史诸方面，都包含着丰富的文化内涵和美学意蕴，体现着作家的创新理念和叙事艺术。

中。生存与死亡，是人生的两种状态，故常常并存于一些作品一些人物中。不过，在叙述时，作家并非平均用力。有的是生中藏死，有的是生死相依，有的是以死托生。通过生与死的叙述刻画人物性格，反映时代情绪，揭示社会问题。如《狗日的粮食》是一个典型的生存主题作品。为了活下去，曹杏花竭尽全力拼死拼活。为了得到食物，她不顾脸面费尽心机。很多人饿死了，他们家的人活下来了。就在艰难困苦时代即将结束，生活出现好转时，曹杏花因为丢失了购粮证遭丈夫打骂而自杀。生活的艰难没有让她死掉，丈夫偶尔的一次暴力就导致曹杏花死亡。生命是何等坚强，情感又是何等脆弱！曹杏花死了，她的丈夫和孩子们却好好地活着。生存是为了减少或延缓死亡，死亡有时又是为了更好地生存，对于死者和生者同样如此。

《伏羲伏羲》是公认的情欲主题，内里却蕴藏着死亡主题。鲜花般的菊豆被老丑干瘪的杨金山娶走，身心受尽折磨。血气方刚的杨天青目睹婶娘的遭遇心生同情，叔侄间发生情感争夺。菊豆和天青两情相依，生下天白。三人间的情感矛盾急剧上升。杨金山死于年幼的"儿子"天白手里，天青死于长大的"弟弟"天白手里，如此局面导致菊豆活着的艰难。其实，死亡在他们情欲萌发的那一刻就伸出了利剑，因为退缩不前，裹足负重，金山、天青、菊豆都不可能有"善终"的结果。血缘亲情、父子关系、兄弟情谊、夫妻恩爱，往往都敌不过道德伦理的力量。生存，让人世上演一幕幕悲喜剧，死亡又能验证多少世道人心！

《虚证》的主题看似是心灵叙事，主人公却老在死亡的边缘徘徊，最终投入死亡的魔咒，所以也是死亡叙事。郭普云很长时间内都在酝酿自杀，虽有亲朋劝阻，可是都没产生效果。其死因是他老认为自己做各种事情都"不顺"，而这些不顺事情的发生很大程度上是由于他自己的主观认识造成的，是心理软弱造成的。有些问题在别人看来并不严重，有些坎坷并不足以构成障碍，在他却是长久地不能释怀，难以爬出心理陷阱。心理脆弱和认识误区导致他走上自杀道路。小说将郭普云的自杀心理作为一条线索，交织他要自杀的各种理由和事件。一个完全可以不死的年轻人最终走上了自杀道路，其生存似乎都是为了死亡而准备。

李来昆与郭普云完全相反，他的生存能力和心理承受能力都很强。他"曾经是一位公认的死不了的人，死不了的人死掉了"，何故？李来昆的生死构成了《天知地知》的活着主题与死亡主题。李来昆活泼大胆，有头脑有主见，脸皮厚爱喝酒，风里来雨里去，生活的艰难困苦都被他嬉皮笑脸地踩在脚下。他的死因竟是深夜喝醉酒翻越单位大铁门时被铁刺穿身抢救无效而死亡。文本的每一章都讲述一件事，在很多事件中李来昆该死却没有死掉，他总能逃过劫难活下去。年岁渐长，生活的诸多不顺依然存在，他便经常酗酒。最后一次竟翻越危险的铁门，最终走上不归路。平凡的李来昆自己杀死了自己，他虽然不像郭普云那样有意识地有计划地去自杀，实际也是履行慢性自杀行为。除此外，刘恒的很多作品都与死亡叙事有关。《苍河白日梦》《冬之门》《小石磨》中有很多人死亡，他们中有的人是为了自己的欲望而死，死不足惜。有的人是为了他人利益而死，有的人是为理想和信念而死，是向死而生，其死比泰山还重。死有种种，意义各不相同。死亡带给人们的思考是：人为什么要活着？人如何去活着？人活着是为了什么？生命的意义何在？这系列问题刘恒在一些作品中有解答，有些则没有解答，需要读者们去进一步思考探讨。

2. 与教育交织的叙事主题

如果从宽泛的概念来理解教育①，刘恒小说中有好些作品属于教育主题。其中有因负面教育产生不良后果的，更多的是正面教育

---

① 《现代汉语词典》对教育的解释有两层意思：培养新生一代准备从事社会生活的整个过程，主要是指学校对儿童、少年、青年进行培养的过程。用道理说服人使照着（规则、指示或要求等）做。

获得成功的。教育方法不同，教育手段不同，教育效果就不同，主人公的命运也就不同。

负面教育类作品主要是通过生活中的事实告诉人们某些道理，要去正视问题，反思自身。《白涡》是一个很明确的情爱主题，实际交织着教育问题。华乃倩为了自己的硕士论文答辩能获得通过，不惜走后门，搞关系，利用权色交易。这就说明她攻读硕士，目的是为了混到文凭，给自己添面子，并不在乎能否收获知识。从后来的事情发展看，她的文化知识和道德素养并没有提高多少，专业也没有达到"硕士"水平，对于婚外情却处心积虑，尽显"才智"。其上司周兆路有权力，不能自觉抵抗美色诱惑，一步步落入华乃倩布置好的情色陷阱。作品从侧面揭露了某些教育领域中存在的弊端，批判了周兆路这类掌管着教育话语权的"上级"的腐败行为，他的晋升必将为他的跌落买单。《陡坡》是一个很短的小说。主人公二道在当学徒期间，受不良生意人舅舅的不良影响，总想通过歪门邪道多赚钱①。他自己也没有得到好下场。社会教育和家庭教育的不正当引导，导致年轻人形成错误的价值观，走上错误的人生道路，甚至毁掉年轻的生命。

从人生成长道路看，《虚证》也属于教育类主题。李慧泉由于交友不慎在成长路上走了很多弯路，被关进监狱接受管教。经过法律的惩罚，母亲为他伤心至死事件，服刑期间的教官、出狱后的邻居以及其他人的直接教育或间接教育，他的观念逐渐改变，慢慢融入社会自食其力。就在他走上正道之时却遭遇杀身之祸，生命之花过早地凋谢，给人们留下许多遗憾与思考。

对于因负面教育受影响的人物，文本用坎坷道路和悲剧命运作

---

① 二道暗中学到舅舅赚钱的办法：在车辆修理店门外的马路上撒落钢屑和图钉以破坏往来车辆轮胎，迫使车主到自己店里来修理，再高价收取车主的修理费。二道常在他店前马路的陡坡上施展伎俩，最后自己在大雪天骑自行车下陡坡时翻车死亡。

为回报。作家的批判意识则隐含在作品温和的叙述中。刘恒并不吝啬于对社会问题的揭露与批判，但他更多地是通过小说传递正能量教育，此类作品所占的比例也更大。

刘恒早期的成长型小说《心灵》《小木头房子》《爱情咏叹调》《花与草》《堂堂男子汉》①等作品均属于教育类主题。男女主人公在接受各类教育，如学校教育、社会教育、家庭教育、专业教育中逐渐成长起来，变成乐观向上的、有理想有追求的有志青年。这些作品的艺术表达虽不如后期老辣，但叙事主题的选择都充满理想色彩和浪漫情调。那些充满奋斗精神的励志人物让读者产生一种单纯的满足。

《力气》是刘恒努力试验文体②的一个作品，不但没有收到预期的反应，反而遭到"奚落"。个中缘由的确是读者"没有看进去"。这不但是一个颇有"意境"的作品，还是一个充满正能量的教育类作品，文本的教育主题隐藏在主人公杨天臣的生存③路上。他一出生就有着超乎寻常的力气，一生都是靠着这超人的力气吃饭。他经历了清末民初、抗日战争、解放战争以及中华人民共和国成立后的各种大小事件。杨天臣不畏强暴，凭借力气与社会上、生活中各种邪恶力量对抗，不懈拼搏，为家庭、为地方树立了正气，弘扬了正义。可以说，他和孩子们的成长历程就是不断接受社会教育和家庭教育的人生历程。爱国主义教育、爱岗敬业教育始终贯穿于他们平凡的生活，并由此形成了独特的家风家训。"仔细给公家做事""要

---

① 这一部分在第二章第二节有分析，故本节不再阐述。

② 刘恒在一篇文章中认为《力气》"写得不老实，文体上做了太重的试验，以为要叫好却遭了奚落。文体可以检讨，但意境是不错的。大家奚落是大家没有看进去"。见刘恒《乱弹集·伏羲者谁》，春风文艺出版社，2000年版，第78页。

③ 作家认为《力气》是关于生存的主题。写完《狗日的粮食》后，他想顺着这条感觉继续写，"想寻找农民赖以生存的几根柱子。粮食算一根，再找找到了'力气'。……于是写了《力气》"。见刘恒《乱弹集·伏羲者谁》，春风文艺出版社，2000年版，第78页。

有志气"是杨天臣的殷殷嘱托，儿子们也遵照父亲的意思在各自的岗位上踏实做事，老实做人，让老人备感欣慰。

教育类主题中，《教育诗》是从标题到内容都名副其实的"教育"作品。小说叙述了刘星从一个婴孩到青年的成长历程。他的父母对孩子寄予殷切厚望，特别是他父亲，种种方法都用尽，为孩子操碎了心。可是成为青年的刘星，有自己的志向和选择，不愿遵循父母的意志，按父亲设定的路线行走。父亲不满意儿子的态度，在信中诉说父子关系：

> 你要禁止他议论与他不相干的事，否则我不放心。……他头上的伤好了吗？我抬手是吓唬他，他梗着脖子不躲，逼我打他。……你嫂子现在还跟我过不去，好像我把他杀了。……我总的感觉，儿子没法指望了。我不揍他，我管他！让他别忘了咱们是谁。[①]

刘星父亲的信中表达了父子间的代沟。作为家庭的"权威"，父亲又不能放下自己的架子和尊严，去深入孩子的内心，了解他的真实感受。只从自己的角度想把儿子塑造成自己理想的样子，把自己身上丢失的东西、没有实现的愿望都通过儿子弥补回来，可是儿子非常反感父亲的做法，从而造成父子观念上的差异。这里矛盾的根源其实也是一个教育方法和教育手段的问题。"我"作为刘星的三叔，担当了调解员的角色，巧妙地斡旋父子关系。首先是尊重孩子，尊重孩子的选择；其次是尽量满足他的正当需求，把孩子当作朋友；再次是不说教，看准时机将自己的教育理念春风化雨般灌注在对孩子关心的各种具体行为中。

刘星在三叔所在的城市读大学，最初每周来一次，叔侄间的话

---

① 刘恒：《刘恒自选集·虚证》，作家出版社，1993 年版，第 209 页。紧接下面的引文同此。

语并不多，"他以不露神色的方式拒绝我进入他的思想"。三叔并不急于进入刘星的内心，只用实际行动帮助他。如多给他生活费、雨夜陪他分忧、用好饭菜招待他和女友，等等，为他的成长保驾护航。三叔的教育和孩子父亲的教育形成鲜明对比。

随着年岁的增长，孩子的恋爱和事业成为新的问题。为了慰藉他、庆祝他的生日，"在初秋落雨的黄昏，我家的餐桌上摆了祝贺生日的宴席。那块四斤三两重的嫩肉滚雪团一般滚过二十二年路程，端端正正地坐在一片菜香之中"。文本用借代手法把一个人的成长历程轻松地描绘，语气诙谐。一般而言，看着别人的孩子成长很轻松很愉快，如果是一手抚养孩子的父母，才能体会一团"嫩肉"要抚养成人得花费多少心血！举重若轻，也是一种重要的表达方式，能给人以轻松感，而背后隐藏的种种滋味又值得慢慢咀嚼。宴席上的孩子借酒浇愁，认为自己"什么也干不成，干不成！"喝醉后，即使到深夜还躺在院落里的泥水中，"我被这自暴自弃的样子激怒，抬手给了他一记耳光"。打了他之后，他的情态"迫使我与他并排躺到肮脏的水洼里去"，"我将他吃力地拖了起来"，"我抱住了一个羽毛一般轻柔的婴儿"。这种安慰比任何的打骂和愤怒要来得真诚、真切，充满真情。之后的多次磨砺使孩子变得成熟了，"成了一个无须长辈惦念而成熟的人"。"他甚至活泼了一些，轻松的谈吐将苦思愁想的痕迹一律抹煞了。"他锻炼自己，"终于像健康的猴子一样啸叫起来，凄厉而高亢，向夜色笼罩的一个看不见的高度攻击，那茫茫大音冲上去扩散开来了"。[①]这种猴子般的嗥叫显示了刘星的生命之力，他不再愁肠郁结，而是阳光向上。

由此可见，对孩子的教育，需要宽严结合、张弛有度。而家庭教育、学校教育和社会教育是孩子成长路上的合力，三者缺一不可。

---

① 刘恒：《刘恒自选集·虚证》，作家出版社，1993 年版，第 211、212、213 页。

3. 与志趣交织的叙事主题

志趣，按字面解释为志向与情趣，它常常蕴藏在一个人的工作和事业中，也蕴藏在一个人的追求中。志趣的高低会影响一个人品格的高低，反过来，一个人品格的高低也影响他志趣的高低。或者说，一个人有什么样的志趣，他就有什么样的品格。刘恒小说中，与志趣交织的主题有多个类型。

第一类是使命与志趣交织。《小石磨》里的大霜，参加红军长征，不顾多次劝阻执意要带上一套他长期使用过的石磨。长征路上，小石磨发挥了很大作用，既改善了生活，寄托了思乡之情，又凝聚了团结奋进的精神。大霜牺牲后，石磨没有被丢弃，还被战士们带到了陕西。大霜的固执就是一种对使命的追求，力图通过石磨的作用展示自己的价值，实现他的理想。石磨虽小，却是伟大使命与个人志趣有机结合的象征。《爱情咏叹调》里，张一平宁可放弃与自己海誓山盟的恋人，放弃知青回城的机会，也要留在内蒙古草原贡献青春。她认为草原更需要她，她的才华和价值能在草原得到更好的展示。她把志趣当作事业，让事业充满趣味，显示了一代知青的理想追求。《种牛》叙述老干部李林山退休后想找一些有趣的事情干，种花、养牛等。他自学了很多关于牛的知识，也亲自去牛市买牛，结果他请来的年轻人（两个侄儿）并不乐意帮助，悄悄把他买来的小公牛又卖掉了，还从中获利。李林山的养牛计划失败，他并不气馁，还是愿意继续发挥余热，又把兴趣转向植树。

刘恒创作中鲜见的报告文学《老卫种树》就是一个专门的植树主题。主人公居然将责任培养成了志趣。村干部老卫年近半百，为了支持上级的工作，硬着头皮把别人不愿意接受的任务——植树包揽下来。最初她按要求承包了一千二百多亩荒山，一个人干不了就把丈夫、子女、女婿等都动员回来一起干。争强好胜的老卫克服重重困难终于种树成功。但她没有就此收手，没有满足于现状，又扩大了种植面积，把全部的收入再次投入到植树行业。老卫的树"没长在山上，全长在她心里了。迷树迷成这个样子，不是病，当然也不是老卫的罪过"。她的绿山越来越多，精神财富也是越来越足，可是物质财富并没有增长，因为她总在不断地投入。事实上，她的全部财富都在那一坡又一坡的绿山。种树，是老卫晚年的使命，也成为她和家人工作、生活的全部内容。她将使命变成志趣，志趣融入使命。

第二类是情欲与志趣交织，这种叙事主题具有某种隐匿性。一般读者常常看到了其中的情欲，却不容易发现其中的志趣。这种欲隐欲现的"草蛇灰线"法又恰恰是作者高明之所在。《苍河白日梦》里的二少爷曹光汉，将志趣隐藏于变态的"恋母情结"和与妻子的"虐待"性游戏中，实际上是在借这些幌子干一些"革命"的秘密工作，追求自己的理想。《冬之门》是将情欲升华为志向的小说。谷世财追求干姐赵顺英，前半部分是较为单纯的为求爱而杀敌，后来得知赵顺英的报仇志向后，主动承担毒杀日本人的报仇任务，成为民族英雄。情欲化作革命动力。《逍遥颂》则是打着志向的旗号从事情欲活动，属于暴露小说。"文革"期间的"赤卫军"们满嘴"性"事，无名少女更是放荡不羁，以与男人们发生性关系为乐，淫荡至极。小说用讽喻的手法对"文革"时期一些荒诞行为进行了批判。

二、叙事语言的表达艺术

语言是小说的门面。优美精湛的语言表达，是作品获得成功的重要因素。刘恒小说有的地方读起来很硬，有劲道，有力度，有精神；有的地方感觉很干净利落，简洁明了，又意味无穷；有的地方读来清脆爽快，提神醒脑，拍案惊奇；有的地方读来感觉沉闷，细细咀嚼后又有几分醇厚。这就是他小说语言功力深厚的重要表现。

"小说的语言是一种全方位的叙述语言，它可以从任何角度切入这个题材。可以从议论开始，可以从胡言乱语开始，或者它可以从某个人的动作开始，或从某个风景开始。小说语言的切入点非常丰满丰富，而且非常自由。"① 这种"自由"，是作家下了"苦功夫"后达到的境界。因此，阅读刘恒小说，可以尽情享受他创造的语言艺术。写作中，刘恒特别注重语言的提炼、润饰。描述性语言富有色彩，叙述性语言富有张力，议论性语言富有深度，对话性语言则恰到好处。不论何种类型的小说，作家都能运筹帷幄、气定神闲地把胸中的万千气象编排得有条不紊。特别是从生活中积累的经验，总能让他尊重说话人的个性，深入体察说话人的心理，站在说话人立场予以表述，做到什么人讲什么话，什么山唱什么歌。读者可以通过人物语言艺术去了解人物性格、性情、心理以及事件发生的背景、环境和事件背后隐藏的"事件"。

《冬之门》是颇能体现刘恒语言艺术的中篇小说。文本叙述了战争年代卑微的底层劳动者如何成为英雄的故事。二十岁的男主人公谷世财是赵记汤饼店的伙计，也是老板赵仁久的干儿子，同时兼职"清火河北岸的治安军营地"二营长官灶伙夫。老板女儿赵顺英五年前跟江湖郎中私奔，因丈夫被日本人杀害便带着四岁多的儿子小软儿回到了父亲家。新寡的漂亮女人被很多心怀叵测的男人盯上。日本军营里的刑务李广泰、维持会长王楷山、营副高子昆等人都看中了她，都想占有她。无才无貌、无权无势的谷世财心里也暗恋着干姐，不喜欢其他人侵犯她，想保护她却又力量不够。于是想了各种办法来对付这些情敌。他悄悄杀掉了李广泰、王楷山等人，向干姐表达自己的能力和欲望。她不但不认可，反而对他固执的爱嗤之以鼻。

干姐赵顺英有自己的选择，只是谷世财并不明白。当谷世财再次把自己的杀人业绩呈献给干姐时，他趁机讨好地用强力把心中的女神"害了"，用情"杀"了她，征服了她，占有了她，使她成为

---

① 刘恒：《乱弹集·文学吾妻电影吾妾》，春风文艺出版社，2000年版，第216页。

"白大的美丽的尸首"。谷世财并没有真正读懂干姐的心思，干姐也无法把自己的想法暴露出来。她想用砒霜毒杀日本人，药却被父亲藏了起来，愿望不能实现，无奈中只好再次离家出走，与别人搭档充当"杀神"为丈夫报仇。谷世财从干爹处得知干姐的计划时，迅速明白了干姐的意图。为了找到被干爹藏起来的砒霜，他装傻，装呆。"谷世财恍惚着，眼神儿里全是窝囊废的怯懦的呆气。"干爹相信了他的"呆"，拿出了砒霜。谷世财趁干爹不防备，拿跑了。再趁着给日本军做豆腐菜的机会，偷偷地下了一袋砒霜，当场毒死了多名日本兵，没死的人也留下了后遗症。实现了干姐的愿望。

没有人瞧得起的矮小猥琐的谷世财成了一个"杀人如麻的东西"，杀死了他的情敌，也杀死了国家的敌人。他的故事成了传奇，"几十年之后，这条山谷里的人一提豆腐，仍免不了有些奇奇怪怪不可言传的感觉。那几乎是一种传统在隐隐作祟了"。从私仇转变到公仇，从个人之恨上升到民族之恨，谷世财成了一个英雄，文本的思想境界也因此得到了大幅提升。

小说情节并不复杂，叙述技巧却炉火纯青。作家用先抑后扬的手法刻画了三个主要人物形象：任人使唤受尽欺侮的谷世财、爱抽大烟的疾病缠身的干爹赵仁久、让人着迷的举止难以捉摸的干姐。特别是干姐，表相看是靠美丽的容颜挽救父亲的家业。实际上，她是个敢于叛逆的有着大智慧的女性。为了爱情，她敢于私奔；为了给丈夫报仇，她深藏仇恨伺机报复。前半部分写她巧妙设计努力经营汤饼店，用可口的饭菜吸引日本兵，微笑着和他们往来。到最后，从干爹嘴里才知道她是为毒杀日本人做准备的。一个有心计有谋略的大胆的女英雄形象跃然纸上。谷世财的高大也是到最后才显示出来。之前他暗杀了两个军官，之后又毒杀了一批日本兵，用自己的生命报仇雪恨，完成了干姐未完成的革命任务，给北大仓留下一个传奇。赵仁久的形象也是在小说尾部达到高潮。塑造这些人物时，文本的语言特别富有张力。特别是人物对话与语词活用展示了作家的语言艺术。

1.人物对话语言精练且内涵丰富

写小说离不开对话。如何写好对话，是衡量作品成功与否的重要标准。"小说的对话实际上是一种仿真实，是一种再造的真实，因为小说和生活真实完全是两码事，小说是一种文字的真实。"[①] 要写出这种真实，需要作家充分发挥想象力，想象人物的生活场景、职业身份、对话的语境、他的成长过程及其与整个事件的各种复杂关系。《冬之门》的很多对话场景就能凸显人物性格。

小说中的赵仁久，在前半部分并不讨人喜欢。他病恹恹的懒懒散散，整天靠抽大烟度日，汤饼店差不多被他搞垮了。女儿赵顺英回家后用软硬兼施的手段劝他戒烟，他却时反时复。文本后半部分，他和女儿的关系、与干儿子的关系却因为"砒霜"事件而更加紧密。文本多处用生动的对话描述他。女儿要找东西，父亲给藏了，于是父女俩开始争吵。

"……你把家掀了吧。"

"爹你混！你混！"

"姑奶奶，你来刨！"

"老糊涂，你拿来！"

"你吓我也罢了，吓孩子！"

"爹你当心！"

"你还找人杀了你爹不成？"[②]

这段话初看会很迷惑，不知所措，必须根据后文干爹的叙述回过头来再阅读，方能得知女儿是因为寻找砒霜而不得和父亲吵架。

---

① 刘恒：《乱弹集·文学吾妻电影吾妾》，春风文艺出版社，2000年版，第219页。

② 刘恒：《刘恒自选集·虚证》，作家出版社，1993年版，第258页。紧接下面的引文在第265、267页。

无论怎样吵，父亲也不给。表面上他凶巴巴的，内心里他担忧女儿身单力薄，也担忧因她鲁莽行事殃及其他无辜老百姓，造成更大的不应有的伤害。老辣的父亲明白女儿的心思，但嘴里毫不松软。

对于谷世财，干爹和他之间也有几场颇富深意的对话。

之前，谷世财告诉他自己杀人了，干爹赵仁久回答：

闭你娘的嘴吧！你弄死？你他娘的连个蚂蚁也弄不死！

他嘴上不相信，实际上是想保护谷世财，不让他把信息透露出去，以免招来杀身之祸。当谷世财把砒霜抢走，他迅疾追赶上去，两人一块儿爆发了。

"老子还指望你养老哩！"

"你指望我，我指望谁？"

"你找死呀！"

"死呀！都死呀！"

"要吃自己吃，喂旁人你可当心点儿，连累了北大仓连累了我你来世也不能活！"

"再跟着，喂你呀！"

"畜生！养个闺女是畜生，收个儿子还是畜生，一窝儿畜生！"

这里，两个男人以"争吵"的方式表达自己的意图，内心里都是同一个目标，但嘴里都没有说破（故意隐藏，以防泄密）。谷世财以不恭敬的口吻告诉老人"都死"，其实是暗示了自己以死相拼的决心。老人明白了谷世财，暗示他不要连累镇上的老百姓，不要连累大家，言下之意是要学会巧妙地打击敌人。从后来的情况看，谷世财明白了干爹的意思，他并没有马上下手，而是等待时机，等待敌人相聚的"誓师大会"。最后他获得了成功。

因干儿子的投毒行为，日本兵把老人捉来，向他审问谷世财和女儿的情况。此时的老人表现了大义凛然的气概，"他除了嘎嘣嘎嘣地吃炒黄豆一句话也不多说。仅有的几句话也都深思熟虑，像硬豆子一样脆生"。老人因连累入牢，明白了女儿和干儿子的真实意图，他积极掩护，用机智的语言对付敌人。赵仁久老人和审问者的对话风趣幽默又暗含机巧。

> "他是咋回事?!"
>
> "他想娶我闺女，我闺女不答应。癞蛤蟆想吃天鹅肉，吃不上，鹅也飞了，他就不指望活啦……就这回事。"
>
> "你闺女哪儿去了?!"
>
> "兔崽子老惦记着奸她，把她吓跑啦。换了我是小寡妇，老跟个小蚂蚱追着你扒裤子，我也跑，跑他娘的远远的，一辈子不回来!"[1]

他说得轻松，又在情理，敌人很难抓到把柄，只好把他关进牢里。在人前，赵仁久说"如今啥也不用怕了"；到夜晚，"他会扒着牢窗往影影绰绰的南岸瞭望，眼泪便豆子一样扑簌簌滚下来了"。老人有感情有智慧，他的愿望是希望女儿和谷世财跑得"远远的"能逃离敌人的魔掌，其实他入狱之时谷世财早就献身了，女儿则不知所终。

刘恒认为，与电影相比，小说"表达思想性的手段技巧更加灵活"[2]，思想性使得小说中三个主要人物能在最后得到升华，展示出生命的最高价值，完成了一个平凡人的宏愿。"小说给人一种你

---

① 刘恒:《刘恒自选集·虚证》，作家出版社，1993年版，第269页。

② 刘恒:《乱弹集·文学吾妻电影吾妾》，春风文艺出版社，2000年版，第224页。

在现实生活中所不具备的能力。"[①] 人物成长的过程以及生命意义的呈现，比实际生活来得更加真实、更加伟大，更具有艺术创造力。正因为如此，作家尤其关注人物对话，精心建构各个细节，通过细节刻画人物性格，揭示人物内心世界和情感心理。人如其言，言如其行，这都得益于作家异常丰沛的想象力以及对文学思想的深刻认识，得益于他对生活中人物性格和语言的细致观察，对人物生活环境的充分想象。"因为只有你的想象力很具体的时候，你的想象力才能完全开动起来，否则就无法驱动你的想象力向前走。"[②] 刘恒是如此实践，也是如此总结他的经验，并提升为理论。

2. 词语活用使描述性语言更富色彩

小说语言的多义性得益于作家对词性的巧妙处理。刘恒特别注重语词的使用，是词性妙用的高手。"那时候汤饼店生意不坏，而干爹的大烟瘾也稠得化不开了。"[③] 描述一个人的某种嗜好达到上瘾的状态，多用"大""强"。"稠"一般指多而密，与"稀"相对，是形容词。作家把形容词做动词，用一般人不常用的"稠"字描述人的烟瘾之大，之强，之烈，"稠"字就十分形象而且颇有分量。

描述景物时，作家也是避开一般的常用词，巧用生字、僻字，或是将成语、俗语拆开用。"天上是没有边缘的一层白气，太阳仍旧混沌，在气晕上映出一个不清的轮廓。与早晨比起来，雪光是更加伤眼了。"[④] 这是详细叙述冬季干冷的雪天状态，给人一种阴沉压抑感。描写"白气"范围之大，不用"无边无际"这个成语，却用口语化的"没有边缘"，是从谷世财的视角观察，与他的认识水平一致。虽有太阳却无光亮，感觉天地间更加含混而阴冷，为谷世财的性格成长以及故事的进一步发展烘托环境气氛。再写雪天，"天

---

① 刘恒：《乱弹集·文学吾妻电影吾妾》，春风文艺出版社，2000 年版，第 222 页。

② 刘恒：《乱弹集·文学吾妻电影吾妾》，春风文艺出版社，2000 年版，第 217 页。

③ 刘恒：《刘恒自选集·虚证》，作家出版社，1993 年版，第 215 页。

④ 刘恒：《刘恒自选集·虚证》，作家出版社，1993 年版，第 219 页。紧接后面的引文在第 239 页。

一黑便落了雪，残破的雪迹很快就换了样子，在路上山坡上一层层肿起来。""肿"字形象地说明了雪的厚度。雪落得厚，落得深，落得静，毫无声息地慢慢变化着地表的形态。在雪的覆盖下，地表也无声无息地变化着自己。这里的"肿"表示事物的阴暗，或者说事物潜在地蕴藏着重大变化，隐喻谷世财思想的变化，它的不断"肿"大是他整个人生命轨迹的变化、生命品质的变化。所以，"肿"比其他字都来得更形象更有动感。话语表述与人物性格相得益彰。

谷世财干爹为了保住自己汤饼店的生意，防止女儿拿毒药去毒杀日本人，便把表层装着豆子下层装着砒霜的袋子秘密收藏了起来。女儿离家后，干儿子谷世财来了，哄他拿出来看看。因内心十分相信干儿子的"呆气"，便放松了警惕。"干爹眯着眼打量他，终于欠起了屁股，从席子下面的密洞里取出了一个两升大的小口袋。老人把豆子拨开，将它蹾在席上，审贼一样得意洋洋地看着它。谷世财缩得更紧，像一只面对狼牙的兔子，他在抖，从身子到牙齿。干爹躺下了，找了个非常舒服的姿势。"[1] 这里，"蹾"字非常鲜活，形象地反映了小口袋的放置形态，有高度有厚度有力度。干爹自鸣得意，谷世财紧张万分。从两个老少爷们儿的心理情绪和处事态度可以看到，他们都很机警，都很巧妙和小心。干爹把砒霜巧妙地伪装并收藏起来，瞒过了女儿；谷世财巧妙地得到了毒药，而且做出了更大的事情，更胜干爹一筹。下面一系列动词更准确地反映了两人的办事态度和办事速度。"干爹正陶醉，谷世财怕挨咬似的迟疑地抄走了小口袋；干爹刚要说什么，他已下了炕；干爹爬起来，他已离了屋；等干爹醒悟地尖声唤着他，他已经脚步腾腾地进了东街了！"

这一系列的动作可以看到谷世财反应之灵敏和动作之迅捷，当然干爹也不是吃白饭的，警惕性还是非常高。毒药得手后，干爹和谷世财争吵，他毫不容情地回应，但是没有立即下手。等到昭仓大

---

[1] 刘恒：《刘恒自选集·虚证》，作家出版社，1993 年版，第 219 页。紧接后面的引文在第 266 页，后面紧接的四处引文在第 267、268 页。

队和二营联合召开"春季大扫荡誓师聚餐会"时，"谷世财做了决定性的一道汤。他把豆腐、干菜、白砒和自己的生命一块儿熬进去了"。他做了最后的打算，要与敌人同归于尽。等他把含有毒药的美味食物送给敌军后，便离开了敌营，不久即被岗哨发现遭到扫射。谷世财用他年轻的生命，对侵犯自己家园的敌人进行了有力的回击。为捍卫家国尊严献出了自己年轻的生命，完成了干姐未竟的事业。干爹被敌人抓住，但他没有屈服，机智回答敌人的盘问，保护女儿和干儿子。

对谷世财的死，作家采用黑色幽默的手法，用看似轻松快乐实则惋惜哀痛的语句描写。所用的笔调与莫言《红高粱》中描写"我奶奶"之死类似。不是传统的哀伤的语词，而是用欢快的语调叙述一个英雄的死亡，更能引起人们的沉思。比较下面两段：

> 他说完扭头便走。他走进灶间之后继续朝前走，……他像一头倔强的小猴子或一头愚笨的小毛驴，他义无反顾地踏上皇军仓库外边的雷区了！岗楼上的哨兵……最后叭叭地放响了三八枪。枪声立即被冲天而起的雷声所淹灭，小猴子或小毛驴美丽地翻着跟头飘起来，落地时又砸了一颗雷，分成更小的几部分继续美丽地翻着跟头飘起来。第三颗也响了，谷世财如愿以偿，像缤纷的鲜艳的花朵一样盛开在故乡的空中了。[1]

> 飞霞的高粱米粒在奶奶脸上弹跳着，有一粒竟蹦到她微微翕开的双唇间，搁在她清白的牙齿上。父亲看着奶奶红晕渐退的双唇，哽咽一声娘，双泪落胸前。[2]

---

[1] 刘恒：《刘恒自选集·虚证》，作家出版社，1993年版，第268页。

[2] 莫言：《红高粱》，见中国作家协会创研室编《贞女》，时代文艺出版社，1988年版，第396页。

前一段写谷世财向死的行动，后一段描写奶奶受伤时的情景。这里，两位作家颠覆了传统小说中以贬写贬的方式，而是用一系列看似鲜艳的、优美的词语表达一种不可抑制的血腥与残忍。这是作家审美观的巨大转变，也是战争文化小说在新时期遭遇的审美挑战。

对于否定性人物，作家能抓住性格特点表现人物个性。通过特定语境中那些看似随意的说话，特别是某种夸耀性的话语，去凸显一个人真实的内心世界。刑务李广泰看上了新寡的赵顺英，当着谷世财夸赞她的美貌，同时表达自己想霸占的野心。

> 我到镇公所找酒喝，见她领了良民证出来，一张好脸加一步好走，整条街都给她摇颠了。啥东西做的么！我杀人杀了无数，这一回让她把我宰了……瞧你干爹那块料，咋日出这么妖的神仙！真是见他娘的鬼啦！[①]

作家没有直接写赵顺英的美貌和风韵，而是借打手李广泰骂骂咧咧的粗口来赞美她。这种民间话语特别符合李广泰作为监狱刑务的身份，粗鲁、张狂、野蛮、凶狠、好色，一个强暴形象跃然纸上。特别是"摇颠了""宰了""这么妖的神仙"等语词具有浓厚的方言口语色彩，也都是赞美级别很高的语词。他说的每个字都有分量，直击人心，这是一种真实的表达内心夸奖的方法，也是民间夸赞美人的常用手法。见过世面、心狠手毒的李广泰都能如此赞美赵顺英，可见其美色出类拔萃。

营副高子昆也喜欢赵顺英，通过他生病情景中的对话来表达自己的爱慕之情：

> 老子一天到晚想你姐。没见过那么骠的俊娘们儿，捏

---

① 刘恒：《刘恒自选集·虚证》，作家出版社，1993年版，第222页。

她奶尖像捏了马奶子……品性也好，多浪也浪不到脸上来。你姐约我见天喝她的豆腐汤，……世财你给我捎个话，我病哪天缓过来哪天去看她，告她说我想她哩。[1]

高营副有点头衔，虽然粗野，却比李广泰会用比较文雅的语词表现自己的斯文，并力图通过谷世财去寻求支持。但是他并没有缓过来，反而加快了死亡。因为生病，日本人放弃治疗，不再把他当人看，准备活埋。当他明白自己被日本人利用时，用骂人的话表达自己的愤怒：

"昭仓！我日你九州的妈！昭仓！我日你的腚眼子！狗杂种你来呀，带上你的娘们儿来呀。"满腹的仇恨让高子昆愤怒不已，终于知道日本人的狼子野心。

作家描写李广泰和高营副喜欢赵顺英时主要通过语言来展示，而且是通过他们在卑微的谷世财面前的强悍、显摆和高调姿态来展示。文本描写谷世财喜欢赵顺英却是通过心理活动和各种细节来展示的。

李广泰想霸占赵顺英，维持会长王楷山也来求婚。谷世财担心赵顺英被人抢走，时时刻刻都在意她的表情、神态。王楷山来求婚的同时，李广泰等人在汤饼店饮食，故意调笑。"谷世财轻轻哆嗦了一下，他在一堆笑里把她的一丝笑声摘了出来，立即想到她正背着他盛开了大花似的俊脸，不由黯然神伤。"[2]这里的"一堆"和"摘"字十分形象，说明谷世财对赵顺英的熟悉程度与关切程度。他又想象赵顺英嫁到王家后的情状，"她穿了窄身儿的绸布衣，在王家的老宅子里柳枝儿一样摇进去摇出来。这猜度的情景又使他欲

---

[1] 刘恒：《刘恒自选集·虚证》，作家出版社，1993年版，第248页。紧接下面的引文在第254页。

[2] 刘恒：《刘恒自选集·虚证》，作家出版社，1993年版，第229页。紧接的下一段引文在第230页。

呕的嘴里含着醋了"。作家连用两个"儿"化生动地说明两个"摇"的状态及赵顺英的迷人程度，也亮明谷世财对赵顺英的爱恋情思。谷世财非常自卑，他没有任何可以值得骄傲的资本去向赵顺英表白，既无权无势，又无才无财，"世上没有哪个男人看得起他，除了干爹；更没有哪个女人看得起他，他在娘们儿眼里不如一条狗！"这样卑微的人，只有一颗忠诚的心，一双勤劳的手，他爱慕老板的女儿、自己的干姐，但没有能力没有胆量去表白，也没有本事去保护她。眼睁睁看着她被别有用心的人欺负，他心痛，他愤怒。当高营副也向他表示喜欢赵顺英时，他唯有恼怒。

> 谷世财睡不着，却做出了很好的梦，把一屋子的夜气
> 都搅热了。她的眼深深地黑黑地睁在房檩上，他冲着她箭
> 一样把自己射出去，化在那弯月牙似的眸子里了。[①]

"夜气"本是一种自然现象，谷世财一个人却把它搅热了，说明他夜不能寐、辗转反侧的相思之情。虽然这只是一种心理作用，却把谷世财想念干姐的骚动情景逼真地描绘出来了，他一心幻想着娶她。

> 谷世财的心却软成水，只想朝这淡泊的情形泼过去，
> 薄薄地盖她润她，渗到毛孔里做她丰肥的身上的一块肉。
> 他们站在门道的老地方。他听着，却不披领子，而是
> 伸出爪子捏牢了她的手腕。这想不到的做法惊住了她，竟
> 迟迟不反应。他身里的油嘭一下燃了，爪子竟抵上了她的
> 坟。[②]

---

① 刘恒：《刘恒自选集·虚证》，作家出版社，1993 年版，第 247 页。
② 刘恒：《刘恒自选集·虚证》，作家出版社，1993 年版，第 250、251 页。下面紧接的引文在第 251 页。

作家十分婉转地写出了谷世财的情欲心理。这是他第一次和心中的女神正面接触，着急得有些放肆，妄为中有些胆怯。自从赵顺英回家，谷世财就明察暗恋，希望靠自己的忠诚与勤奋赢得这个女人的欢心。当别的男人向她表达喜爱之情，他就吃醋，就恼恨，就起杀心要杀掉那些不怀好意的追求者。李广泰已被他悄悄杀死，高营副是第二个要杀的对象，结果却不用他动手。当他再次悄悄把北大仓的豪绅王楷山杀死后，还接下了一桩谁也不敢干的活儿：把死人切断的头颅缝合起来。他做了自己想做的事情，杀死了仇人，满足了愿望，却在人前深深地隐藏着自己的秘密。然而，他心中的女神却很难接受他。当他营造机会靠近她并表白时，依然遭到抗拒。

"你个鬼！"

"你害死我啦！姐，你害我哩……"

"你找死！"

……

"你害死我啦！日后哪个再碰你，我杀他！杀他！杀他！"

"你疯呀？！"

谷世财积蓄已久的情欲爆发了，他不但要斩杀他的对手，也要通过蛮力实现自己的愿望。他是典型的闷兜子，表面上不声不响，似乎很配合；骨子里却又有一股因自卑而萌生的倔强和自尊。当一个倔强男人"心软成水"，可见这个女人的魅力。如果说李广泰和高营副是通过强悍的语言表达自己的霸气和霸道，谷世财则是通过内心的情感活动表达自己的柔软和柔情。一强一柔对比，凸显了李、高的趾高气扬。最后他们都死在了看似胆小怕事的谷世财手里，也为谷世财的成长提供了机会。这种强弱对比，反衬了谷世财的智慧和手段。

《冬之门》整个故事看似很散漫、很凌乱，内里却有一股巨大的力量和一根主线贯穿。文本用先抑后扬的手法描写谷世财的猥琐、卑微和渺小，到最后才显出他的高大来。英雄出自平民，伟大出自平凡。作家的写作到最后才显出其功底，语言老辣，笔功深厚。

3.细节描写的语言十分精当

"叙述和描写是小说创作的两种基本手法。"[①] 刘恒擅长叙述，也擅长描写，尤其擅长通过细节描写各种人物和景象，如自然景象、人物心理、性格动作；擅长通过场景刻画细节，起到烘托人物性格的作用。《小石磨》就是一个很精致的短篇，在细节与场景描写等方面充分展示了作家的叙述艺术和描写艺术。

《小石磨》是刘恒小说中为数不多的关于"革命历史"[②] 叙述的作品。文本以红军长征途中强渡大渡河、爬雪山、过草地，最后到达革命根据地等宏大事件为背景，讲述一个新入伍的贫雇农李大霜如何固执地背着小石磨参加长征的故事。作品借一副小小的石磨，反映老农民为何加入革命队伍、为何带着他的小石磨长途跋涉，进而表现中国农民的觉醒与进步，反映红军战士团结互助、克服困难、勇往直前的英雄气概。与十七年时期的《保卫延安》《红日》《红旗谱》《红岩》《铁道游击队》等革命战争小说相比，这部作品没有巨幅结构，也没有描写高大全的英雄，却拥有茹志鹃《百合花》那样的短小精悍和清爽神韵，通过平凡人物折射出非凡的革命精神和非凡的优秀品质。写法上真正做到了以小见大，平中见奇。

小说文本背景宏阔，但篇幅短小，事件相对单一，笔力也非常集中。作家没有叙述硝烟弥漫的战场，而是把视野放在艰苦的行军途中。文本的开头句寓意深远却气氛压抑，"沉重的夜幕终于遮熄了山顶上燃烧的云霞"，"星光淡淡的，队伍在松软干燥的土路上静

---

① 王先霈：《叙述和描写》，《长江丛刊》2018 第 3 期（上旬）。

② 特指中国共产党领导的中国革命的那段历史。

悄悄地行进"。点明了时间、天气、环境以及人物的行动方式，也交代了事件发生的背景。紧张气氛在细节叙述中又显出几分浪漫的野趣，野趣中蕴藏着坚硬的精神。

小说出场人数不多，人物刻画层层深入。李大霜形象和性格很多时候是通过"我"、司务长和几个战士的反衬表现出来。作家用倒叙手法从司务长要求把石磨扔掉开始，"我"寻找那个仍旧有些陌生的身影，再回忆大霜入伍的情形。他给地主家当了二十年的磨工，对石磨有深厚的感情，要求把唯一的"伙伴"带到队伍中。司务长和其他人有些不解，行军本来就够辛苦了，还带上石磨，增加了负担，累赘更多。"我"也不好直接拒绝，心里则等着有机会再扔掉。长征路上，小石磨前后有四次（新入伍时、大渡河出发前、进入雪山后、进入草地前）被要求"扔掉"，基于李大霜的竭力要求，石磨一次次被保留下来。

大渡河开始行军时，他背着小石磨，"手臂甩得高高的，步子迈得大大的"，说明他浑身有劲，对未来充满希望。到过草地时"他更瘦了，也更苍老了，小石磨却依旧在他的肩上"。此时行军的艰苦在他身上显现出来了。到"翻越雪山时"，李大霜"冻肿的脸上露出笑容，像是夸耀着什么。小石磨还在他肩上！"可以看出他并不服输，在为自己战胜困难而骄傲。他认为自己能背着它翻过雪山，就能背着它穿过草地，到达根据地。尽管他身体开始虚弱，数次昏倒，但对美好生活的期待和信念仍没有放弃。

每当"我"命令他"放弃它"（石磨）时，大霜的表情总是令人心疼。"他却好像受了很大的触动，眼睛内闪出灼人的亮光，嘴唇打着抖"，脸颊则由于"激动而抽搐"。可见，大霜对小石磨有着深厚的感情，他能领会行军的艰难，也能领会上级的旨意，但是他不愿意放弃心爱的小石磨，不愿意放弃它能够带来生活滋味、鼓舞精神的机会。特别是进入草地后，粮食更加奇缺，不用说大豆，连果腹的食物都很难找，大家一致要求他放弃小石磨，大霜也同意了。这时，战士们找到一种野棣豆，磨碎吃比直接煮了吃要好很多。身体虚弱的大霜仍坚持和战士们磨豆，将棣豆浆和其他野菜合煮，做成难得的美味。就在战士们吃得有滋有味时，大霜悄悄地躲到一旁用最后的力气继续磨豆。结果他倒在了小石磨旁。

> 火苗突突地跳跃着，挣扎着。就在这一瞬间，我看到了大霜刚强朴实的面孔，依旧睁着的凝滞的，还有石磨木柄上紧紧合拢的那双有力的大手……①

这是大霜临终的状态。他的生命消逝了，他心爱的小石磨留下了，大霜的行动鼓舞了战士们。

> 我越发坚定了这样的信念：一定要把石磨带到根据地去！我深深感到它有更大的意义在……
> 那小石磨，是一尊庄严的碑志，是一颗纯净质朴的心灵，是一股无穷的力量，我们是永远不会放弃它的。②

代表着希望和美好生活的小石磨最终被带到南泥湾，成了人们生活的好帮手。小石磨经历了长征，从一种辎重演变为大霜们决不放弃的符号，演变为战士们战胜困难的象征，升华为一种勇往直前的精神。

作家描写人物和场景时，十分注意用平常的语词表达特别的意义。

> 我抬起目光，在蠕动的人流里搜寻那个仍旧有些陌生的身影。呵！他在前边。手臂甩得高高的，步子迈得大大的，路上轻飘飘的虚土，在他脚板下掀起一团团灰雾，月

---

① 刘恒：《刘恒自选集·虚证》，作家出版社，1993年版，第379页。
② 刘恒：《刘恒自选集·虚证》，作家出版社，1993年版，第377、380页。

色显得混浊了。……在那屈弓的脊背上一耸一耸的，是小石磨一盘模糊的轮廓。

远处，层层叠叠的峰峦南面，回荡着隆隆的声音，不知是敌人追兵盲目的炮火，还是大渡河水在悬崖夹峙之中发出的野性的吼叫。[①]

这两个小段，用形象、生动的语言刻画了人物的形态、动作和生活的环境，也把整个事件的发生背景交代得十分清楚。李大霜趁战士们躺下休息的时候，借昏暗的灯光磨豆腐，"那沙沙的声响，像是为沉睡的年轻战士们唱起了家乡的催眠小调"。大霜放弃休息时间磨豆，磨豆声成为催眠曲，看出他的辛勤劳动和无私奉献，以及他的热忱服务和对革命的忠诚。过草地时，战士们吃到了用野棣豆和野菜煮成的菜糊糊，"篝火旁，不知哪个战士用低沉的嗓音唱起家乡的民歌，深情的歌声随着凉风向草地深处飘去。彻骨的寒夜里盈溢着坚强的战士们对胜利的向往和必胜的豪情"。一碗难以下咽的野菜因稍微改善了其煮法就能给艰苦行军的战士们带来精神上的慰藉，小石磨在物质和精神上产生的纽带联结作用有多么强大。

红军长征是中国革命史上的伟大壮举，作家王愿坚（1929—1991）曾有《七根火柴》《三人行》等多篇作品反映过它，文本多采用"以小见大"的叙事方式。《七根火柴》是根据杨成武回忆十七岁的小战士郑金煜在牺牲前保存七根火柴的真实故事而写成。小说出场人物却从卢进勇写起。他因为脚伤掉队，一个人挣扎着追赶大部队。途中遇到一名气息奄奄的战士，临终前把自己积攒的七根火柴和党费证委托他交给上级。故事简单，却感人至深。《三人行》写指导员王吉文过草地时先后发现两名受伤战士，不顾自己伤

[①] 刘恒：《刘恒自选集·虚证》，作家出版社，1993年版，第368页。紧接后面的两段引文在第374、379页。

痛轮流背着他们前进的故事。刘恒的《小石磨》篇幅相对较长，人物性格的成长和故事的发展具有连贯性。总体看，这三个作品篇幅都比较短小，都是通过"小"事见出意义之重"大"，反映长征途中战士们的积极向上、团结互助、勇于克服困难的大无畏精神和乐观主义精神。王愿坚的小说写于二十世纪五十年代，多次被收入中学课本，是红色经典的代表。《小石磨》写于二十世纪末期，从表现的内容与情感看，可以归属于新红色经典。不过，有区别的是王愿坚虽未"亲历"长征，却可以通过很多亲历长征的人了解到很多长征的故事，感受更加真切。到刘恒时代，"亲历"长征的人越来越少，只能根据资料和部分人物口述去想象。好在两种想象中，都有生动细致的细节刻画。这也是短篇小说能获得成功的重要因素。

三、叙事结构的编排艺术

成功的小说创作，不但要有精深的主题、精彩的语言、精致的细节，还要有精美的结构。唯有这四者相得益彰，作品读来才会赏心悦目，乃至回味无穷。刘恒小说创作在二十世纪八十年代进入中期阶段后，结构上都颇费心思，很多篇目都有可圈可点之处。

《教育诗》是一部关于孩子成长教育的短篇小说。通过刘星与父亲以及三叔"我"的交往，揭示刘星成长路上的波折：学习、恋爱、工作以及社交生活的种种事情，说明做长辈的人应该如何了解孩子的心理和情感，最终将他培养成才的故事。这部短篇看起来是谈家常琐事，并没有大开大合的奇异情节，结构上却值得称道。

小说通过预叙、穿插、补叙和书信补充等方式把人物性格和事件发展关联起来。刻画了一个深爱孩子却恨不得立马让他成钢的急躁的父亲形象、一个温和体贴的教育有方的慈祥的叔叔形象、一个有着极强个性却又勤勉刻苦的青年形象。特别是父亲和叔叔形象，一黑一红，彼此对照互相映衬，看出作者设计的精巧。

1. 预叙结构的合理利用

《教育诗》开头采用一种预叙式结构。"现在回想起来，那次见到的他好像是个不存在的人。感觉如此隔然，有限的记忆便如跌进了时间的巨大粥锅，一并黏稠而糊涂了。"这种开头就是二十世纪八十年代十分流行的马尔克斯式的开头[1]，用过去将来时进行叙事。整个事件发生在过去，事件的讲述人（叙事者）通过回忆，将时光停留于事件发生的某个时间点，再跟着事情的发展变化讲述后面的事情。这种叙述视野非常开阔，时间的过去、现在和将来比较容易控制，也容易跳出思维限制，既可以用他者视角，也可以用"我"的视角叙述。因为是回忆，事件可以是清晰的鲜明的，也可以是模糊的混沌的，方便叙述者议论评述。小说开头之后，叙事者接着就回忆一个人物，回忆一个初次见面的场景，从背影写起。

> 一个大的行李卷遮严了他的背。一个仍旧大的提包贴紧他的膝，似乎拉长了那一侧的胳膊。他就这么奇奇怪怪地露给我两条疲顿劳乏的腿，一步一步地碍在我前边；……眼看那个大行李包海龟似的挤入我家的大门，我才醒悟有远方的不速之客来投奔我了。[2]

接着，在小说第二部分开头，作家还是用这种方式描写眼前之

---

[1] 拉美作家马尔克斯在他的长篇小说《百年孤独》中的开头方式被很多作家学习，甚至成为二十世纪八十年代中国文坛流行的时髦开头方式。莫言的《红高粱》即如此。他在开头写道："一九三九年古历八月初九，我父亲这个土匪种十四岁多一点。他跟着后来名满天下的传奇英雄余占鳌司令的队伍去胶平公路伏击日本人的汽车队。奶奶披着夹袄，送他们到村头。"（莫言，《红高粱》，见中国作家协会创研室编《贞女》，时代文艺出版社，1988 年版，第 335 页）莫言的《檀香刑》也是采用这种方式开头。还有其他作家也都在学习这种写法。

[2] 刘恒：《刘恒自选集·虚证》，作家出版社，1993 年版，第 200 页。

人在过去的状态。

> 十八年前，我收到一封发自边疆林区的信件。……此
> 信与十八年后投奔我的这个人有关。那时，他是一团粉嫩
> 的湿淋淋的肉吧？他是怎样成倍地大起来的呢？竟大到这
> 般模样了。[①]

一个可爱的婴孩形象跃然纸上。不是具体描述他的五官和长
相，而是用"粉嫩的湿淋淋的肉"来形容他的成长状态，给人更加
具体生动的肉感，可触摸的有形态的模糊叙述，更能引起读者的想
象。语词用法上类似于张爱玲《金锁记》的开头，有一种混融的
意味[②]。

可是有些地方刘恒又特别喜欢用高频率的数字来细化，用确切
的数字描述具体的事物和具体的进程。"十八年前"、孩子生下来
"四斤三两""善哭"，这样一个又瘦又爱哭的孩子抚养起来，家长
不知要耗费多少心血。大哥要我取名，给他寄去了"十几个名字"，
最后选用"刘星"。幸好，孩子成长"让人省心又努力"，"那块四
斤三两重的嫩肉滚雪团一般滚过二十二年路程"，终于长成比较懂
事的青年了。文本用数字结构事件的发生和发展，说明孩子成长的
不易、家长教育的不易，同时也是作家有意使用空白给读者想象空
间的技巧。

《苍河白日梦》在结构上也是别出心裁——日记实录体，但
开头仍然采用预叙结构。"说起来话长了，我从头给你讲。人是
怪东西，眼皮子前边的事记不住，脚后跟跺烂的事倒一件也忘不

---

① 刘恒：《刘恒自选集·虚证》，作家出版社，1993年版，第201页。
② 张爱玲在《金锁记》的开头这样写："三十年前的上海，一个有月亮的晚上……
三十年前的月亮该是铜钱大的一个红黄的湿晕。"[见刘川鄂主编：《新编中国现当
代文学作品选》(第一卷)，武汉出版社，2002年版，第300页]

了。"①叙述时间是"一九九二年"，叙述人是"九二生"的，也就是一百年前出生的，到讲述事情时整整一百岁。住在敬老院的百岁老人耳朵以回忆的方式讲述他"十六岁"以后的见闻经历，伴有对"现在"的一些评价，自然就是运用过去将来现在时的预叙法。不过文本是用日记的方式记录，文体上属于日记体。正文开始之前标注"一九九二年三月 3月1日录"，后面第二节是"3月2日录"，这样逐日"录"，直到"4月15日"全部"录"完，小说结束。以"录"的日期计算有46天，小说分46节。这46天的46节内容"讲述"了曹氏家族的兴衰过程，也浓缩了"耳朵"这个人的一生。他一生都在做着白日梦，这部书就真正讲述了"人生如梦"的故事。

其实，现代日记体小说始于鲁迅的《狂人日记》，借狂人之口批判"吃人"的封建礼教，此后丁玲的《莎菲女士的日记》也采用了这样的文体。《苍河白日梦》没有在标题使用"日记"字样，实际上是运用"日记"体"实录"故事。"日记体"形式的最大优点在于：采用第一人称叙述视角，这样可以把叙事者的内心世界以及各种感受充分展示，同时也可以跳出文本之外去讲述他者的故事。《苍河白日梦》因为涉及"梦境"，有许多虚虚实实的叙述。刘恒写作的巧妙处在于，小说以"我"——曹家仆人耳朵的视角观察曹家家事，曹家成了耳朵眼中的"他者"。仆人"我"的视角就很广阔，可以高也可以低，可以小可以大，也可以任意褒贬他所要叙述的人和事，任意评价过去和现在，任意在时光的隧道里来回穿梭，随时从"历史"跳出来回到"现在"，也可以从"现在"回到"过去"。所以，文本中叙述者能够很流畅地使用预叙手法，把握叙事时间，将过去和现在有效地捏合在一起。

例如，耳朵叙述老爷"吃"的花样，说"老爷身上有一股蛇味儿。他的脸红通通的，眼睛里冒着绿光，是竹叶青的那种绿，嫩嫩的绿。……他想吃什么我给他弄什么。我等着他吃到最后一种能吃

---

① 刘恒：《刘恒自选集·苍河白日梦》，作家出版社，1993年版，第5页。

的东西"。由此推断老爷最后会吃啥。

> 他会说：给我弄一根屎橛子来。
>
> 我会问他：您要几寸的？
>
> 你笑什么？
>
> 这是历史。
>
> 这是近代史，你懂吗？
>
> 不好！
>
> 我有点儿恶心。
>
> 拿痰盂来！
>
> 快！！①

这里叙述的时间次序和场景次序被颠倒，读者稍不留神就会不知所云，实则是展示作者叙事技巧的最佳案例。"你笑什么"之前的内容是"我"给"你"讲故事，回忆过去老爷吃补药的事情。"你"的"笑"是叙述时间的"现在"，"笑什么"是"我"对"你""现在"表情的一种询问。"这是历史""近代史"是"我"对老爷生活的这个"过去"时间的评价。最后三句又是指现实中的时间和现实中（叙事者）的态度。"你"和"我"构成一个对话关系，"你"是故事的听众，也是这个故事的记录者，"我"是故事的叙述者（故事讲述人）。"我"作为叙事者，可以跨越时间在历史与现实中闪回（回到过去回忆当事人耳朵的过去）、闪前（跳回到现实中与听者交流）②地叙述。叙述思维上极速跳跃，从过去的历史跳回到眼前的

---

① 刘恒：《刘恒自选集·苍河白日梦》，作家出版社，1993年版，第28页。
② 华莱士·马丁在《当代叙事学》一书中阐释"叙事的时间性"提到了叙述"次序"这个术语。"次序（order）：叙述者／人物可以描写过去（闪回、倒叙）或未来的事件（人物可以猜测未来的事件——预感，预期；叙述者可以知道它们——闪前，预叙）。被回忆或被预见的事件可能距叙事的'现在'几分钟或几年（距离与所及范围中的变化）。这些事件可能处在整个叙事的时间段之内（内部的倒叙或预叙），

现实，从眼前的现实变为小说文本的叙述。"恶心"是对老爷行为的评价，也是对历史的评价——老爷的荒唐药补行为是荒唐历史的产物，他无聊至此已不可救药，急需新的力量来催促新的产生。

2. 拼贴组合式结构中伴有心理分析和意识流艺术

《九月感应》是一个组合式作品，由三个内容上没有关联却与"九月"有关的独立篇幅组成。这种内容独立形式关联的结构在此谓之"拼贴组合式结构"。文本第一部分可以看作"序言"，交代"我"和"写作"的关系。后面两个部分可以说是"我"对九月的感应，即"我"在九月产生了各种思绪，随着思绪飞扬写作成的两个作品："欢乐飞机"和"哀伤自行车"。这两个看似完全不搭界的短篇小说组成整个小说《九月感应》的第二、三部分。《九月感应》的开头部分没有标题，类似于小说的"序"。正如鲁迅在《狂人日记》《阿 Q 正传》中一样，正文之前有一个交代正文写作的缘由，一般称之为"序"或"小序"。《九月感应》在"序"中用大量意识流表现"感应"的认识、认知和思维。重点写"我"来湖边写作的原因及其心理。

这是一种十分怪异的心理。先是把写作当作一种两性行为："蘸水笔坚硬而修长，是一种器官；稿纸白皙而平坦，是另一种器官。"然后交代"我"是为了"躲债"才来到这个湖边。这里的"我"是矛盾体，既是债主，也是债务人。从后文我们得知，"我"是自己和自己挑战，一个深度爱好文学的人在肉体和思想上发生了对抗。"捉奸的债主庄严宣告：你不配做这件事情了！"（这句话的潜在意思是不要写作了）"我的回答是趴着别动，喘口气，以加倍

或者处在它之外（外部的倒叙或预叙，如当叙述者讲述一件发生于故事开始以前的事情时）。插曲可以是也可以不是主要故事线索的组成部分（同一者叙述或不同者叙述的［homo- 或 hetero-diegetic］），也可以给主线填进某些先前漏掉的东西（补足性倒叙）。"（［美］华莱士·马丁，《当代叙事学》，伍晓明译，北京大学出版社，2005 年 3 月第 2 版，第 121 页）刘恒在《苍河白日梦》中这段话的叙述以及其他诸多地方的叙述就非常生动地阐释了马丁所谓的叙述次序。

的厚颜无耻继续做这件和文学有关的事情"（"我"继续坚持写作）。这种比喻新鲜而又形象，写作行为孕育的是思想，表达的是智慧。作家生产的作品需要经历一个艰难的孕育过程，唯有静心屏气才能完成这一艰苦的过程。

接着，文本用议论的语气说明文学的境遇："大家可以想见，文学已经不是信仰，甚至连梦境也不是了。它是精心计算的版税；是讨价还价的影视改编权；是衡量私欲和虚荣的一个刻度；是马戏团里的小猫小狗，靠乱翻跟头博取大众几声惨笑。"[1]这种认识其实就是"我"在九月里对文学的"感应"。《九月感应》写于1994年9月，此时，市场经济开始深入，新兴媒体不断涌现，新型娱乐越来越多样化。文学的中心地位受到冲击，边缘状态越来越显著。从中心到边缘，文学的地位变化引发了很多人的思考和忧虑，文学界也曾掀起一层层波澜。很多作家认为文学逐渐转向了"功利"性，铜臭色彩愈益浓厚，有的人甚至放弃写作。一批道德理想主义作家，如张承志写了《以笔为旗》《清洁的精神》等文章，甚至说在《心灵史》后要"封笔"，厌恶文学被市场化、被功利化。另一些作家则主动迎接文学被市场化，被商品化，甚至于主动投怀送抱，自认为"俗人"，写"俗文学"；有些女作家甚至为了名声和利益，不惜放弃文学的高贵姿态，主动让自己"庸俗化"，那些以"身体写作"为主的部分女作家即如是。之后关于"文学死了""作家死了""文学是垃圾"等舆论不断传出。在这种语境下，"我"坚持写作，坚持把文学当作严肃的事情。为了清净自己，他来到某个湖边，清理自己纷乱的思绪，坚守内心的信念。"欢乐飞机"和"哀伤自行车"便是这种纷乱心绪的表征。

"欢乐飞机"看起来很"欢乐"，其实很紧张。"我"和妻子坐飞机旅行，老担心飞机会掉下去，于是发生了种种臆想，或者说整个飞行过程就是一种"我"的臆想过程：飞机下落坠毁、个人生命

---

[1] 刘恒：《九月感应》，现代出版社，2005年版，第2页。

安全、儿子的未来、自己创作的文本出路，等等。"我"因为害怕、恐惧、焦虑，躲进飞机卫生间自残，最后飞机安全到达目的地。表现了"我"的焦虑和恐惧。

"哀伤自行车"用第二人称形式，叙述一个逝去的十四岁孩子如何自强自立而又充满忧伤的故事。文本回忆他如何去煤窑工作、最后死于煤窑的忧伤经历。这个名叫锤子的男孩为了赚钱给母亲治病，给家里补贴，谎称自己十六岁，来到窑厂打工。他拼命节约，拼死干活。为了最大限度地省钱，连最便宜的菜他都舍不得吃，经常喝汤水。工友们欺负他，他忍气吞声；诬陷他，他懒于分辩，反而向人道歉，只想用自己硬气的干净的行为给人们以说法。

最怜悯锤子的人是在厨房工作的大姐，她知道他的心思后多次告诫他"钱不是这个挣法"，"早晚死你娘前边"。可他还是不在意，依然故我地省吃苦挣。这个姐姐就常悄悄给他多添些食物，还把自己丈夫的一双旧鞋送给他。为了报答姐姐的恩情，他唯一能做的事情就是经常帮她擦拭那辆半旧的自行车。他的单纯和天真被姐姐的男人和工友们误解，他们取笑他讥讽他。他只好委曲求全，加倍干活。为了节省睡大炕的费用，他独自搬出来睡窝棚。下雨受凉，他发着高烧进窑继续工作，不幸被一块巨石砸中而死。面对他瘦小的躯体，曾经欺负过他的人都唏嘘不已，"才知道你只是一个舍不得花钱的脾气古怪的孩子，你根本不该倒在这个鬼地方"。孩子死后，窑主内定赔偿两万元，可是本分的父亲只要求赔偿一万元。

"做事不拐弯儿，有种！""多结实的一根小鸡巴，还没使呢就折啦。"这是窑主对孩子的两次评价。话虽粗鲁，却见出了他发自内心的表达，也见证了孩子的硬气。锤子用骨气和硬气回馈那些欺负他的、瞧不起他的人。可惜的是，他力量太单薄了，他不知道身体有多重要。因为睡窝棚，淋雨受凉发烧，结果生病了，也不知道看医生，强撑着去劳动，最终倒在煤窑里。作品的基调哀伤沉郁，叙述中采取穿插回旋结构。特别是对男孩的自卑心理、自强心理刻

162

画非常细致。他躺在窝棚里，期待人们关注，却又拒绝人们关注。当姐来给窝棚盖塑料布时，他心里非常清楚，却佯装不醒，等待姐的关照与温暖。"一大颗眼泪从紧闭的眼里滚下来，落在姐的手上。姐凑近了看你，等着你，你对着她睁开了你的眼。你觉出被子湿透了，浑身像泡进了一个水洼。你不想起来，也不想说什么，只愿意鼻子酸酸地看着她的脸。""没有人帮你。疼你的只有这个非亲非故的姐。"① 十四岁男孩，惦念母亲。在一个艰苦的环境里和成年人一样挣钱，该吃多少苦！他得不到那些男人们的关爱，唯有这个姐姐能体谅他，关心她，让他感受到人世间的温暖和温情。孩子的撒娇心理在此表现出来。一方面他想像个男子汉一样顶天立地，靠自己的能力和本领挣钱，关照他人；另一方面他的身体和心智又不允许他这样，内心的委屈、期待需要表达，可是他无法表达，也不敢去表达，此时此刻只好"鼻子酸酸"地看着关照他的人。后来，表哥给他台阶，要他返回炕上睡觉，他心里本是十分渴望的，可还是硬气着回到了窝棚。作家将孩子的矛盾心理分析得十分透彻。

小说结尾又照应开头。"我喜欢夜"，"在秋夜里沉醉"，"在小湖的美夜中冥思"，思考的结果就是创造了一篇篇文章，等待世人阅读和评价。

整体看《九月感应》这部小说的结构，在总—分—总的思绪中表现作家的思路与创作技巧。一是借对文学创作状况的不满来思考文学之路该如何走下去；二是在文学想象过程中思维驰骋产生了精神愉悦。开头和结尾部分都是跳出小说文本，与现实生活进行较量和对抗，以文学之事谈文学，具有典型的"元叙事"② 特征。即

---

① 刘恒：《九月感应》，现代出版社，2005 年版，第 20、21 页。

② 作家在文学作品中，虚构一个叙事者（通常是"我"，或者与作者同名）跳出文本以局外人的眼光谈论、评价文学本身的问题。或者说，文本中人物知道自己是文本中的人物，但又跳出文本扮演一个文学批评者的角色评论文学。或者在文本中揭露自己的身份，如马原在《虚构》中写道："我就是那个叫马原的汉人，我写小说"。

作家在文本中揭示自己的写作目的、写作过程，在叙述和想象的同时，对某些理论进行探讨，或者回到现实中展开分析，使文本在现实和想象中穿越、在文学理论和文学创作中探索，进而赋予文本在真实性和虚构性上的双重意义、在审美性和社会性上的双重价值。

此外，作家还运用今昔穿插、回忆与评述结合的结构法写作了《天知地知》。用回忆的方式，一个故事一个故事组接串联后，再用传统章回体小说的"欲知后事如何，且听下回分解"式的结构结尾。从第二章开始到倒数第二章（第9章），每一部分的结尾都是"这样的人怎么会死呢？"这一句话贯穿全书，既是线索，也是疑问，更是对问题的探究，将一种神秘诡异连贯其中。

刘恒小说中这些叙事艺术并非他独创，很多作家很多作品都写过，也用过。因为每位作家各有自己的叙述技巧和叙述方法，因而呈现出不同的创作个性。总体看，刘恒的叙述在张扬个性中不失辩证的调和，其叙事风格表现为：既有冷酷的下沉式叙事，又有温热的上升式叙事，还有冲淡的平和式叙事。所形成的叙事特征为：有粗粝中的细腻、有温和中的辛辣、有热情中的思考、有轻松中的沉重、有幽默中的辛酸，似是矛盾，实则统一。

第二节　刘恒小说的修辞艺术

一部小说艺术品格的高低，决定于作家修辞运用技巧的高低。文学创作中的修辞，有狭义和广义之分。狭义修辞一般指作者在创作中如何运用某些修辞手段（修辞格），如运用比喻、象征、夸张等修辞格，使词、句生动，富有意蕴。广义修辞，引用修辞学家周振甫的话说，"包括练词练意的镕裁在内，包括从情理到篇章结构的修辞在内"①。此处采用广义的修辞含义，即作家运用的、在文本中呈现的一切表达技巧，包括主题提炼、叙述方法、结构编排、话语体系以及人物形象的塑造，等等，使整个文本富有个性色彩，呈现独特的风格。

作为一种艺术体裁，长篇小说拥有更充分更完整的修辞。对长篇小说的修辞，巴赫金有非常充分的论述。他认为，"长篇小说是用艺术方法组织起来的社会性的杂语类现象"，"作者语言、叙述人语言、穿插的文体、人物语言——这都只不过是杂语借以进入小说的一些基本的布局结构统一体，其中每一个统一体都允许有多种社会的声音，而不同社会声音之间会有多种联系和关系（总是在某种程度上构成对话的联系和关系）。不同话语和不同语言之间存在这类特殊的联系和关系，主题得以通过不同语言和话语展开，主题可分解为社会杂语的涓涓细流，主题的对话化——这些便是小说修辞的基本特点"②。

巴赫金所说的这些特点在刘恒的《苍河白日梦》中有非常充分的表现。作家运用了多重视角、多重声音、多种语体，创作了一部具有丰富修辞的长篇小说。文本以一个百岁老人的口吻，面对年轻人回忆并讲述二十世纪初自己年少时的见闻与经历。老者的声音③、少年的声音、听者的静默以及社会各界的杂语相互交织，眼前情景与历史事件穿插回忆，结合自言自述自评，犹如书场说书。作家通过"多语型、多声部、多体式"来建构长篇小说的整体修辞任务，

① 周振甫：《中国修辞学史》，商务印书馆，1999年版，第3页。
② ［俄］巴赫金：《小说理论》，白春仁等译，河北教育出版社，1998年版，第41页。
③ ［美］华莱士·马丁在谈到"叙述者种种"各项概念时，他解释了"声音"："声音，仿效若奈特，一些批评家用'声音'指称叙述行为本身——这一局面包含一个讲者和一位听者。在更狭窄的定义中，'声音'回答的是这一问题：'谁说的？'在美国批评中，'声音'经常指一位作者的作品的独特性质。"（［美］华莱士·马丁，《当代叙事学》，伍晓明译，北京大学出版社，2005年3月第2版，第133页）《苍河白日梦》就运用了"一个讲者和一位听者"的角色进行叙述，显示这部作品独特的叙事视角。

使作品别具一格。

　　小说文本从整个榆镇都是曹家的地盘开始，讲述曹家三代人的生活。以二少爷回家、出走，最后被杀死为主要线索，以"我"到曹家做奴仆，最后逃离曹家幸存下来作为次线，反映一个家族的变故与兴衰，从这个意义讲，这是一部家族小说。文本通过曹家生意的兴旺与败落揭示风云变幻年代中国现代工商业的艰难发展，见证一个旧时代的结束，从这个意义讲，这又是一部现代工业成长小说。文本讲述者将城与乡的各种文化符号以及时代政治隐藏于平静的叙述和平淡的故事中，每种文化又蕴含深刻的意义，从这个意义讲，这又是一部集时代文化、政治文化、城市文化、乡村文化、民俗文化于一体的文化小说。

　　运用修辞，是为了更形象地揭示小说主题。文化，是这部小说最为突出的主题，也是作家抓住读者心灵的一把秘钥。没有文化，就没有韵味，也缺少精深的思想内容。通过文本细读，可以将《苍河白日梦》中的文化类型归纳为以下数种：茶馆文化、信仰文化、医药文化、民俗文化（婚俗、晒书、节日等）、家族文化（家法、刑法）、现代文化（传统与冲突）、情爱文化（二少爷和少奶奶，少奶奶和洋人大路，耳朵和五铃儿），等等。从这些堆积的文化符号可以发现，对于某种文化，作家都是通过人物和事件娓娓道来，自然流露，并不刻意暴露斧凿痕迹。为了更好地理解文化符号蕴藉的文化内涵，以及作家在叙述过程中运用的各种修辞手段和艺术技巧，下文逐一梳理后分别予以阐释。

一、茶馆文化透视乡镇社会信息

　　要透彻地理解小说的内容，必须先厘清故事发生的地理环境，再从地理环境洞察人文环境，进而把握人物活动状态和命运发展轨迹。小说的主要人物活动在苍河支流——乌河岸边的榆镇。榆镇距离苍河岸边一个重要的河码头柳镇约二十里。榆镇人要外出，必须走过二十里地后到达柳镇。柳镇西街上的福居家茶馆紧靠苍河码头，通过茶馆窗户可以看到河上的运输情况。窗户是茶馆的眼睛，茶馆又是苍河的眼睛。"窗户对着河汊，来来去去的都是小船，船上有猪、酱菜桶和鱼鹰，也有个把女人一摇而过。"[①]河上的流水涨落可以知道季节的变化，河上船只、运输货物的多寡可以看到这里经济发展的状况。河上、茶馆里穿梭来往的女人以及与之交往的男人都携带各种故事，他们中有许多是茶馆里的财源。茶馆里卖茶水，也给茶客梳头。头发梳得光亮的男人们去做嫖客，所以这里卖得更俏的是人肉，福居家成为一个"诲淫"的去处。福居家作为一部庞大的性教育书，也激发了懵懂少年耳朵"我"对异性的向往。耳朵愿意常来这里喝茶、看热闹、听新闻，同时想象各种生活，做着各种白日梦。

老舍谈他的《茶馆》时说："一个大茶馆就是一个小社会。"刘恒的《苍河白日梦》却通过一个小茶馆去洞见一个大社会。河上流动的人物为岸上的福居家茶馆提供了源源不断的信息。茶馆把河上传来的各种信息经过老板、茶客等人的加工后又从这里传播出去。作为信息传播窗口，地处城乡交汇处的福居家茶馆，通过老福居和茶客们的议论，传播了很多时政新闻。例如，老福居和茶客们闲聊时事，谈论蓝巾会成员被杀死、头颅被悬挂；闲聊下游的炸弹炸巡警道台的船只，船只没炸到，"凶手"自己被炸死了。由此联想到二少爷是否就是那位倒霉的放炸弹人？结果最后知道，二少爷还是因为制造炸弹罪被抓捕被吊死。

对于河面景象和街市景象的叙述，现代很多小说都有细致描摹。沈从文、萧红、老舍等作家的创作中都有大量范例。由此可见

---

① 刘恒：《刘恒自选集·苍河白日梦》，作家出版社，1993 年版，第 5 页。

现代文学的叙述风格对刘恒的影响①。沈从文的《长河》、萧红的《呼兰河传》、老舍的《茶馆》等都与河流、街市、茶馆等相关。不过这些作家都是细节叙述，写码头或街市的繁荣，通过繁荣展示地方的风俗人情。而刘恒是为了更好地突出福居家的繁复与混杂，突出它在地理上的特殊以及作为信息传播平台的重要。与茶馆有关的各色人物、各类信息、各种渠道，混杂其中，为革命者的活动提供了社会环境和政治掩护。

福居家茶馆及旁边的河码头，是部分人物成长和故事发展所必需的活动环境。犹如一颗珠子，被串联在故事中。而主要人物的成长则在苍河支流边上的榆镇。榆镇是一个万亩大小的盆地，盆地里的乌河流向苍河，是苍河的一支脉。盆地里只有两种人：一是曹家的老少，一是曹家的佃户。"榆镇是天堂也是曹家的天堂，跟我们这些做奴才的有什么相干呢？！我算个什么东西？我把自己当个人儿，到头来不过是曹家府里一条饿不着的狗罢了。""那时候，不瞒你说，只要能在曹府里做事，做狗我也乐意。"②这里交代了曹家的势力，也暗示了曹家的发展趋势。正因为"我"是曹家的奴才，地位最低微，才得以在变幻莫测的艰难时世中苟且活下来，得以有各种机会观察大户人家的生活，得以有时间去了解社会的各个方面。奴才，是曹家的一双眼睛，是对外交流的渠道，是信息的收集者和传播者。作者以奴才的视角，借奴才之口批判封建等级观念和尊卑观念。讲述者将自己贬低到极其卑贱的地步，有自嘲和自讽之味道。

这种叙述口吻和莫言的《食草家族》十分类似。《食草家族·红蝗》第一章开头部分写道："三月七日是我的生日，这是一个伟大

---

① 现代作家中，刘恒自认为受鲁迅影响最大。"早年没有书读，狠读鲁迅，自以为颇有心得，行文和取意也深受影响。然而所得仅为皮毛，这是用不着一丝谦虚自己也明白的。我爱用虚字，爱用转折词，写到得意处爱发狠语恶语。"见刘恒《乱弹集》，春风文艺出版社，2000年版，第75页。

② 刘恒：《刘恒自选集·苍河白日梦》，作家出版社，1993年版，第13页。

的日子。这个日子之所以伟大当然不是因为我的出生，我他妈的算什么，我清楚地知道我不过是一根在社会的直肠里蠕动的大便，尽管我是和名扬四海的刘猛将军同一天生日，也无法改变大便本质。"

　　将刘恒和莫言文本中的两段话比较，可以发现，事件讲述者采用诙谐语气，用自嘲和自讽的手法，把自己贬低为狗或是社会的大便，说明下人在贴地的位置上只能发生极其卑微的作用。"所有诸如骂人话、诅咒、指神赌咒、脏话这类现象都是言语的非官方成分。……这样的言语便摆脱了规则与等级的束缚以及一般言语的种种清规戒律"①，让说话人更加自由自在地表达，更加具有幽默感。事实上，这是一种生活状态的写真，也是一种心理情绪的真实写照。在中国底层社会，人就须有这样不折不挠地活着的姿态。首先把自己降格②，不引起他人注意，进而达到保护自己、寻找发展机会的目的。这也是巴赫金民间狂欢思想的一种具体表现。因为"我是奴才"，很难享受到官绅的政治待遇、社会待遇和生活待遇，又渴望有富足的生活、有漂亮的女人、有驾驭他人的权力，现实生活中，这些都很难实现，于是引发了"我"种种不满与不切实际的幻想，常常做着白日梦。"我在白日梦里听到老福居说：你们听。茶馆里乱哄哄的。老福居又说：你们听呀！人们静下来，苍河上飘出纤夫的号子，吼的人不少，是一条大船。"③这种声音里的声音，使历史、幻觉与现实交互辉映，空灵和实景共生共鸣，增添了文本的艺术趣味。

　　大船把人们引出来了。于是热闹的码头文化出现了。"大家跑

---

① ［俄］巴赫金：《拉伯雷研究》，李兆林等译，河北教育出版社，1998年版，第214页。

② 巴赫金认为，降格是"怪诞现实主义的一条基本艺术原则，因为一切神圣和崇高的事物都从物质－肉体下部角度重新理解，或者都与其下部形象相结合，相混淆了"（［俄］巴赫金，《拉伯雷研究》，李兆林等译，河北教育出版社，1998年版，第430页）。降格是一种指向下部的行为，如打架斗殴、诅咒和辱骂，等等。

③ 刘恒：《刘恒自选集·苍河白日梦》，作家出版社，1993年版，第9页。紧接下面的引文同此。

出去看热闹，码头上晃着一大片脑袋和辫子。人群前边有许多灾民，他们刚才躲在柳镇的各个角落，听到动静都饿狗一样扑出来了。东街街口的石台子上浪着几个娼寮的粉妞儿，大红大绿，浑身上下都是不值钱的薄缎子，衣服样子不像本地那么肥，是从下游富庶地方学来的。我往后站，仔细看她们，我管不住自己的眼，它们太馋了，哪儿都想去，像贼的两只手。"码头文化是一种混杂的文化。这里把饥民和妓女放在一起，通过饥民映照底层人民的苦难生活，也为前面提到的"萍水湾的饥民暴动"做了呼应。通过妓女的穿着打扮，看出地方经济的发展情况与商品的销售情况，以及服装文化的传播情况。封建社会，妓女是服装文化和时尚文化的重要传播者。饥民和妓女，看似两个不同的人群，一个穿着破烂，一个穿着光鲜，本质上，他们的社会地位和生活境况是相同的。饥民的乞讨和妓女拉客，热闹了码头，也展示了当时码头文化的"发达"。他们身上潜藏着一股巨大的社会力量。在这种混乱的情境中，作品的主人公，曹家二少爷曹光汉和洋人出现了。曹光汉是一个留学归国的二十三岁青年，他后面的行为与这次码头相遇有许多牵连。洋人的汉语名字叫大路，他下船就开始撒布小钱给饥民，后来又和曹光汉共同潜心研制火柴。大路是一个愿意为文化交流做出贡献的西方人。

苍河不只是一条自然河流，也是一条信息河流、一条文化河流。榆镇的各种信息从这里播撒出去，外面的各种信息也通过这条河传送进来。榆镇在乌河岸边，乌河上的人也流动在苍河与榆镇之间。这个二十里的距离，保证了乌河作为后方的掩护地，也为乌河故事的发生传播到苍河提供了距离。苍河是码头文化的集大成者，也是码头文化的酝酿者。故事在这里发展、延续，人物在这里成长。二少爷和洋人大路从苍河坐船而来，途经二十里地到达榆镇。中途，又有多次从榆镇走出，再从苍河坐船出去。最后，大路因通奸被秘密处死，尸体被扔进苍河。二少奶奶因为与洋人生下混血儿，被曹家赶走，她在回娘家途中投入苍河自杀。二少爷因为制造炸弹，被捕后处以绞刑，尸体被耳朵扔进苍河。郑玉松等蓝巾会人的行动和结果也是通过苍河上的往来船只传播。作为蓝巾会头目，郑玉松被逮捕后捆绑在苍河的船只上示众，被杀死后头颅通过船只送到榆镇示众。他们从苍河而来，最后又回归苍河。

苍河埋葬了许多生命，容纳旧的死亡；也积蓄许多新力量，酝酿新的产生。苍河蕴含的信息太丰富，在文本中具有强烈的隐喻意义。"我"是苍河的耳朵、是榆镇的耳朵，倾听苍河之外的风雨，理解苍河之内的事务。耳朵，不但要倾听，也要把倾听到的信息传送到大脑，大脑加工后又要把它们播撒出去。因为年轻，很多信息能够永远烙在记忆中。"人是怪东西，眼皮子前边的事记不住，脚后跟踝烂的事倒一件也忘不了。"文本开头的这段话，为整个故事的展开奠定了基调，虽然是一些过去了八十多年的事情，因为"忘不了"，为"我"的讲述和故事的发生提供了生理条件、社会背景和时代背景。这就是说，年纪大的人，眼前的东西记不住，过去的东西却忘不掉。正是这个记忆特征，使得发生在苍河上近百年的故事还能在"耳朵"脑海里清晰浮现出来，并能用嘴清楚地陈述出来。人类记忆这个特点可以穿越时空隧道，可以追溯往昔岁月，赋予故事以更强烈的真实效果。所以说，苍河是一条故事之河，孕育着厚重的历史文化。河上曾经的人物和故事随着流水消失，可是他们产生的影响会随着流水的流动而不断扩散，赋予事件以永恒的意义，意义又在水的滋润下不断延伸生长。

二、传统民俗与信仰文化展示风俗民情

一地常有一地的文化，也有一地的信仰。苍河流域中，榆镇、柳镇都有自己的宗教信仰，也有生活信仰，更有思想信仰。这几种信仰在曹家人身上各有明显表现。老太太信仰佛教，老爷信仰长生

不老补药，大少爷信仰金钱和财物，二少爷信仰公平与正义。各种信仰与各种民俗紧密相连，形成独特的苍河信仰文化与民俗文化。

曹家的家族文化代表着榆镇盆地的文化。曹家一年四季有很多民俗节日，按时间顺序，最早的是正月十五送河灯。大家制作河灯，寄托了自己的心愿把灯放在河水里顺流漂走。少奶奶制作了河灯，寄托了希望。"我的福气和缘分在它身上，别让它翻在家门口，要翻让它翻到下游去。耳朵，替我送送它，你要上心呀。"[①] 少奶奶叮嘱耳朵把河灯顺利送出去是一种心愿的表达，是她自己命运的隐喻。不料此语成谶，她自己就翻在家门口。因为偷情犯家规，少奶奶被休回娘家，路过仓河大桥时她又想起这盏河灯，文本前后呼应。放河灯的民俗很多地方都有，萧红的小说《呼兰河传》中有非常详细的描述[②]。当然，作家的描述并非为民俗而民俗，都是为了刻画人物性格而使用。

其次是四月初八浴佛节。这一天曹府全家人（主子、奴仆、客人）都给佛像用盐水洗浴，全家大餐，"菜比大节还要多"，"太太吃了这顿饭就开始禁食，完成七七四十九天的辟谷"。这顿饭具有特别隆重的意味。老太太对儿子的关照、家庭的温馨浓缩在这一活动中。再次是曹家的"晒书"文化。"六月初六是晒书的日子！"这是曹家祖上遗下来的节日。曹家有专门的"书仓"。"不知道是什么书，很多，一匣一匣的，饰着蓝布和蓝缎子。到处是甜丝丝的发了霉的纸味儿和土味儿。"[③] 老爷亲自指挥下人把这些"宝贝书"轻轻地放到竹席上晾晒，"他像喝多了酒，醉在那里了"。可见他对书的珍爱。书仓廊子里的神位上还要摆放"至圣先师孔子"以及颜子、子思子等人的牌位。太太和老爷则在神位前焚香作揖祭神念咒语。

---

① 刘恒：《刘恒自选集·苍河白日梦》，作家出版社，1993年版，第200页。

① 刘恒：《刘恒自选集·苍河白日梦》，作家出版社，1993年版，第200页。
② 萧红在《呼兰河传》（人民文学出版社，2001年版，第35—38页）第二章第二节用了一整节的篇幅详写了放河灯的盛况："七月十五盂兰会，呼兰河上放河灯了。"
③ 刘恒：《刘恒自选集·苍河白日梦》，作家出版社，1993年版，第35页。

仪式结束后，老爷跪着捧着书读着，"含着眼泪"感叹好诗。可见曹家老爷尊重先师、尊重教育，保持有读书的好习惯。书仓本是高雅文化的符号，晒书节也是文化传播的重要手段，足见曹家对教育的尊重、对先圣的敬仰。文本中却串联着世俗的两性情感，即我和五铃儿、大路和二少奶奶的偷情行为。在晾晒的各种图书中，大路发现了中国的春宫图，成为他招惹少奶奶的一个诱因。这本书也吸引了"我"的兴趣，成为一本性启蒙书，"我"和五铃儿关系的逐渐升级就是受书籍影响产生的。之后耳朵和五铃儿多次在书仓偷情，并借此机会通过五铃儿打听少奶奶和大路的私情，为人物命运的发展提供了旁证。晒书，看似闲谈，却是人物情感变化的催化剂。

医药文化是曹家第四种信仰文化。曹家老夫妻都是企求长生之人。老太太修身养性，信佛不信药，辟谷禁食禁语。老爷曹如器信药不信医，终年一个药锅炖煮各种奇特的"补品"。药方和药膳制作的补品由老爷自己搭配、自己熬制，奇奇怪怪的东西都放在锅里煮。有麻雀、蝴蝶、老鼠、童子尿、死牢里的蜘蛛网、辟谷太太的屎、未婚女子的经血、孙子的胎盘，各种恶心的东西统统都煮了吃。老爷的药锅一直贯穿于小说的始终。老爷出场，药锅必定出场。药锅是老爷生命的象征，也是他自恋、自爱的象征，体现出传统医药文化的影响。老爷吃补药远近闻名。"我"与茶馆里老福居的交流对话就是从老太爷的药膳开始的。"老爷让我买高丽参和枸杞子"，"你留心点儿，别让他瞎补，小心补坏了身子"。可见老爷进补随心所欲，未必遵循医药道理。为了养生，他变态地吃，也把自己吃成了变态，超出正常人的活法了。

老爷想延年益寿，长生不老，但因为所食过于怪诞，反而加速了自己的衰老和死亡。面对腐朽之躯，他多次谈到人生问题，多次谈到生死，有时有很明智的想法，有时有很顽固的迂腐思想。"我是想让你明白，人活一世什么都可以不怕，唯有这件事是人人想躲又是人人躲不掉的。我找来找去找不着个万全之策，眼看着时光就耗尽了。"① 他一直在摸索，用各种方式延长生命，寻找各种"秘方"，尝试各种"补药"，结果啥也不顶事，越养生身体越虚弱。当他发现自己无力管家时，也发出了对人生的系列追问："功名利禄有什么用？金银财宝有什么用？娇妻美妾有什么用？孝子贤孙有什么用？诗词歌赋有什么用？吃喝拉撒有什么用？"这一连串的问题，其实是对价值的思考，对生命的思考。他明白其中一些道理与现实生活相背离时，矛盾心理很难排解，但发出的疑问也没有人能做出回答。

"家法"是曹家管理大家庭的重要手段，是传统家庭管理文化的一种。维系这种文化的依据就是"家长"中心主义。表面上威风凛凛，其实外强中干。曹家的私刑导致至少四人丧生。

曹老爷得知赵管事违背家法吸食鸦片时，动用私刑惩罚。"按曹家祖宗给榆镇盆地立的规矩，吸大烟跟找死是一回事，抵得上一次劫盗，也抵得上一次奸污。"② 赵管事被打屁股。打到血肉模糊时，炳爷想圆场，要管事求情。管事却说"求老爷打死"，结果老爷回答"成全"他。老太太也跟着说"妻儿有曹家养着，不用惦记。做人做鬼都得有脸面，我给你焚香"。之后，太太"回了禅房，佛珠在她手里数得嗒嗒直响"。老太太的言行和她信佛求善形成反讽。观刑人群中，有大路和二少奶奶。面对血淋淋的场面，大路发现人要被打死了，希望放手；二少奶奶非常害怕紧张。她知道自己与大路勾搭怀孕的出轨行为有多么严重，一旦被发现，下场和赵管事没有两样，当晚便出门寻死，结果被耳朵发现，救了回来。寻死不成，又受风寒，请郎中诊断，发现二少奶奶有孕，她的秘密被公开。二少爷知道妻子怀孕是大路造成的，只是含怒要求大路滚开，并未向家人和妻子道破真相。为了避免尴尬，也是为了心中的理

---

① 刘恒：《刘恒自选集·苍河白日梦》，作家出版社，1993 年版，第 259 页。紧接下面的引文在第 68 页。

② 刘恒：《刘恒自选集·苍河白日梦》，作家出版社，1993 年版，第 181 页。

想，他再次选择离家出走。

二少奶奶生下混血儿，是曹氏家族的丑闻。二少爷不在家，大少爷只好用"万全"之计加以处理。曹光满悄悄处死了大路后，他遵循地方习俗，平静地接受邻居们庆贺新生儿的"喜幛子"①，曹家喜添新丁，自然有人送喜幛。这个脸面大少爷毫不含糊地领取。"一连三天，送喜幛子的人没有断过，曹宅门第的楼角上楼梁上挂满了黄澄澄的绸子布和土织布。布上写着一样的吉利话，为曹家的根苗祈福。"②可见曹家交际之广泛、势力之强盛。喜幛子接过后，大少爷让炳爷处理出世不久的蓝眼睛"杂种"。炳爷心生恐惧，"处理不掉"，"我"替炳爷帮忙，不是把杂种处死，而是悄悄把新生儿送到了礼拜堂。二十多天的孩子能否存活下去，全靠天命。至少，"我"的心里有丝丝安慰。二少奶奶则痛苦不堪。她出房寻找孩子，碰上大少爷，询问孩子的事情，大少爷表明了自己的态度，"出了满月，我们送你回娘家"，少奶奶再问孩子的事，大少爷不再客气："我们不想把你怎么样。我们榆镇人也惹不起你们桑镇人。我们曹家的脸面已经丢尽了，……你个烂婊子你懂吗？"③面对这样的处境，作为包办婚姻的牺牲品，少奶奶无话可说。"一年前那么活泼的一个人，让颤悠悠的轿子颠来，在宅子里街里丢下那么鲜亮的笑声，竟然一个跟头栽倒，眼看就熬不下去了。"这是个人命运的悲剧，也是社会的悲剧。二少爷曹光汉本欲退婚，不想娶她，可是父母骗他结了婚。婚后，他一心扑在事业上，不想连累妻子，连起码的夫妻之事都不愿意奉行，长期同床不同被。少奶奶的芳心无处安放，大路的个人欲望也吸引了她，两人情投意合。生下混血儿，对她而言，只有死路一条。吸收了新思想的二少奶奶，在强大的封建

---

① 喜幛，一种贺人喜庆的礼品。多用整幅绸缎制成，上浮粘祝颂之辞。
② 刘恒：《刘恒自选集·苍河白日梦》，作家出版社，1993年版，第271页。
③ 刘恒：《刘恒自选集·苍河白日梦》，作家出版社，1993年版，第280—281页。紧接后面的引文同此。

势力面前也无法改变自己的悲剧命运。

孩子被悄悄处理后，大少爷又需要给出一个合理的方案作为解释来应对家人和邻居。于是，打一口薄棺材，把小家伙当作是患"黄水病"（传染性疾病）死的。与孩子有关的东西全被烧掉。老太太辟谷进入境界（白天一口食物不吃，夜里悄悄吃），对大儿子报告小孙子害病而亡的事件不理不睬。老爷有些疑虑，但也没过多细问。知晓这一切的耳朵看到了曹家的阴险和恐怖，看到了处处暗藏杀机。恐惧压抑着他，他心理负担沉重，于是又做白日梦，希望自己和少奶奶、五铃儿进入到"云彩上，我的白日梦就圆满了。云彩上再加几个我喜欢的人和我惦记的人，梦就更圆满了"。

小说多次写到用刑、杀人和死亡场景。这些恐怖事件的讲述口吻很轻松。秋分前后，"我"意外地看到了一次杀人的场景。"府衙在城门外的旧河湾里杀人。不是斩刑，是绞刑，跑去看的百姓很多。看砍头看得乏了，人们都想见识见识绳子上的功夫。吊人是慢活儿，看着人一口一口咽气比看脑袋嚓一下掉下来有意思。"这就是鲁迅批判过的麻木的看客心理。同胞的死法越是奇特，越能吸引人们的围观。二少爷在六个被绞杀的犯人之列。他在绳子被吊起的第一时间认出了"耳朵"。"他挂在绳子上打滴溜，身上瘦得像一束葵花秆。他的眼瞪着我和五铃儿，嘴角上含着一丝笑意。他的嘴徐徐张开，做出要大笑的样子，可是很快就痉挛了，又紫又肿的舌头慢慢给勒了出来，盖住了嘴唇和下巴。"[1]为了追求正义、公平，二少爷最终把自己送上了绞刑架。这场刑法的叙述类似于莫言的《檀香刑》，杀人观刑成为日常的娱乐。二少爷秘密制造炸弹，被统治者逮捕杀害，文本以看客的心理表现二少爷的英勇无畏。他的死让耳朵这些奴仆明白了一些道理，唤醒了他作为人而不是狗的意识。"二少爷，你是天下第一条汉子！他们吊你是成全你了！二少

---

[1]　刘恒：《刘恒自选集·苍河白日梦》，作家出版社，1993年版，第300页。

爷，放心走吧！给我们少爷叫好哎！"① 为了不让二少爷尸体被动物吃掉，耳朵把它送到了苍河。那是大路、少奶奶都去了的地方。至此，二少爷的光辉彰显出来。

在多数人还处于麻木蒙蔽的时代，二少爷是少数的先觉分子和启蒙者，他放弃衣食无忧的富家子弟生活，殚精竭虑地为了革命而送死，其壮举感动了耳朵。小说用这样一个结局，揭开了二少爷之前的种种怪异行为，也为他的自我"磨炼"提供了一个合理解释，同时提升了文本的思想意义，深化了人物性格。二少爷不是窝囊废，不是疯子，不是傻子，更不是性无能者。他所有的一切都是为了信仰。为了自己追求的事业，他甘愿承受众人的误解，用卑微之躯去完成历史和时代赋予的伟大使命。

三、二少爷代表的新文化提升文本主题

从皮相看，曹家是一个混乱的各揣心思的家庭。老爷老太只顾自己的养生之道，大少爷沉迷于家里的生意和财产，二少爷不务正业，二少奶奶勾搭洋人。家庭衰败的根源貌似在二少爷身上：是他带来各种祸端，让洋人、妻子、孩子，还有蓝巾会的人，包括他自己走上毁灭之路。

可是，从前后文对比看，曹家的生机和力量也就隐藏在二少爷这里。二少爷给这个家庭和地方带来了新风气。他带来了洋人大路，带来了先进的现代工业文化，建造火柴厂，成立"榆镇火柴公社"。人们并不知道"公社"的含义，二少爷解释："公社就是家的意识。"他请来当地"乌七八糟的"贫苦民众做工，称之为"社员"，灌输人人平等的思想观念。他说：

> 人生来是平等的，人应该爱护别人。从今往后，咱们

---

① 刘恒：《刘恒自选集·苍河白日梦》，作家出版社，1993 年版，第301页。

做一样的工，吃一样的饭，挣一样的工钱。你们不要叫我少爷，你们应该叫我的名字。以后咱们就是一家人，好日子在咱们自己手上。靠老天爷没有用，靠皇帝也没有用。咱们自己靠自己！只要爱工作，爱你周围的人，我们就是幸福的人了，世上有谁能跟我们相比呢！①

二少爷接受了新思想，能够借开火柴厂的机会给民众宣传博爱思想和平等观念，同时也暗中培养革命人才。社员们点头，可是他们的眼神儿就像"打量着一个疯子或痴子"，而他的"古怪"念头使得工人们很听话。从这里看出，二少爷是一个思想启蒙者。而曹家创建的由大少爷掌管的纸厂、屠厂，为二少爷从事革命事业提供了便利的环境掩护和职业掩护，也从侧面说明榆镇现代工业发展有良好的基础。

明知前路艰险，二少爷等人还是无所畏惧，坚定地走着自己选择的道路。他利用制造火柴的机会，悄悄制造炸药，反抗地方官吏和统治者，具有鲜明的革命性质，进而提升了他的生命价值和意义。二少爷是潜伏于芸芸众生中的革命者，是一面先进力量的旗帜。可惜的是，这面旗帜由于力量单薄，缺乏更强大的组织，最后将自己和他人一起毁灭了。"一个人可以被毁灭，但不能被打倒"，海明威的这种硬汉思想在二少爷身上体现了。他和蓝巾会的郑玉松等人都付出了生命的代价，但他们的革命精神却无法磨灭。

小说对于二少爷的描绘与叙述，采取先抑后扬的方法。前半部分把二少爷写成一个败家的、不懂两性情爱的、只知道依恋母亲的公子哥儿。文本中多次拿二少爷和大少爷对比叙述。大少爷"在各方面都是与二少爷相反的人"②；他的"聪明和果断比二少爷强得远"，他管家厉害，对下人都是严格要求，对穷人十分吝啬。二少

---

① 刘恒：《刘恒自选集·苍河白日梦》，作家出版社，1993年版，第77—78页。
② 刘恒：《刘恒自选集·苍河白日梦》，作家出版社，1993年版，第16页。

爷则只会"吃奶",二十三岁了还不愿意结婚。他认为奴才也是人,要求家人天天生火做粥赈济灾民。他的行为让一般人难以理解,老爷说"光汉是个疯子";连仆人"都说二少爷有毛病",是个"疯子"。二少爷和大少爷截然相反的思想观念和价值观念,与《尘埃落定》的傻子二少爷和哥哥十分相似。貌似傻子的二少爷们都有追求平等、同情下层劳动者的进步思想。这种思想只有先进的、富有远见的人才能理解,一般人难以明白。所以他们容易成为众人眼中的"傻子"和"疯子"。不过,《苍河白日梦》写于1992年,时间比《尘埃落定》更早。这就意味着,刘恒写家族、写兄弟性格悖反的意识更早一些。阿来将故事背景设置于土司文化,通过家族矛盾和土司文化揭示时代风云,在对少数民族文化的书写上,视野更加宏阔,人物性格也更加复杂。

小说的后半部分,二少爷作为革命者的形象逐渐显露出来。他跟着大舅子、蓝巾会头目郑玉松出去一趟后,"眼睛里多了新东西","眼神儿更硬了",其举动也更加神秘奇怪。他打着制造火柴的幌子偷偷地试验炸药,还炸伤了自己。他不和少奶奶过夫妻生活,甚至要少奶奶鞭打他①。他"吃土"(实际是为了寻找制硝的原料),多次玩"上吊"游戏,有时把手心扣在灯罩上燎起鸡蛋大的水泡。这些常人不能理解的疯癫举动,从最后的结果看出,二少爷其实是为自己即将受刑和牺牲做准备。他从各方面锻炼自己的耐力,承载受苦和受刑的强度和力度。因为这些都要保守秘密,不能对任何人说,也不能连累任何人,他的内心必须有万分的忍耐、有崇高的品德,才能把这一切深藏不露。所以,他只能默默承受自己的苦难和家人对他的误解。

后文中交代,二少爷曹光汉被抓进监狱后,因为身带枪支而遭受酷刑。巡防营的兵目"用枪托子砸了他的嘴,一排下牙齐齐地掉

---

① 一方面二少爷是不很爱她,另一方面也是为了减轻少奶奶的痛苦,防止今后有了孩子给她带来拖累。其他的自虐行为都是为接受酷刑拷打而准备。

了好几个"。抓到牢里之后又是一顿暴打，"事后听说，瘦巴巴的二少爷挨打时笑骂不绝，在大牢里成了英勇的第一人，打手们都说没见过这么硬朗的汉子，生在富贵人的家里就更奇了"。[1] 小说出现了对二少爷的正面评价。为了成为一个英雄，他前面的古怪行为都是为此而铺垫，也都是为了让他当一个英雄而铸就。二少爷是蓝巾会苍河支会的头目。为了减少损失，为了不殃及曹府其他人，大少爷为此花掉了"两万两银子"，还让仆人耳朵充当替身被抓进大牢。但是通判没有得到曹家的银两，所以使劲折磨二少爷，用红炭火烧烤双脚，用鞭子抽打，这些酷刑都没有让二少爷屈服。在大少爷的周旋下，又多使出银两，甚至把曹家店铺里的股份也抽出来打点狱吏，二少爷才得以被释放。二少爷在狱中的表现让家人有了新认识。老爷说"他疯起来是块石头，比石头还硬"。知子莫若父，老爷还是知道小儿子刚毅的性格，但没有明白他走的道路与众不同。"人们小看了他"，不明白他。"我"也是到后来才明白他的行为，认为"二少爷是条硬汉子"，觉得"曹光汉是个了不起的人"。曹光汉这种不畏强暴、不怕死的精神是典型的英雄主义，作者没有正面歌颂，都是借他人之口从侧面来间接叙述。

回到曹府后，二少爷被家人监管，不能远离。他离开妻子搬到偏房一个人居住，利用机会偷偷地研制炸药。蜗居期间，二少爷曾经想发展仆人耳朵，聊天后发现他只不过是一条甘愿做家奴的狗，很难作为培养对象。他在河床里试验炸药时，先是开导耳朵，问他"世道公平不公平？"[2] 耳朵回答"公平"。二少爷非常失望，耳朵其他问题的回答也很令他愤怒，不得不说："耳朵，你像条狗一样！"他知道自己没法在很短时间内说服耳朵，只好叮嘱他，如果自己死了就埋掉（可见他做好了死的准备）；如果没死就叫他保守秘密。试验中他被炸药炸伤，便带伤回到家里。想看自己的调药房，遭到

① 刘恒:《刘恒自选集·苍河白日梦》，作家出版社，1993年版，第208页。
② 刘恒:《刘恒自选集·苍河白日梦》，作家出版社，1993年版，第133页。

不明真相的耳朵的反对，便气愤地打了他。事后又来道歉，趁机表明自己的心迹："我是个废物，什么事也做不成。……畜生横行的世上哪儿来的公平，要公平有什么用？没用的东西何必让它搁在世上，我要弄碎了它！"①这段话暗示了二少爷的奋斗目标。把不公平的世界摧毁，建设一个公平的世界。但是，仅凭一己之力又如何能办到呢？他的思想进步了，但没有找到合适的途径，便痛恨自己无能，认为自己是废物。

二少爷对母亲的依恋，看似深深的恋母情结。母子久违后见面，他一头扎在母亲怀里，"像头小猪崽子"，久久不愿离开。老太太信佛，清心寡欲，对儿子也娇生惯养。从后来的行为看，实际上是二少爷对母亲的感恩回报。他为自己规划好了未来的道路，是要投身革命，随时都有牺牲的可能。因为他对母亲还没有尽孝道，也没有感恩，只好用这种方式予以表达，同时也给自己以心理安慰和精神鼓舞。

因为二少爷的态度，使得貌美如花的少奶奶郑玉楠成为一个悲剧人物。二少爷并不爱她，但也不愿意伤害她。表面上维持着夫妻关系，实际并不履行夫妻义务。他不敢把自己的工作和奋斗目标告诉妻子，也不能吸收她作为自己的同盟军。既怕伤害她，又怕连累她。年轻漂亮的少奶奶独自忍受着一个女人得不到丈夫之爱的心酸与悲哀。外国人大路却和她每日相见，都是青春勃发的年龄，更是相吸相爱的年龄。在二少爷离家越来越频繁的时间里，少奶奶终于在大路的温情中被俘虏了，和他偷情。通过耳朵这个仆人的偷窥，把两人相亲相爱以至于发生关系的秘密揭露出来。

我听到了脸碰脸的声音。

听到了嘴咬嘴的声音。

① 刘恒：《刘恒自选集·苍河白日梦》，作家出版社，1993年版，第166页。

听到了身子碰身子的声音。

他们进了烘房。

至着插板的架子轰隆隆倒塌了!

倒塌了还在响。

好像有山蛮子跺着赤脚板跳舞。

他们在跳舞!

他们唱歌跳舞什么也顾不上啦!①

    通过想象用系列极富诗意的声音描写一种疯狂的性爱场面，为后文少奶奶生下一个蓝眼睛的娃娃做了铺垫。二少奶奶的偷情似乎是二少爷的冷淡造成的，其实祸根还是包办婚姻。事件见证人耳朵也从中学到了一些经验，勾起了他对二少奶奶的想象与欲望。最后，他跳出文本评论少奶奶的行为，回到"现实"对眼前的听者说："孩子，通奸的时候你要当心。当心有人用刀子对准了你的屁股。捅着你后悔可来不及呢!"②少奶奶怀孕，二少爷知道是她与大路偷情所致，但是没有说破。中途借丈人生病的机会要求家人送二少奶奶回去，可是遭到了反对。他也催促着赶走大路，要他"滚"，可是大路迟迟不走。他知道一旦真相暴露，郑玉楠和大路都无路可逃，他也无力再保护。可见二少爷的宽厚与包容，这也为大路和少奶奶的死亡后果埋下了伏笔。

    从二少爷与家人的关系看到，他是一个有孝心、有责任、有胸怀的男人，为了自己的信仰，他甘愿牺牲一切。二少爷的成长道路见证着他是一个不断进步的富有牺牲精神的革命者，是新思想和先进文化的代表者。

---

① 刘恒：《刘恒自选集·苍河白日梦》，作家出版社，1993年版，第151页。

② 刘恒：《刘恒自选集·苍河白日梦》，作家出版社，1993年版，第153页。

四、叙述技巧蕴藏文本意义

作为语言艺术最重要的承载者，"对小说体裁来说，其特征不是人自身的形象，而是语言的形象。可是，语言要想成为艺术形象，必须与说话人的形象结合，成为说话人嘴里的话语"。这样，"小说修辞的中心课题便可概括为：如何对语言进行艺术描绘的问题，语言的形象问题。"①《苍河白日梦》是刘恒小说中一部以单行本形式发行的长篇小说，文本的修辞艺术充分展示了刘恒驾驭语言的能力，其语言形象、艺术技巧及其文本意义相比于其他各类作品，可谓翘楚。

1. 创建"说话人"，塑造"语言形象"

为了使文本生动丰富，作家创作时，不但要注意题材、主题、文体、结构、情节等大部构件的设计，还特别注意人物形象的塑造，注意人物话语的表达，乃至每一句话、每一个词的选择和运用，从而使形象呈现独特的"这一个"，而非大家熟悉的类型化脸谱。为此，作家往往绞尽脑汁，运用陌生化手段创造艺术形象。

《苍河白日梦》可以说是一部凝聚着刘恒心血的大部头作品，是多重声音、多种文体交互并行的动态叙述作品。这里，作家巧妙地将独语体、日记体、回忆体，以及隐藏的对话体有机结合，构筑了极富个性的意义丰赡的文本。小说有两个声音在讲述故事，苍老的"我"和年轻的"我"（耳朵），此外还有一个在认真聆听并记录故事的听者（讲述者不断称呼为"你""孩子""年轻人""兔崽子"）。听者在故事中一直没有发声，只是讲述者不时提到"你"等称呼，告诉读者他是在对另一个人讲话，这个人一直在现场聆听这些故事，是这些故事的记录者。虽然没有问答、谈话、议论等明显的对话语式，也没有听者的声音，但从讲述人的不断提示中可以分

---

① ［俄］巴赫金：《小说理论》，白春仁等译，河北教育出版社，1998 年版，第 122、123 页。

辨出他是个"暗含着说话人的形象"。正是听者的存在，使讲述者有倾诉对象，倾诉机会，倾诉意愿。作为听者，他的存在与态度，与讲述人暗暗对话的语境，以及讲述人流露的一些情绪，让读者知道他们是在进行一场"有意思"的长长的对话。在此，没有发声的听者与滔滔不绝地发言的讲述者一起担当了隐含作者①的角色，共同建构了这场隐含对话。故事讲述中不时还夹杂着其他人物的声音（老爷、少爷等人的声音），"现实"的讲述环境（福利院）的声音。这样，讲述者的声音、听者的声音（无声）、人物的声音、讲述环境的声音等构成众声喧哗的"杂语"环境，在文本中交替出场或者发言，将"现实"和历史串联起来。应该说，这是一部意蕴浑厚的复调小说②。文本中的讲述者——老者"我"、耳朵"我"便是"小说中的说话人"③，他们的话语构成整部作品的内容，是小说中非常

---

① ［美］华莱士·马丁在阐释"作者"时，认为有些文本存在两个作者。"在一篇叙事中使用单词'我'的作者（author）经常似乎不同于作者（writer）——可以被描绘在书的封面上的那个人。即使在那些没有提及作者'我'的虚构作品中，我们也可以基于讲述风格和方式形成一个有关作者（author）的概念。大多数批评家接受韦恩布思的提议，即：无论它明显还是隐晦，我们都应该称这个人为'隐含作者'（implied author）。"（［美］华莱士·马丁：《当代叙事学》，伍晓明译，北京大学出版社，2005 年 3 月第 2 版，第 132 页）这就说明，《苍河白日梦》中，刘恒虚构了一个讲述者（"我"），虚构了一个记录者"你"，他们彼此间构成了隐含的对话，是共同完成这个故事讲述与记录的隐含作者。事实上，只有刘恒自己才是文本的真正作者（writer），可以存在于书的封面上的那个现实中的人物。

② 巴赫金在研究陀思妥耶夫斯基的小说时，提出了著名的复调理论。他说："有着众多的各自独立而不相融合的声音和意识，由具有充分价值的不同声音组成的真正的复调——这确实是陀思妥耶夫斯基长篇小说的基本特点。"（［俄］巴赫金：《诗学与访谈》，白春仁等译，河北教育出版社，1998 年版，第 4 页）

③ 俄国著名文艺理论家巴赫金在《小说理论》（白春仁等译，河北教育出版社，1998年版，第 118—119 页）对"说话人"有这样的阐释："杂语或者亲身进入小说之中，在里面物质化而成为说话人的形象，或者只是作为一种对话的背景，决定着直指的小说语言的某种特殊韵味。由此便产生了小说体的一个异常重要的特点：小说中的人，是说话举足轻重的人。小说正是需要能带来自己独特的论说话语、自己的语言的说话人。""说话人"在小说中表现为不被作者"点出人称却暗含着说话人的形象"，或者是"形之于外的假托作者、叙述人、以至主人公的形象"。（华莱士·马丁称之为"隐含作者"）

重要的"语言形象"。

"说话人"是诸多形象中非常独特的一类，但"说话人在小说中不一定非得体现为主人公"①。《苍河白日梦》的主人公并非耳朵，而是二少爷。耳朵，作为说话人，是二少爷所作所为的见证者，他的一切都是通过耳朵的讲述表现出来。"我"（耳朵），不只是二少爷，也是文本中其他人物和事件的见证者。耳朵的"说"在文本中占据着十分重要的地位。因为，"小说体中构成其修辞特色的'能说明问题'的基本对象，就是说话人和他的话语"②，其重要性被巴赫金概括为三个方面。一是"说话人及其话语在小说中，也是语言的以及艺术的表现对象"。二是"小说中的说话人，是具有重要社会性的人，是历史的具体而确定的人；他的话语也是社会性的语言（即使在萌芽状态），不是'个人独特'的语言"。三是"小说中的说话人，或多或少总是个思想家；他的话语总是思想的载体"③。正是说话人举足轻重的地位，他的话语决定着文本的人物形象、思想深度和叙述风格，而说话人的说话技巧又决定于作家的叙事智慧。

"说起来话长了，我从头给你讲"，小说开篇这个预叙式的开头，确定了讲述者"我"和倾听者"你"，也确定了讲述的内容和长度。"我"（耳朵）已是百岁老人，在福利院给"你"讲述一些"有意思"的事。他着重回忆二十世纪初期十六七岁时"我"在曹家大院看到的许多人事秘闻，穿插着眼前（"现实"中）一些人和事。苍老的"我"和年少的耳朵的讲述交替并行，完成了一百年的叙述。对于这个世界中发生的很多事情，"说话人"总喜欢评头品足，跳出文本来发表意见。其实，说话人的思想就是作者思想观念的体现。作家假托说话人说出来，一是突出文体的独特性，隐藏作者的直接评论；二是为了增强"现场感"和阅读的真实感；三是借

---

① ［俄］巴赫金：《小说理论》，白春仁等译，河北教育出版社，1998年版，第122页。
② ［俄］巴赫金：《小说理论》，白春仁等译，河北教育出版社，1998年版，第119页。
③ 同上。

说话人之口，从仆人视角及其生命旅程中，让读者感受一百年来中国社会的沧桑变化。

小说隐含的大量历史信息通过说话人的"随口"表达显露出来，从而故意模糊历史事件，淡化历史和政治。"3月12日录"这一节叙述道："忘记是哪一天了，从苍河下游传来了朝廷的哀诏，说皇帝死了，太后也死了，一个三岁大小的满人做了皇帝。"这是个真实的事件，光绪和慈禧相继去世，溥仪继位，真实的历史时间是1908年11月14日和15日。这个事件和时间同时就交代了二少爷留洋回国，加入蓝巾会，传播新思想，统治者镇压蓝巾会等事件的历史背景，为故事的延续提供了政治语境。二少爷最终被绞死的罪名是"想炸本府的知府，本省的总督，还想炸本朝的皇上"，"想炸一切该炸的人，他要把他们清理掉，把他们送到天上去！"这就表明了辛亥革命前夕先进的知识分子反封建统治的革命思想。讲述者有意使用模糊时间，符合民间对时间认识的模糊思维，也表明乡绅家庭的富裕生活由盛转衰是一个渐变的过程。

文本中多次提到蓝巾会，少奶奶郑玉楠的哥哥郑玉松就是蓝巾会头目。蓝巾会会员因为在苍河上抢夺官船被杀了，借茶馆里的茶客议论时政，出现了下面的对话：

一个茶客说：杀吧！要杀得完算新鲜！

老福居说：你这话是什么意思？

茶客说：拿个三岁大的兔崽子来管我们，明明是气数尽了，杀人有什么用？

福居说：操你妈！少在这儿说这个，你说点儿逛窑子戳婊子的事好不好？人家三岁大小人儿当你祖宗当你爷，你管得着吗？！

茶客说：我滚我滚，我把头切下来挂着去。

福居说：挂着倒便宜，小心煮了你！①

这段对话听起来十分粗鲁，却非常符合说话者心理。时政评价隐藏在民间的喝茶聊天中，说明了民间的情绪：人们对时政的不满。为蓝巾会的斗争和二少爷的活动奠定了思想基础。老福居要维护自己的生意，不敢发表意见，只好骂街，只好忍受。他们都是受害者，但基于各自的立场，说话的方式就不同。通过主客对话，看到蓝巾会的斗争有多么艰难！

叙述者又把眼光转向那些被杀害的尸体，写尸体被悬挂、被暴晒、被老鸹啄肉的惨状，"惨透了。真是惨到家了！"进一步揭示统治者的残忍和镇压手段的凶狠。连富绅家里的奴才都感受到"皇帝从此成了我的仇人"。通过下人的陈述批评腐朽黑暗的统治者，表现出人民对统治阶级的不满，也意味着以蓝巾会为代表的人民群众的斗争会继续下去。侧面支持蓝巾会。当然，也暗示有斗争一定会有牺牲。

2.时空穿越，事件前后穿插

《苍河白日梦》的时空穿越被发挥到了极致。文本以某个福利院为叙事地点；以百岁老人"我"和仆人"我"为叙事视角；以二十世纪初期榆镇的地方豪绅曹如器一家的兴衰为叙事焦点；以1992年3月1日到4月15日为叙事时间；以"我"1892年出生到眼前1992年的一百年为故事时间；以年份和日期标志的日记记录体形式为叙事文体；以一天的讲述②内容为故事内容组成文本的叙事

---

① 刘恒：《刘恒自选集·苍河白日梦》，作家出版社，1993年版，第108页。紧接后面的引文在第110页。

② 为了说明这里用到的几个概念，在此引述华莱士·马丁在《当代叙事学》中谈到"叙述的种种成分"的一些概念。概括（summary），讲诉（telling），叙述（diegesis）：叙述者用自己的话述所发生的一切（或讲述人物想到和感到的一切，但不用引号）。最狭义的叙述（narration）等于概括或讲诉。（［美］华莱士·马丁：《当代叙事学》，伍晓明译，北京大学出版社，2005年3月第2版，第120页）

结构；以讲述和记录时间的天数为叙事单元（共讲述了 46 天，就有 46 份记录，构成了小说的 46 个单元）。文本的叙事时间和讲述时间一致，但故事时间远远大于讲述时间，也大于叙事时间①。叙事声音看似独语，实则是一场漫长的对话，而且有多个声部存在。

小说开篇的结构形式是三个标题："第一部 一九九二年三月 3 月 1 日录"，接下去才是正文。这样看来，文本的叙述方式既有纵向的清晰的时间脉络，也有横向的由讲述者串联的人物关系和事件关系，线性叙事中融合着散点叙事和多角叙事。

"我是乡下来的仆人。我是榆镇曹如器曹老爷家的奴才。曹老爷是远近闻名的绅士和财主，我不能给他丢了面子。"②一个仆人，因主子的面子而如此讲面子，可见是个忠实的奴才。他对曹家的大小事务了如指掌，即使是偷情的场面也弄得清清楚楚。他是秘密的发现者和传播者，也是秘密的制造者。因为是仆人，能方便地行走于乡绅与平民之间，是很多历史事件的参与者、见证者，他的讲述自然具有很强的真实性。因为是仆人，他的地位很卑微，对事件的认识也有许多局限，对人物和时政的评价就只能是一家之言。因为是仆人，总是从一个社会底层人的视角观察社会，出言粗鲁，思维简单，有时前言不搭后语，有时会冒出很多妄想、幻想和梦想，所

---

① ［美］华莱士·马丁在《当代叙事学》一书中阐释"叙事的时间性"时，认为它包括"实在时间、被叙述的时间、阅读时间"，这些时间概念又分为若干支概念。"持续（duration）：在场景中，被描写的时间段与阅读时间大致相等；详细的描写可能会使阅读的时间长于事件的时间（伸长）。在概括中，阅读时间可能大大短于实在时间（如：'一年过去了'）。某些时间段可能会被漏掉（省略）；从某种意义上说，在议论或描写段落中，被叙述的时间停止了。叙述者用现在时所作的一般性总结（例如：'生活是艰难的。'）被说成是处于格言的现在（the gnomic present）之中。在叙事的某一截面内被讲述的时间的长度是叙事的广度（extent）或幅度（amplitude）。"（［美］华莱士·马丁：《当代叙事学》，伍晓明译，北京大学出版社，2005 年 3 月第 2 版，第 120 页）这些概念阐释了叙事过程中涉及的时间以及作者运用繁简的叙事技巧，刘恒的技巧达到炉火纯青。
② 刘恒：《刘恒自选集·苍河白日梦》，作家出版社，1993 年版，第 8 页。

以他时刻都在做着"白日梦"。

作为仆人，曹家各色人物都活在"我"的眼里，由"我"对他们的行为进行解释并予以褒贬。主人公二少爷的各种经历均由耳朵"我"的观察，以及前后叙述勾连而成。二少爷是一个接受了新式教育的具有新潮思想的人物，他反叛婚姻，锐意改革，力图消除强权，推行公平正义，最后均以失败告终。二少爷回国带来了洋人大路，他结婚便增添了漂亮的二少奶奶；少奶奶引发了"我"和洋人大路对她的艳羡，也引发了一系列的悲剧事件。这样，二少爷串起了文本中几个主要人物。

叙述这些人物和事件时，作家突破了常规叙事方式，运用了时间跳跃法和场景转移法。即从过去的场景转移到眼前的场景，穿越时空，穿插事件，使很多不相干的事情具有了关联和对比。例如，"我"对二少奶奶的赞美，从脚写起，"我喜欢她的脚，大一点儿也没关系"，由此迅速穿越到当下："现在，女人的脚算什么？你看挂历上这个姑娘，……她的脚多肥，脚指甲多厚……这不是脚，是马蹄子，母马蹄子。"[1] 从挂历上女人的脚及其穿着的暴露批评时下一些媚俗的风气，夸赞少奶奶的脚实际是夸赞女子的庄重之美。又如，文本中，回忆十六岁的"我"偷窥大路手淫后，然后意淫少奶奶，再自己手淫，最后回到眼前的敬老院厕所。敬老院时常有一些来此联欢的"男孩子女孩子"，他们在厕所表达青春期的懵懂欲望。于是"我"评价道："小杂种们偷偷摸摸的，很可怜呀。"[2] 没有正确的性观念引导，人就会不自觉地做出一些不可思议的事情。再如，耳朵讲二少爷创办"榆镇火柴公社"，给公社挂匾，结果公社成了一个"不吉利的地方"。他由此转换到眼前情景，说"那天一个挺大的干部来给敬老院挂匾"，还送一伙孩子来吹吹打打，感觉

---

[1] 刘恒：《刘恒自选集·苍河白日梦》，作家出版社，1993年版，第60页。

[2] 刘恒：《刘恒自选集·苍河白日梦》，作家出版社，1993年版，第67页。紧接下面的引文在第71页。

是"送丧"。于是评价道："他挂匾把敬老院挂成了一个不吉利的地方。"由此总结道："不要轻易给自己给别人挂牌子。……那么做不吉利。"[①]场景的转移中看出老人在针砭时弊，也有些是生活经验的总结，或者民间社会的信仰表达。

今昔穿越、纵向比较是"我"一个百岁老人作为叙事者最为便利的叙述[②]行为。作家叙事的巧妙在此显露。

3. "白日梦"的隐喻意义

中国人认为，日有所思夜有所梦。心理学家弗洛伊德认为梦是人的许多不满足引起的，是力比多（性力）造成的。这些说法都有道理。《苍河白日梦》里的"梦"就是耳朵"我"的梦。这里的"梦"，有些是因为不满足而引发的梦想，有些是心理预期、情感预期和思想预期，它是一个文化隐喻。"梦一定有某种意义，即使那是一种晦涩的'隐意'，用以取代某种思想的过程。因此我们只要能正确地找出此'取代物'（substitute），即可正确地找出梦的'隐意'。"[③]分析耳朵的言行和心理，就能了解《苍河白日梦》里的"白日梦"。

小说中，耳朵"我"有许多奇怪的梦。"我"对美好生活的梦想、对异性的梦想、对少奶奶的梦想、对五铃儿的梦想、对死亡的梦想，还有对新婚生活的向往、对女人的向往、探听他人私密生活的向往，等等。梦想和向往中产生了强烈的期待心理，由此揭开曹家大院的隐秘生活。在"3月11日录"这一节中，叙述了"我想看"的人和事，窥视他人在"油灯下"的种种生活：女佣睡觉的状态，

---

① 刘恒：《刘恒自选集·苍河白日梦》，作家出版社，1993年版，第71页。

② 第一人称叙述：叙述者－作者也是该故事中的人物，他可以讲自己的故事（作为叙述主人公之"我"）或别人的故事（作为目击者之"我"）（见［美］华莱士·马丁：《当代叙事学》，伍晓明译，北京大学出版社，2005年3月第2版，第133页）。这就是说，第一人称的叙述视角比较容易转换。文本中的耳朵就享受这样的叙述权利。

③ ［奥］弗洛伊德：《梦的解析》，丹宁译，国际文化出版公司，1996年版，第13页。

打更人掷骰子赌博，炳爷拨算盘，炳奶裹脚，磨工推磨，等等。然后偷窥到大少爷的私生活，揭示大少爷的性格。他有一妻一妾，七个女儿，"这院里一男两女三个大人一直同床，不过妻妾同床比三人同床的时候要多，因为大少爷光满时常一个人在书房里蹓跶，想事，查账，数钱。大少爷在家业上是很用心的"。通过"偷窥"揭示曹家人的生活：这个大家庭有严格的尊卑等级，下人们生活艰辛，主人们日子也并不舒心。女主人只不过是为大少爷传宗接代的生育机器；男主人迷恋物质和金钱。"他的儿子就是钱"，没有儿子就是报应。窥视的迹象表明曹家正面临衰运。

文中多次写到少奶奶的美，都是通过"我"的观察来叙述的。"少奶奶的手有毒。她的笑也有毒。我觉着再多看她一眼自己要死了！"[1] 这是正话反说，用"毒"的魔力说明女子之美。沈从文的小说《凤子》中也有类似的描述[2]。他不是正面描写镇竿女人唱歌之美，歌声之美，而是用"有毒"这种反话来叙述，反衬镇竿女人之美。刘恒也是如此。文本通过旁观者眼光写少奶奶脚的美。"我躲在她们背后的月影里，看少奶奶翘在发白的石板路上的一只脚。那只脚从裙子下边探出来，像小兔子，像黄鼠狼，像一只束紧翅膀的叫不上名字来的鸟！"这只脚对一个青春期的少年具有极大的诱惑力，充满了性幻想和美的幻想。在不开化的年代，女子的脚不是随便可以暴露的，对男人总有一种神秘的吸引力。莫言的《檀香刑》专门有一节"比脚"，写孙眉娘和钱丁夫人比脚的美。两部作品的写法有异曲同工之妙。不过，莫言的叙述极尽铺张，篇幅更长，细节更具体。刘恒小说相对简略。

因为得不到，所以心里总抱有各种幻想，白日梦也反复在耳朵

---

① 刘恒：《刘恒自选集·苍河白日梦》，作家出版社，1993年版，第73页。紧接后面的引文在第75页。

② 沈从文：《沈从文文集》："有毒的菌子使人头眩，有毒的歌声使人发抖。"（花城出版社，1982年版，第357页）

脑海中萦绕。耳朵的女人梦，终于有一天在五铃儿身上实现了。这部分写得非常精彩：

> 我把她领进书仓找我想看的那本书（春宫图）。……我找不到那本书，就用书匣铺了一个床，把五铃儿当成一本书，很匆忙地打开了。白日梦里的情景像月亮光一样映出来，黑黑的五铃儿，身子很白，很满。
>
> 这本书一篇一篇翻过去。①

把女人当作一本书，鲁迅的《伤逝》早就写了："我也渐渐地清醒地读遍了她的身体，她的灵魂，不过三星期。"涓生把子君当作一本书，三个星期就读完了，速度之快令人惊讶，当然也可想见涓生之粗鲁，子君之浅薄。这里把两性活动含蓄地表达如读一本书，也是作家写作的一种技巧表现。鲁迅对刘恒的影响在此可见一斑。而五铃儿一句"别让我怀上"的话使"我"不得不"把没有翻完的书合上"，"我成了无所不知的人"。书仓，使耳朵体验到了男欢女爱，懂得了男女之道，也由此更加明白大路和少奶奶的事情。书仓，是大路和少奶奶情爱诱发之根源，也成为"我"和五铃儿情感的发源地。

小说把故事的结尾比作老人的身体，把讲述的尾声比作前列腺炎。以耳朵和五铃儿出走为故事结尾，以"我"的讲述结束为叙事结尾，把身体的衰老自喻为没有油料的飞机为全文之终结。这样的结尾是照应开头。回应这个故事是从敬老院一个百岁老人那儿得来的，他每天对着"你"和录音机讲故事，把自己的烙在骨子里的故事，那些顽固的记忆、挥之不去的见闻统统讲述出来。讲述，是文化传承的重要方式。通过老人的回忆，看到人世百态、人生百相，看到新文化传播的艰难，看到现代工业发展的艰难，看到公平

---

① 刘恒：《刘恒自选集·苍河白日梦》，作家出版社，1993年版，第229页。

正义得来的艰难。没有二少爷这类先驱的舍身奋斗，没有他们的亡命精神，就很难有社会的发展进步。所以，耳朵的讲述，是一种情绪的发泄，有利于延年益寿，也是一种革命精神的传承。这种讲述方式，基于讲述者身份的问题，他的观察视角、认识视角和评价视角，即使有局限，也能让读者接受。显然，这样一个视角讲述的故事更具有真实性和可靠性。

耳朵是奴仆，他对主子的很多事情是抱着顺从、稀奇和猎奇的心理看待的。他观察二少爷，最初认为他是疯子，是因为"奴仆"不可能具有很高的眼界和视野去深入探究二少爷的作为。况且二少爷保密相当严格，家里人也没有一个可以和他交流，没有一个可以达到他的认识水平，可以成为他的盟友。再说，是耳朵这样的奴仆，以其卑微、顺从不惹人注目，没有成为某些活动的中心人物，也不是某些祸端的根源，容易被忽略，反倒成为事件的见证者，成为历史的见证者。从一定程度上讲，这就是"无用之用"的哲学智慧。如果他是二少爷的盟友，也许就和二少爷一样牺牲了，不再有故事的发生和事件的讲述了。而且，由于他处于社会底层，对政治和相关问题思考较少，脑袋"简单"，讲述的语言也"简单"，这样，老人的讲述成为可能，其故事的流传成为可能。

"引进长篇小说的杂语现象，在小说中要得到艺术的加工。栖身于语言（它的一切词语和形式）之中的各种社会和历史的声音，即赋予语言以特定的具体含义的声音，在小说中组合而成严密的修辞体系；这个修辞体系反映出作者在时代的杂语中所占据的独具一格的社会和思想立场。"[1]用巴赫金这段话总结《苍河白日梦》之艺术技巧，应该说恰如其分。它表明了刘恒的叙事技巧已臻炉火纯青。

---

① ［俄］巴赫金：《小说理论》，白春仁等译，河北教育出版社，1998年版，第82页。

第四章　刘恒剧本的创作艺术

第一节　刘恒剧本的创作艺术

人的一生有很多"瘾"。当人的中枢神经受到刺激而形成某种习惯性，"瘾"就出现了。一般来说，"瘾"有两种。一是影响人类身心健康的不良的"瘾"，常见的有烟瘾、酒瘾、牌瘾等；二是有利于促进人类身心健康发展的良性的"瘾"，如戏瘾、读书瘾、写作瘾等。良性的"瘾"还可能发展成一种执着、一种追求，甚至影响一个人一生的职业和道路，其魔力不可谓不大。刘恒的读书瘾出现很早，这就促成了他后来的作家生涯。他在《小石磨》自序中写道，"我 15 岁读小说，上瘾。20 岁偷偷写东西，又上了瘾。23 岁发表处女作，瘾越来越大，挣巴到今天，已经 43 岁，是病入膏肓的人了"[1]。这样算起来，刘恒从二十世纪七十年代中后期开始写小说，1977 年发表处女作《小石磨》，此后创作路就一直没有中断过。十年后（1987 年），他开始写剧本，最初是把自己的小说《黑的雪》改编为电影剧本《本命年》[2]，出乎意料的成功使他又走上了编剧

---

[1]　刘恒：《乱弹集》，《粪水和苦水——小说集〈小石磨〉自序》，春风文艺出版社，2000 年版，第 142 页。

[2]　刘恒：《乱弹集》，《文学吾妻电影吾妾——答〈电影艺术〉记者问》，春风文艺出版社，2000 年版，第 215 页。

的道路。四十多年来，刘恒在小说、电影剧本、电视剧本创作路上不停攀登，成为一名小说创作和影视剧创作双栖的优秀作家。

一路上，刘恒不但改编了很多自己的小说，也将很多他人的小说改编成了电影或是电视剧，甚至还根据历史或现实生活题材创作了不少剧本。他以自己小说改编的剧本有《本命年》（小说《黑的雪》）、《菊豆》（小说《伏羲伏羲》）、《白色旋涡》（《白涡》）①，等等。根据他人小说或其他文体改编的电影有《秋菊打官司》（陈源斌《万家诉讼》）、《集结号》（杨金远《官司》）、《画魂》（石楠《画魂》）、《云水谣》（根据张克辉的剧本《寻找》改编）等。根据历史资料创作的电影剧本有《张思德》《铁人》等，其他剧本有《四十不惑》等。刘恒改编的电视剧有《少年天子》（凌力同名小说）、《贫嘴张大民的幸福生活》（刘恒的同名小说）等。

这些不同题材、不同类型的剧本拍摄为电影或电视剧后很多都产生了热烈反响，获得了巨大成功，有的甚至成为影视界的经典。刘恒自己也因此多次获得各级编剧奖。2004 年，《张思德》②获得第 25 届中国电影金鸡奖最佳编剧奖。2007 年，《集结号》③入围第 27 届中国电影金鸡奖最佳编剧奖、第 8 届华语电影传媒大奖最佳编剧奖。2009 年，《铁人》④获得第 1 届中国影协杯优秀电影剧本奖。2011 年，《金陵十三钗》入围第 6 届亚洲电影大奖最佳编剧。

这些奖励不只是对刘恒劳动的肯定，更是对他创作成就和艺术成就的肯定。寻觅他获得成功的因素，自然离不开他的剧本。如果仔细深入剧本的字里行间，认真咀嚼剧本中的每一句话、每一个字，就能领悟到刘恒不愧为当代优秀的剧作家。他的剧本创作艺术

---

① 刘恒：《刘恒自选集·菊豆》，作家出版社，1993 年版，此卷为电影剧本卷，收录的剧本有《本命年》《菊豆》《白色旋涡》《四十不惑》《秋菊打官司》《画魂》，本书中有关引文均出自此书，后面不再赘述。

② 刘恒：《张思德》，同心出版社，2004 年版。

③ 刘恒：《集结号》，人民文学出版社，2007 年版。

④ 刘恒：《铁人》，人民文学出版社，2009 年版。

不但延续和发扬了小说中那种精湛的语言技巧，而且能满足电影、电视所需要的声音、光感、色彩、画面等方面的流动感以及其他特殊标准。所以，阅读刘恒的剧本，同样为其创作艺术深深感动，折服于他精巧的艺术构思，对不同角色的全方位把握以及对历史、对现实的深度观察与深刻思考。总括看来，刘恒剧本的创作艺术突出表现在如下四个方面。

一、主题构思艺术

所谓主题，是"在时间中逆向建构起来的意义"①。作家的创作活动中，主题构思是艺术构思中非常重要的一部分，被认为是影视作品的"灵魂和精华"，是创作者世界观、价值观和审美观的综合呈现，是文本能否吸引读者／观众的核心要素，对社会风尚的引领具有重要作用。主题的深度与独特来源于原作（小说）或是剧作家的思想深度、价值判断、审美体验和世界眼光。所以，主题确定是一个剧本能否成功的首要环节。没有好的主题，就没有好的剧本，更谈不上有好的电影或电视剧。好的主题产生了，才会有好的作品创意和后续的系列环节。

演员表演的所有内容，从事件发生的场景、细节、道具，到人物出场、动作、语言、心理、表情，以及情节的推进、发展、变化等，均是依照剧本内容而来。当然，优秀的导演和演员可以灵机应变，或者即兴发挥，可是，主体内容还是由剧本设定而来。所以，编剧是决定整部作品主题、结构、形式、风格的关键人物。成功地把一个短篇小说改编为电影剧本，编剧的语言艺术、想象能力、建构技巧及其所做的艰苦努力非一般人能理解。他不但要精确地把握原作的精髓，还要根据原作留下的空白进行合理的想象。换句话

---

① ［美］华莱士·马丁：《当代叙事学》，伍晓明译，北京大学出版社，2005年第2版，第124页。

说，创作／改编剧本是一道必须遵循某些要素、坚守某些规则的命题作文。这就要求编剧具有多方面的综合性的才华。

谈到剧本写作时，刘恒说"我有影片主题分析的嗜好"[1]。所谓主题，用米兰·昆德拉的话说，"是不间断地在小说故事中并通过小说故事而展开"，这句话同样适合剧本，因为"一个主题就是对存在的一种探询"[2]。刘恒分析主题就是探询某种存在的种种可能，所以，对一个剧本的分析往往会提炼出多个主题。主题探询愈是深入，作品的内涵就愈是深刻，作品成功的把握也就愈大。因为决定于影片成败的主题关涉太多人和事：各个层次观众的欣赏趣味、渴望引起观众共鸣的导演、等待同行赞赏的编剧、害怕赔本的电影投资者，等等。刘恒在剧本写作中，不但要认真分析主题，还要认真分析与主题相关的结构、人物、场景（地点）、时间等诸要素。这些核心要素确定了，剧本的大致面貌和风格就可以确定了。主题根据原作（小说或其他故事）内容由剧作家提炼而成，也可以进行一定程度的改编，甚至大幅度改编。如《张思德》《集结号》《铁人》几个剧本中，作家都把主题构思收录于剧本附录中，可见主题在作品中所处的地位有何等重要。

《集结号》充分展示了刘恒的编剧艺术。原作是杨金远的短篇小说《官司》，只有一万多字，刘恒改编为剧本后，主体内容加上附录，实际字数达到十二万八千字，是原作的十余倍。导演冯小刚根据剧本拍摄为同名电影。电影上映后获得了意想不到的票房数。这其中，固然离不开导演的总体设计与演员的表演技巧，剧本的优质品格也是不容忽视的，甚至是十分关键的因素。可惜的是一般读者和观众在欣赏电影之快意时，不大会注意编剧的功劳。

小说《官司》的故事情节非常简单：因为一个没有兑现的约

---

① 刘恒：《乱弹集》，春风文艺出版社，2000 年版，第 134 页。

② 米兰·昆德拉：《小说的艺术》，董强译，上海译文出版社，2004 年版，第 104、105 页。

定，谷子地用一生寻找爽约的原因。寻而不得时，他决定打一场官司，却得知被告早就死了。谷子地过于较真儿而导致许多有价值的事情没有做，也给自己心理造成了巨大负担和压力。根据小说的线索，刘恒"只取因由"经过想象发挥后，改编而成的《集结号》完全变成了另一个故事、另一种境界。

刘恒在创作剧本《集结号》时，精准地抓住了几个要素，从战争、生命、人、尊严、牺牲这五个方面突出作品主题的多义性①。五个方面层层递进，实际上是一个故事在不同意义层面的阐释，用一句话说，就是一个为在战争中牺牲生命的人讨回尊严的故事。剧本对小说主题进行了提升，更加富有思考意义。即将过去人们习以为常、并没有引起足够重视的因为战争而逝去的生命与尊严提升到了更高层面的内容：逝者如何获得活人的尊重？获得的过程其实就是一个反思战争的过程、一个认识历史的过程、一个评估生命价值和尊严的过程，使人从外部世界向个体内心世界开掘深入，不再简单停留于人云亦云的历史表象或是某些片面的现实问题。思考的力度和强度增加了。所有这些通过主人公谷子地在解放战争、朝鲜战争以及和平建设时期各个阶段的生活表现出来。表面上，他是个倔强的人，实际上内心又十分柔软。为了给那些牺牲的战友一个公平公正的荣誉，他费尽心力去寻找证据。谷子地身上散发着强烈的尊严感，是战争题材作品中极为少见的为维护荣誉和尊严而执着寻找的形象。

《集结号》有小说原作提供材料参照，剧作家有蓝本进行想象、虚构；那么对于没有小说或其他蓝本参照、只能根据现实生活中的人物以及时代需求撰写剧本的情况，剧作家该如何处理？可以说这是一项难度极高的挑战。刘恒曾多次表示"很艰难"，经受"找不到感觉"的痛苦煎熬。他创作《张思德》《铁人》时即有如此经历。

张思德、铁人王进喜这类人物是时代楷模、道德标杆，由于历

---

① 刘恒：《集结号》，人民文学出版社，2007 年版，第 166—172 页。

史局限、技术落后以及当时环境艰苦等诸因素影响，有关他们个人的资料以及宣传保留得非常少，需要书写他们的作者辛苦搜集，广泛阅读。更为艰巨的是如何突破传统的既成的"高大全"式的"英雄"写作模式与审美规约，进行艺术创新。面对这样的艺术挑战，能否塑造好这些形象，刘恒首先考虑的是自己能否"接茬"。如果不合适，他会迅速找借口推掉，如果感兴趣的，则会满口应承。张和平电话联系他策划《张思德》的设想时，刘恒说，"我当时一听觉得很新鲜，没有排斥的感觉"①。这一方面是在他自己成长的年代对这个人物有些了解，另一方面是家庭环境，特别是父亲对他耳濡目染的熏陶，使他对张思德的日常生活以及为人处世有一定程度的认同与接受。于是他满怀信心地接受了《张思德》的编剧任务。确定主题时，他认准"这是一个凡人的故事"，带有"政治传奇"色彩。所以，把握起来并不复杂。结果表明，《张思德》是一部很成功的关于凡人故事的作品。

《铁人》在主题设计上也显示了作家对主旋律的突破力度。对于"铁人"王进喜，刘恒的感受则不同。开始商讨这件事，他觉得自己"不能"接受，"五十多岁的人，必须挑软的吃，不能拣硬的啃，想啃也啃不动啦"。明白道理，可是"骨子里却残留着逞能的意思，竟然鬼使神差地接下了这件事"。接受后，感觉"怎么能这么硬呢？我的牙口历来让我自傲，这回却有些吃不住劲了"。②刘恒并不是那种害怕困难的人。他迎难而上，收集各种文献资料广泛阅读，还多处实地调研采访，了解铁人的生活轨迹、工作状态、社会影响，从细微处寻找灵感。领会了铁人精神，就能确定主题。他认为，"这是一个关于资源的故事"，"这是一个关于民族精英的故事"，"这是一个关于人的幸福观的故事"③。故事主题通过剧本表现

---

① 刘恒：《张思德·父亲给我写〈张思德〉的灵感——作者访谈》，同心出版社，2004 年版，第 100 页。

② 刘恒：《铁人·自序》，人民文学出版社，2009 年版，第 1 页。

③ 刘恒：《铁人·附录一：主题梗概》，人民文学出版社，2009 年版，第 113 页。

的创作主旨为："谨以此片献给昨天今天和明天为祖国的资源而战的勇士们。"①

这样比较起来，张思德和王进喜有不同之处，一个是普通士兵，平时闷声不响，默默无闻做事，不愿意惹人注目，但所做的事情颇得领袖赏识。一个是石油工人，有英雄创举，其豪迈口号"宁肯少活二十年，拼死拼活也要拿下大油田"②曾响彻全国。但他们又有共同处：为了民族大业，为了国家发展，都在自己平凡的岗位上做出了非凡的贡献。他们用自己的实际行动诠释着"为人民服务"的宗旨，用平凡的举动践履着个人的幸福就是建立在帮助他人、奉献自己的基础之上的理念。所以，这两个人物都具有伟大人格和高尚品德，能够成为时代的标志性人物。

当然，在人物形象的具体塑造过程中，作家的侧重点又有不同。《张思德》，不但没有小说作为参照，遗留的相关资料也寥寥无几，但是毛主席专门为他写的政论性散文《为人民服务》却是影响深远的经典篇目，是全党全军全国各行各业学习的范文。文章表达了"真挚的赞扬"，张思德是共产党人学习的楷模。在此基础上，作家从四个方面提炼主题："这是一个凡人的故事"，"这是一个革命者的故事"，"这是一个领袖与士兵相濡以沫的故事"，"这是一个有关政治传奇的故事"③。这四个层面就立体地勾画了张思德形象，把他的平凡与伟大、普通与特殊、生活与政治紧密结合起来了。因此，结构安排上，就会出现许多他与孩子、与战友、与领袖共同生活、共同工作的场景，通过这些场景展露出他的优良品质和高尚道德。

《张思德》"后记"中有一长段文字对其影片的主题进行了归纳总结："影片《张思德》以1944年前后延安抗日根据地的生活为背景，展现了党中央、毛主席和以张思德为代表的普通战士团结

---

① 刘恒：《铁人·自序》，人民文学出版社，2009年版，第3页。
② 刘恒：《铁人》，人民文学出版社，2009年版，第44页。
③ 刘恒：《张思德》，同心出版社，2004年版，第88—89页。

一致、艰苦奋斗的历史画卷，讴歌了张思德同志为革命事业默默奉献、全心全意为人民服务的崇高精神，表现了革命领袖与普通战士的深厚情谊。"一个普通战士平凡的故事背后，"蕴涵着许多关于人、关于道德、关于精神信仰的深刻思想内容，使人领悟到张思德身上所表现出来的中国人骨子里的那种朴实、谦和、善良，在人的内心中涌动着的自我牺牲、自我奉献的精神"[1]。影片主题获得了主流社会的高度认可，"北京市委组织部和宣传部"发出《关于组织观看影片〈张思德〉的通知》，指出"这部影片风格朴实、人物生动、真实感人，是一部融思想性、艺术性和观赏性为一体，具有启迪作用的和教育意义的主旋律影片"[2]。这就意味着剧本主题得到了高度肯定，为影片的传播奠定了思想基础。

马克思在《1844年经济学哲学手稿》中写道："人只有凭借现实的、感性的对象才能表现自己的生命。"[3]张思德就是从为人民服务中感受到了生命的价值，感受到了作为人的存在的价值。他从具体的劳作中实践了，虽然他未必能在理论上体会到，但是，他帮助他人得到肯定，得到快乐，得到温暖，就说明他对个人价值有深刻的感性认识。在剧本第159个镜头中，他回答大李"吃饭咋那么香"时有段对话，就体现了这种认识。

> 饭吃着不香，吃啥香……三三年进入队伍，就是为了这一口饭。吃饱了肚子，人也有了觉悟，觉着光自己吃饱了不行，还得让吃不饱的人都吃饱肚子……吃饭吃着香，是为了好好干革命……[4]

这段话就看出张思德朴素的革命观和价值观，只有在帮助他人

---

① 刘恒：《张思德》，同心出版社，2004年版，第151页。

② 同上。

③ 高放等主编：《马克思恩格斯要论精选》，中央编译出版社，2016年版，第13页。

④ 刘恒：《张思德》，同心出版社，2004年版，第78页。

的过程中才能实现自己的个人价值。他总是永不停歇地做各种不起眼的琐碎工作：提水、劈柴、开荒、打草鞋、烧木炭，各种活儿都做得非常细致漂亮，富有成效。他乐于帮助同事，帮助身边的人。真正是哪里需要哪里上，从不计较个人得失。他的这些细微举动，得到了毛泽东等领导人的赏识。

马克思和恩格斯在《神圣家族》中指出，"既然人天生是社会的，那他就只能在社会中发展自己的真正的天性；不应当根据单个个人的力量，而应当根据社会的力量来衡量人的天性的力量"①。对于张思德而言，他就具备这种天性，而且很自觉地把这种天性在工作和生活中表现出来。对于共产党人来说，就是把人的这种天性充分展示出来，若能让革命者在社会力量中得到有效展示，就为社会做出了巨大贡献。毛泽东作为党的领袖，看到了张思德身上蓬勃的力量，而且非常欣赏这种力量，多次用夸奖的语气表达了他的赞赏。得知张思德牺牲的信息，他说："你们怎么搞的？打仗死人免不了，不打仗也死人……"流露出无限的惋惜与痛心。

剧本以张思德追悼会为结尾。他牺牲后，毛主席提议要举行追悼会，并在会上讲话。为此，他专门写了文章《为人民服务》在追悼会上演讲。从思想高度、政治高度和社会高度对张思德予以诚挚的赞美。从一个普通战士的死看到了共产党人的牺牲精神，以及他身上散发的巨大光辉。他用一个完整的三段论推理出张思德之死的重大意义。认为"张思德同志是为人民利益而死的，他的死是比泰山还要重的"②。一个领袖对一个普通战士有如此高度评价，实属罕见。这不只是对张思德进行道德评价和肯定，更是一种思想鼓舞和政治激励。张思德用自己的实际行动创造价值，毛泽东善于从普通战士身上发现价值，并将这种价值提升为革命理论，同时在全党范

---

① 高放等主编：《马克思恩格斯要论精选》，中央编译出版社，2016年版，第15页。
② 毛泽东：《毛泽东选集》第三卷，人民出版社，1966年版，第905页。后面的两处引文均出自此处。

围内推广普及。张思德精神就是为了人民的利益不断奉献自己的精神，就是全心全意为人民服务的精神。领袖的理论高屋建瓴，有极强的概括力、号召力和感染力。自此，张思德成为全党全军学习的楷模。之后"为人民服务"这五个字升华为中国共产党的宗旨并写进了党章。实际上，"'为人民服务'不仅是一句口号，也不仅是一项宗旨，它是共和国大厦的精神基础，是中华民族走向民主和富强的必经之路"[1]。作家在主题分析中，用自己的真切理解突显剧本的第四个主题"这是一个有关政治传奇的故事"。

肯定张思德并不是要大家都去牺牲，毛泽东在文章后部说，"我们应当尽量地减少那些不必要的牺牲"。如果牺牲了，也应该举行追悼会寄托哀思，"使整个人民团结起来"。剧本的末尾引用了毛泽东文章末尾的话。看出领袖时刻都在想着团结人民。乃至后来毛泽东自己在回答外国友人的问题时说，他一辈子最乐意做的事情就是"为人民服务"。鼓励别人这样做，自己也身体力行，毛泽东作为领袖人物的风范就此彰显。

作家塑造张思德形象的同时，也塑造了毛泽东形象，在确定剧本主题的同时，也确定了人物的思想高度。整部剧本从头到尾，没有口号式的标语，没有符号化的术语。无论普通战士，还是领袖人物，通过他们在日常生活中、工作中的点点滴滴，突显出"领袖与士兵相濡以沫"这个题旨。

上面分析的几个剧本在主题方面都具有共通性，即都与奉献、牺牲有关，但作者在具体设计时各有侧重，这种设计体现出刘恒老辣的结构编排艺术。

二、结构编排艺术

影视作品的结构是由一个个镜头组建而成，而每一个镜头又

---

[1] 刘恒：《张思德》，同心出版社，2004年版，第69页。

都是由相关人物、相关事件的一个个情节构成，情节则由具体的细节构成。唯有生动丰富的细节才能展示出丰满多姿的人物。一句话说，细节构成情节，情节构成剧本。细节刻画的成败决定了情节与结构的成败。所以，作家在剧本设计时，首先就要预见影片的放映效果，对影片建构的诸要素予以分析。一般认为，电影结构主要由"主题、结构、人物、场景、景别、空间、机位、光线、影调、对话"等要素组成（百度关于电影结构）。编剧创作剧本时会根据自己的实际情况及剧本设计要求考虑各个要素。下面进行列表分析。

剧本名称	要素 1	要素 2	要素 3	要素 4
《张思德》	主题分析	人物分析	场景分析	
《集结号》	主题分析	人物分析	地点	时间分析
《铁 人》	主题梗概	人物梗概		时空梗概

从这张表可以看出，主题、人物是剧本写作首先要考虑的要素，场景分析中包括时间和地点。编剧会根据作品的具体情况设计相应要素所占的比例。因为《集结号》涉及的时间跨度相对较长，地点变换比较多，所以必须考虑地点和时间的变化。时间又影响事件的发展，影响人物性格的刻画，为此，作家把它作为一个重要因素提出来了。在其他电影剧本《本命年》《菊豆》《白色旋涡》《四十不惑》《秋菊打官司》《画魂》中，也都涉及到剧作家所说的这些要素，只不过不同剧本中各要素的侧重点不同。可见，核心要素是剧本改编中无法绕开的。当然，还有些很重要的环节也必须考虑，如对话，虽然刘恒没有直接凸显在"构思"中，但也是剧作家必须考虑的，必须根据剧本中人物、事件和场景进行设计。这些要素是剧作者在创作剧本之前需要考虑的，对于刘恒来说，语言，特别是人物对话，驾轻就熟，一旦主题、人物等确定下来，对话就自然可以把握了，不需要特别提出。除了剧作家必须充分考虑这些核心要素外，导演在组织演员表演过程中，在尊重编剧的前提下，可

以适当灵活处理某些细节，甚至让演员临场发挥，有些要素如景别、空间、机位、光线、影调等要素则是整个剧组的工作，需要摄影师、灯光师、音响师等统筹协调，根据片子的风格和审美要求决定。这些工作主要在拍摄过程中完成，剧作家在剧本创作时，可以前瞻，但未必面面俱到。

美国著名的文学理论家韦勒克和沃伦在《文学理论》一书中指出，"一部戏剧或小说的情节是由许多结构组成的结构"，而"情节（或称叙述结构）本身又是由较小的叙述结构即插曲和事件组成的"[1]。这就是说构成作品结构的是许多情节，情节又构成了各个章节的具体内容，而情节表述的先后顺序以及显隐状态又构成了事件的线索。这样，小说结构通过章节关系与事件线索展示出来。一般分为如下几个类型：明线暗线交织型的线性型结构，有主线副线互补型结构，有多条线索并列进行结构。这些线索中关联的故事，相应地有主故事单线型发展，有故事套故事型结构，有故事间回顾补叙关系结构。短篇小说通常是单个故事，中长篇小说则有多个故事交织发展。小说故事改编为剧本后，对于故事中的人物和事件有轻重取舍，表现方式也多种多样。那么在结构安排上，剧作家则需要权衡考虑。结构不同，情节不同，文本产生的艺术效果就不同。

和其他电影剧本相比，刘恒的《铁人》有独具匠心的结构。作家采用多线并行结构。除了两条主线外，还有一条辅助性的副线。其中一条主线是叙述铁人粉丝刘思成为代表的新一代年轻人的工作、生活；另一条主线是叙述以王进喜为代表的老一代铁人的工作生活；两条主线交织并行，互相对比，互相映照。辅助性的副线是附录于剧本中的各条注释以及文尾的四节附录。副线主要是对剧本的写作、部分内容以及电影拍摄情况做一些说明和补充，让读者对剧本以及剧作者的写作心理有更充分的了解。为了表述的便利，用下表比较说明。

---

① ［美］勒内·韦勒克、奥斯汀·沃伦：《文学理论》，刘象愚等译，江苏教育出版社，2005 年版，第 254 页。

名称	事件1	事件2	事件3	事件4	事件5
主线1	刘思成、赵一林"第八物理勘探队"进入沙漠。	"车载钻机在烈日下作业",刘思成、赵一林各自的工作、情感状态。	刘思成仰慕铁人。冯主任揭开了他父亲刘文瑞"病退"的真相是当了逃兵。赵一林扔掉馒头浪费粮食。	赵一林误解是刘思成告发他和女友偷情,两人互殴。赵一林离开物探队失踪。刘思成和队友们奋力追赶搜救。	直升机搜救了赵一林、刘思成。片尾刘思成骑着沙漠摩托车高速奔驰,车后坐着女孩吴梦夏。直升机掠过金色胡杨林。
主线2	1960年3月25日王进喜钻井队进入松辽平原。	"石油大会战誓师大会",王进喜提出壮怀激烈的口号,拼死拼活"拿下大油田",井喷中他带头用身体充当搅拌机。	钻井队遭遇大饥荒。铁人王进喜把过年分得的极少的肉食都送给了别人,母亲、妻子和孩子跟着挨饿。	刘文瑞忍受不了饥饿和劳累逃跑了。王进喜软硬办法使尽都没有把他追回来。	郑万堂在钻台作业时意外受伤去世,王进喜伤心地送别了最器重的徒弟。片尾的他骑着摩托车平稳奔驰。后座的人竟然是"现在的刘思成"。
副线1注释	9景:涉及的石油知识都来自一本《钻工培训手册》	24景:此景钻头与上一景钻头衔接,手法虽然陈腐,却是最朴素而有效的蒙太奇。	66景:所有跟铁人家属有关的戏,最终都没有拍摄。……总之,人物少了一个侧面。	72景:写这场戏的时候,忍不住潸然泪下。火车站送别也是老套子,……离别和哭泣是人类永恒的雷同之举,我的设计和泪水便有了充分的理由了。	112景:因为制作周期的限制,剧组赶到胡杨林拍摄时,大部分树叶已经凋零,找不到金色海洋的动人场面了。
副线2附录一至附录四	"时空梗概"中,铁路线从西北到东北,铁路沿线有特色的景观,冬末初春的黄土高原和松辽平原。	"主题梗概"中,王进喜等人在创造物质资源的同时,也在创造巨大的精神资源。	"主题梗概"中,王进喜的人生充分诠释了这一追求幸福的艰难历程,并以这一种近乎完美的自我实现,塑造了属于工人阶级的伟大的精神纪念碑。	"作者附注"中,除了铁人,最关键的人物是刘文瑞。他像一条看不见的线,连接了两个时代,并使剧本中过去时和现在时的二重奏成为一种有效的选择。	附录四"艺术目的":讴歌一个时代的英雄,塑造一个有血有肉的普通人。
结论	剧本的时空跨度大。	英雄创造的精神资源取之不尽。	英雄们在幸福追求路上展示了巨大的人格魅力。	作品结构巧妙。	作品达到了相当高度艺术成就。

文学文本中运用注释体、附录体的作家作品并不少见。阎连科的小说《受活》就大量使用页下脚注，有些脚注甚至就是对一个故事的补充与进一步阐释，比正文的故事还长。这种文体在当时产生了很大影响。附录体则在很多作家的创作中使用。也有的作家用"跋"或"后记"来说明。《马桥词典》就用这种文体结构故事。但是，在剧本中将这三种形式同时使用的十分罕见，不但传统戏剧，就是现代戏剧也很少使用。刘恒吸收了小说、散文、戏剧、文学评论的各种优点，一个人扮演多个角色：有时是故事讲述者，有时是文学评论者，有时又是事件的旁观者，有时又带有导演犀利而刻薄的眼光。当他把各种角色融会一起，兼收并蓄运用于电影剧本，创新效果就显露出来了。这在刘恒以及其他剧作家的剧本中也很罕见。《铁人》因此而呈现与众不同的艺术结构，真正实现了在传承中创新。

剧本中多线交织并行的写作方法，不但串联了今昔两个时代、两代人物，而且串联了两种人品（王进喜与刘文瑞、刘思成与赵一林）、两种生活状态、两种价值观念：幸福观念和审美观念。通过对比，可以看到，铁人们创造的精神财富虽然并不是所有人能够完完全全去做到，去继承，但至少，仍有刘思成这样的年轻人在努力学习，努力传承。刘文瑞、赵一林们虽然有私心，有胆怯行为，但受王进喜、刘思成等人的积极影响，他们也在反思自己。其实，任何一个时代都有英雄站出来，为民族为社会的发展，不计个人得失，不计功名利禄，为着理想去奋斗。

《铁人》剧本的创新结构，为电影的拍摄视角、拍摄方法提供了许多新思路。剧本设计了许多特别的细节。运用镜头、视角将相似／同物、或相似／同场景粘连起来，产生蒙太奇效果。

例如，47景的结尾和48景的开头就是通过"搅拌""旋转"等物象动作勾连今昔两个时代生活状态的。

刘文瑞猛然挣脱，在泥浆中发狂地搅动双臂，……王进喜歉疚地看着他，决定不再打扰，继续有条不紊地充当肉体搅拌器，让泥浆在肢体四周回旋，荡起一层层混浊的涟漪。

衣物伴随着水和泡沫匀速旋转。刘思成贴近大型洗衣机，凝视着圆形的透明视窗，对滚动的衣物视而不见，思绪早就不知道飞到何处去了。[①]

这是两个时代的工作状态和生活状态对比。刘思成的父辈刘文瑞、王进喜们生活在物质严重匮乏的年代，工作条件异常艰苦，关键时刻不得不用自己的身体充当搅拌器，像机器一样工作。人自觉物化为工作机器，心酸中蕴藏着感动，它昭示的就是一种强大的信念、一种克服重重困难的勇气和决心。正是他们艰苦卓绝的劳动为后辈们创造了良好的生活环境，刘思成们才得以过上比较舒适的生活，能用大型洗衣机清洗衣服，有大型沙漠车可以操作。两个画面对比，生动地告诉人们，今人应该如何对待工作和生活。

此外，作家还擅长借用摩托车意象和声音刻画人物、转换场景。摩托车是王进喜的工作车，也是刘思成的工作车。同一工具在两个时代有相同的功能，又暗含着不同的意义。例如，57景结尾和58景、59景开头，通过摩托车意象转换镜头产生不同的艺术效果和思想影响。

刘思成笑眯眯地看着对方的嘴巴，却一句话都听不见，只能听到摩托车在餐厅外面轰鸣不止，声音越来越响亮直至震耳欲聋。

---

① 刘恒：《铁人》，人民文学出版社，2009年版，第51—52页。

　　　　摩托车在风中高速奔驰。王进喜裹着皮大衣，胡子、眉毛和皮帽子结满了冰霜，整个脑袋像个大冰坨子。

　　　　王进喜推着摩托车踏过泥泞的雪地，艰难地保持平衡。①

　　剧本从刘思成的幻听中过渡到六十年代的王进喜。凸显王进喜工作环境的艰苦、个人意志的坚韧。也为后面故事的发展提供一个起承转合的作用。类似镜头在《铁人》剧本中还有很多，不再一一列举。

　　为了使情节衔接更加紧密，剧本多次使用"幻觉"来叙述，调整画面，转换场景。

　　例如，作者在第72景描述王进喜等人追赶逃跑的刘文瑞，送他干粮和馒头，结果被他扔出窗外。

　　　　王进喜和郑万堂僵立在站台边缘，看见干粮袋子从那个窗口飞出来，随后一个馒头又一个馒头飞出来，滚落在灰蒙蒙的雪地里。

　　画面叙述戛然而止，刘文瑞和王进喜们分离后的种种情况在此省略。后面镜头转向刘思成。

　　73　外景　火车站　黄昏　雪后（幻觉）
　　　　这是与上一场完全相同的时间和地点，却有着童话般的景象。厚厚的积雪平坦洁白，纤尘不染，远去的列车驶向白茫茫的地平线。雪地里躺着干粮口袋和那两个馒

————————

① 刘恒：《铁人》，人民文学出版社，2009年版，第66页。

头……镜头摇过去，在站台一根水泥柱子后面，豁然出现了穿着红色工作服的刘思成。他在无声地哭泣，面孔扭曲，泪眼婆娑，茫然地看着那些遗物，看着辽阔而混沌不清的远方。[1]

这一景通过刘思成的幻觉将"完全相同的时间和地点"以及相关人物串联，使人的思绪飞翔、穿越。当年他的父亲当了"逃兵"，拒绝了王进喜的好意挽留和送来的珍贵食品。至于刘文瑞内心真实的情感如何，作家没有追述，也没有揣度。如今，儿子刘思成踏着父辈们开辟的道路，继续新的事业。幻觉使镜头交互叠映，旨在说明刘思成的思绪飞扬，父子两代人所受的王进喜影响。第74景简单描述刘思成的思绪在西北、华北等地飘荡，并不在固定的某点。到第75景，作家通过"回叙"交代"逃兵"刘文瑞晚年在小学的工作场景，第76、77景又简单叙述他离世的情形，将他的人生轨迹勾勒成了一个完整的线路。再通过刘思成的动作来说明父子间的关系和彼此的影响。这样，刘文瑞就很自然地成了串联两个时代、两代人物的纽带。整个故事就有了一个顺畅的连接点和逻辑点，铁人生活就更加富有真实感。

作家在剧本结尾部分多次运用幻觉。如第105、107、110景都标注了"幻觉"，将刘思成与王进喜交织叙述，通过幻化技巧跨越时代局限，突出铁人的巨大影响力，铁人后继有人。作品的艺术境界在此呈现。

"文学的多种价值是潜在地存在于文学结构之中的，只有当读者遇到必要的条件时才能在关照它们时认识它们并实际上评价它们。"[2] 由此可见，要研究文学作品的价值必须研究作品的结构，通

---

① 刘恒：《铁人》，人民文学出版社，2009年版，第85页。
② ［美］勒内·韦勒克、奥斯汀·沃伦：《文学理论》，刘象愚等译，江苏教育出版社，2005年版，第299页。

过结构分析揭示文本的艺术价值和思想价值，进而洞悉作者的内心世界和艺术追求。这对于刘恒的剧本和以此拍摄的影视作品而言，同样有效。

三、形象塑造艺术

人物的性格塑造以及事件的发展进程是最能彰显作品艺术性的指标。刘恒很多作品的名称直接用人物命名，《菊豆》《秋菊打官司》《画魂》《张思德》《铁人》《少年天子》《贫嘴张大民的幸福生活》等作品均如是。显然，以人物命名的作品是为了突出人物的重要性，或者突出主要人物。人物离不开事件，即使以事件命名的作品，如《本命年》《白色旋涡》《四十不惑》《集结号》，最终也都是围绕人物展开，是为丰富人物性格而设计的。从这个角度看，人物是剧本的灵魂。

剧本中的人物一般根据他在剧中的地位决定出场顺序、出镜频率。特别是人物众多的剧本，出场方式很讲究技巧。"先闻其声不见其人"的王熙凤式出场至今仍是经典，被广泛沿用。不过，刘恒常常有出人意料的方法，让读者／观众产生惊奇效果。

比较以下几个剧本中第一个开场的镜头／画面：

例1：《集结号》

　　1 内景　坑道　夜

　　漆黑一团。什么也看不见，只能听到人的呼吸声以及人身体和土壁的摩擦声。镜头缓缓往深处移动，依稀传来铁器撞击泥土的声音。前方拐弯处马灯微光闪烁。一个戴军帽光脊梁的人拖拽着一大筐黄土，像窑工一样匍匐着身子爬过来。

例2：《张思德》

1 特写：

渐显。尚未完全炭化的木头，纹理像起伏的山峦。

打出字幕：谨以此片献给平凡而光荣的父辈。

短暂的寂静之后，手风琴奏出激昂的乐曲。

2 外景　土塬　日／黄昏

在木头的纹理上显现起伏连绵的黄土高原。沟壑纵横，山峦如海。

女声合唱：红日照遍了东方，自由之神在纵情欢唱……

镜头停在一道寸草不生的土梁上。脚步声和喘息声稍稍掩住了歌声。一个八路军战士的身影从土梁后面缓缓升起。我们逐渐看清了他汗水淋漓的脸。他踢着两脚烟尘登上了土梁。

例3：《铁人》

1 外景　沙漠　日

茫茫沙海空无一物，神秘的气旋时隐时现，传来大功率引擎的轰鸣声。一辆白色的沙漠运输车从金色的波浪后面升上来，沿着起伏不定的沙丘缓慢前行，巨大的车轮卷起滚滚黄沙——浮出音乐和片头字幕。

例4：《少年天子》第一集

1 外景　紫禁城侧宫　日

蒙着黄缎子的神秘托盘缓缓移动。脚步声轻快而急促。太监吴良辅（三十岁左右）清俊的脸上挂着汗珠，像端着一碗水一样端着托盘。他走下宫台侧阶，穿回廊，再下台阶，横穿空旷的院子。

烈日当空。传来隐隐约约的蝉鸣。

吴良辅小小的身影像一只蠕动的虫子。他向宫门口走来。

比较这四个剧本的开头在艺术上的表达方法。

剧本名称	场景	景别	空间	光线	人物	声音	事件
《集结号》	内景	近景	狭窄的坑道	漆黑微光闪烁	戴军帽的人	人的呼吸声 身体和土壁的摩擦声 铁器撞击泥土声	坑道内挖土
《张思德》	外景	特写	广阔的黄土高原	黄昏	八路军战士	琴声 歌声	烧炭
《铁人》	外景	远景	辽阔的沙漠	白天	石油工人	汽车引擎的轰鸣声	沙漠运输车
《少年天子》	外景	近景	紫禁城	白天	太监吴良辅	脚步轻快而急促	端着神秘托盘

从每部剧本第一景第一个镜头的文字叙述可以看到，刘恒用简短精练的语言表达了剧本的核心要素。根据主题、人物和事件的要求，设计不同的场景、光线、声音和人物神态。《集结号》从一个狭窄的画面和微弱的声音开始，最先出现的是一个普通战士。这里是战火纷飞的战场，环境也是极端艰苦。艰苦的环境烘托出主人公谷子地作为普通战士的形象。《铁人》从宏大的画面和强大的噪音开始，再到车辆和两个次要人物赵一林、刘思成。渲染环境的艰苦和险恶，为铁人的出场做好环境准备。《张思德》用特写镜头表现木炭，木炭是日常生活中的平常事物，它的出现，意味着人物命运一定与木炭有关，为情节的发展埋下伏笔。《少年天子》从太监所端托盘内的神秘物开始，制造悬念，紧紧抓住读者／观众的目光，

期待故事的发展。

从这几个开场画面可以看到，环境是烘托人物、刻画性格的重要手段，也是人物成长必不可少的要素。人们常说"万事开头难"，剧本的开头常常会让剧作家煞费苦心，寻找灵感。在《铁人》自序里，刘恒表达了自己寻找灵感的过程：

> 在大庆辗转采访，几位老人性格迥异，谈到铁人却无一例外地哽咽了。我尊重他们，也尊重铁人，内心却找不到相似的感觉。开笔之后，还是没有感觉，心情颇为沮丧。记不清哪一天了，在黄昏懒洋洋地看碟，是一部手法朴素的纪录片，里边有铁人和他的井队。铁人脏脏的，瘦瘦的，眼珠子显得特别大。正在不停地拉动一根绳索，同时不停地往身后看——他在看什么呢？我刚这么一琢磨，鼻子突然一酸，眼泪呼一下就冒了出来。我静静地躺到床上，觉得非常踏实，非常幸福，我确认自己终于找到那种奇妙的感觉了。①

作家这段真情描述告诉我们，确定剧本的主题、写好剧本的开头有多么艰难，又多么重要！人们常说，"好的开头是成功的一半"。良好的开头不但奠定了作品的思想基调，也奠定了影视作品的影调，为人物性格的成长和命运结局做出了良好铺垫。

动笔写《张思德》时，记者问刘恒"最困难的地方是什么"，他回答说，"最困难的地方是掌握的资料太少，所有的东西都要靠虚构来完成，虚构的量非常之大。……虚构一个谁都不知道的人物，你有极大的自由，这个人很多人都知道，而且是有定评的，虚构他的时候就有一种一寸一寸向前挪的感觉，非常疲劳，非常痛

---

① 刘恒：《铁人·自序》，人民文学出版社，2009年版，第2页。

苦"①。尽管如此，刘恒还是没有放弃，他对张思德的理解和认知，除了自己当兵的经历外，父亲形象给他以很大的启迪和灵感。"我对张思德不排斥，因为我父亲就是这样的人。"②张思德的很多感人细节都来源于他对父亲的观察和理解，来源于日常生活中具体的张思德。所以，整个影片看起来非常丰满，鲜活，有血有肉。这就说明，塑造人物时，如果资料不够，蓝本不足，就靠自己的生活积累，靠自己对生活的感知与理解。丰厚的生活累积为刘恒创作提供了充足的资源。当然，作家的艺术功底来源于他长期的磨砺与创造。

相对于电影剧本的故事较简单、结构较单纯来说，多集电视剧剧本的结构要繁复得多，人物性格也要复杂得多，命运结局就更加跌宕起伏。

剧本《少年天子》结构宏大，事件烦琐，人物众多，关系复杂。但这一切都要围绕核心人物——顺治皇帝福临去展开。虽贵为天子，他的婚姻却不能自己做主，必须听任安排。这就注定了他的悲剧婚姻和悲剧命运。其间，福临有选择，有反抗，也有阶段性的胜利，但是人心不可测，天公也不作美，他和爱妃乌云珠生的儿子染病而死，不久乌云珠也离他而去，三角结构的家庭生活遭到破坏。他向往的幸福生活只维持了短暂几年。再加上皇太后的强势，顺治无法摆脱母亲的控制，孤独的心灵无以寄托。爱情化为幻影，出家信佛也被集体阻拦。"悲辛无尽"的生活，让他领悟到山水间的妙趣，然而，他无福消受。他的身份、他的家庭、他的国家、他的祖宗都不会允许他随心所欲，这就导致了他对一切的绝望。哀莫大于心死，心灵一旦崩溃，精神就随之垮掉。他无奈地选择母亲为他安排的道路——自己喝毒药死掉，让出皇位给儿子玄烨继承，剧本的故事达到高潮。福临的悲剧命运通过各种大小事件的发生而展

---

① 刘恒：《张思德》，同心出版社，2004 年版，第 106 页。
② 刘恒：《张思德》，同心出版社，2004 年版，第 104 页。

示，结尾的悲剧性达到无以复加的程度。历史就是用如此偶然、无奈甚至荒诞的各种事件写成，在各种事件的不断连缀中完成对事件主角的形象塑造。

四、人物对话艺术

"剧本是一种侧重以人物台词为手段、集中反映矛盾冲突的文学体裁。"[①]这句话特别强调了"台词"在剧本中的地位，而"台词"又多以对话、独白的形式展开。无论戏剧剧本，还是影视剧本，以人物对话为手段展示的"台词"是剧本构成的重要元素。结构复杂的剧本，各环节设计中，除了线索清楚，人物清晰外，最能显示作者才智的就是人物自身对话的设计。这需要作家心中有一个宏大的蓝图，做到什么人说什么话，什么山唱什么歌。因为剧本要拍摄成影视剧，剧中内容都要通过画面、声音和各种动作呈现给观众，即无声的文字要通过导演的安排、演员的表演后以动态的画面播放出来。流动的画面留给观众的思考时间很短，不像文字可以久久停留于某处反复咀嚼回味。这就要求画面设计要精彩、富有吸引力，能紧紧抓住观众眼球，直到整部作品或者某个完整的单元结束，观众才有时间慢慢回味。

在瞬息即逝的展现过程中，语言所代表的声音冲击力非常强大。人物的思想、性格、说话目的等都通过他的声音呈现出来。有时，荧屏也会出现短暂的无声画面，这种情况一方面可能是某种特殊需要，另一方面可能是产生无声胜有声的作用。声音，特别是人物对话所发出的声音，必须简短精练，清晰而又旨意明确。人物间的对话（有时是独白）必须符合话语情景，符合人物心理，符合生活逻辑和事件逻辑。一部电影的总体时间通常在六十至九十分钟，偶尔有一百二十分钟的，这个时段中，人物对话的次数和频率相对

[①] 童庆炳：《文学理论教程》，高等教育出版社，2004年第3版，第200页。

较低，但对话内容要求很高。电视剧因为篇幅很长，人物对话的次数和频率相对较高。但是，当它以相对独立的单元（集）播放时，对话内容也不能马虎，而且有些重要人物多次出场，在不同场合、不同语境、不同对象中的对话也就不同。所以，不论是电影还是电视剧，对话设计最能体现作者的语言才能。

刘恒写电影剧本《张思德》时，根据调查了解到的情况，认为张思德是一个"言语不多"的人，"他知道不善言辞是自己的弱点，每每想改变这种状况，却往往因多言而失言，生出令人意外的幽默感"[①]。前半部分的张思德的确不善言辞，多个同事都认为他不爱说话。刘秉钟在孩子们面前讲张思德"不说话，光知道自己傻干"，其他同事也有多次相似的表达。但是，毛泽东却有独特的看法。请看作者叙述张思德第一次与毛泽东对话的情景（毛泽东知道了戏台上甘当人梯、抢修灯光的张思德，也很赏识他编织的草鞋）：

> 毛泽东：你叫张……张……
>
> 张思德嘴笨，老是慢半拍。
>
> 班长：他叫张思德！
>
> 毛泽东：哪个思呀？司令的司？
>
> 小白（抢话）：思想的思！
>
> 毛泽东：哪个德呢？
>
> 大李（不甘落后）：道德的德！
>
> ……
>
> 毛泽东：好啊，有思想，有道德……就是没有嘴巴，话都请别的同志说啦[②]。

---

① 刘恒：《张思德》，《〈张思德〉——电影构思概要》，同心出版社，2004 年版，第 90 页。

② 刘恒：《张思德》，同心出版社，2004 年版，第 7 页。

这里通过班长、小白、大李等人急不可耐的性格，反衬出张思德的沉静稳重。他不喜欢出风头，也不爱表现自己，愿意用实际行动默默地做着各种工作。正是这种实干态度，引起了善于观察的毛泽东的关注。他幽默、友好地和人们交流，及时发现他们身上的闪光点，并循循善诱。这就是领袖的高明所在，也为后文张思德的过早牺牲、毛泽东为之写文章做了良好的铺垫。

张思德第二次和毛泽东对话，情境发生了变化。他在领袖们简短办事的间歇中，提水回车的路上遇到毛泽东，两人有段对话。

毛泽东：张思德。

张思德（气喘吁吁）：有！

毛泽东：先给我加加水。

毛泽东让班长替他拿着烟卷，在水桶跟前蹲下来，抬眼看看张思德。

毛泽东：取水的时候为什么不把脸巴子洗洗？

张思德：……

毛泽东：你到了359旅不用吃饭了，吃土也吃饱了。

张思德：……

毛泽东就着水嘴儿喝水，没喝够，停下来喘口气。

毛泽东：待会儿到车里挤一挤，别在后边儿站着了……你怎么不说话？

班长（轻声埋怨）：张思德！

张思德：……后边舒服。

毛泽东：舒服？

张思德：比里边儿透气。

毛泽东：好啊，等我加足了水，我们两个换一换。[1]

---

[1] 刘恒：《张思德》，同心出版社，2004年版，第15—16页。下面的对话引文出处同此。

这段对话中，张思德有三次没及时答话。这很符合他的性格，也符合当时的情景。一是他在很短时间往返奔跑着提了大桶水，尚在喘息中。二是面对毛泽东带着爱怜的关怀，不知如何表达。三是为自己站立车尾保护领袖安全而遭受风沙的行为，一时找不到合适的借口。特别是面对上级的询问，要他敏捷地回答确实不容易，所以就显得嘴笨。尽管如此，毛泽东对他做事的机敏、勤勉十分肯定，关心地提出来要他坐到车子里面。听到张思德的回答，知道另有隐情，毛泽东也做出了感人的举动。他把自己的手绢递给张思德。

毛泽东：擦一擦。（指着自己的嘴示范）这几个地方……好好擦擦。

毛泽东转身继续往坡下走，众人跟上去。

小白：……他嘴笨是出了名的，三脚踹不出屁来。

任弼时：那就多踹几脚嘛。

张思德拎着水桶往上走。

大李（画外音）：大伙儿天天踹他。

毛泽东（画外音）：哪天我来踹他一脚试试。

小白、大李等人并没有深入理解张思德，没有意识到他不愿张扬自己的默默奉献，以为他就是嘴笨，说不出来，反而常常取笑他。作为领袖的毛泽东洞察到了张思德的特别之处，很欣赏他的优秀品格。对于他的寡言，总是循循善诱。

在毛泽东的引导和鼓励下，张思德不但开口讲话，而且会讲出很多令人信服的道理。有三件事特别感人。

其一是他和毛泽东互相总结对方的优缺点，毛泽东说："你这个同志最大的缺点嘛……就是做事不吭声。"又说，"你最大的优点，还是做事不吭声！（笑）改不改，你自己决定吧……"①毛泽东的亲切友善鼓舞了张思德，慢慢地，他和主席的关系越来越融洽，也大胆为主席总结了优缺点："主席最大的缺点，就是别人睡觉了你不睡觉。"然后心疼地劝他去休息。毛泽东很赞同张思德的总结，也把这个当作自己的优点，更加忘我地工作。这里可以看到主席和部属之间的亲密关系。当然，张思德也在不断进步。

其二是张思德得知刘秉钟犯错后，趁过年时主动去看望他并积极做思想工作，让刘秉钟十分感动。

> 刘秉钟：思德，就剩你还想着我……咱不值当你这样了。
>
> 张思德：你死不了。有种你就爬起来！
>
> 刘秉钟低着头抑制不住地啜泣起来。②

张思德挽救了刘秉钟，还让他与女友都有了理想的结局。这就体现出他对战友的关心和帮助。

其三是小白在烧炭过程中没有严格按张思德提出的规程操作，导致炭窑出了问题。他不接受张思德的批评，独自离开烧炭队伍去前线。张思德追上他做工作。

> 张思德：站住……你上哪儿？
>
> 小白：上前线。
>
> 张思德愣了一下。小白又要往前挪。
>
> 张思德：你现在是逃兵！我不许你往前多走一步！
>
> 小白绝望了。

---

① 刘恒：《张思德》，同心出版社，2004 年版，第 36 页。下一条引文在第 42 页。

② 刘恒：《张思德》，同心出版社，2004 年版，第 45 页。紧接后面的两段引文分别在第 75、77 页。

小白：张思德！

张思德：跟我回去！

小白：老张，求求你，你就放我走吧！

白子秀一屁股坐在地上，孩子一样哭起来了。张思德不动，用衣襟擦着脸上的汗水，逼视着对方。

关键时刻，张思德并不含糊，也不嘴笨。他严格要求自己，也容不得小白的错误思想和马虎行为。追回白子秀后，张思德在众人面前把责任揽到自己身上，进一步给大家讲授雨天烧炭应该注意的事项。

张思德：你们知道不知道，下雨的时候，炭窑最怕啥？

没有人回答。

张思德：最怕渗水。好好记着。党员跟我到窑上去，其他人……熄灯睡觉。

事事替他人着想，团结了同志，也调动了小白的工作积极性。至此，张思德的语言表达能力实现了一个质的飞跃。他言行合一，不再是"嘴笨"的"傻干"者，不但能做，也能说。遗憾的是，在帮助小白建新窑的过程中，由于炭窑崩塌，张思德不幸牺牲。

作家刻画张思德形象，没有过多的议论和描写，通过他与毛泽东、与战友在不同场合的对话，将一个不善言辞的普通战士的点滴进步用具体而鲜活的事例展现出来，真正做到人如其言，言如其行。这些对话也可以看到刘恒对人物理解的透彻，以及他高超的语言驾驭能力。

如果说《张思德》是电影剧本对话的代表作，那么《少年天子》则是巨幅电视剧本中经典对话的代表。

电视剧涉及人物多，场景复杂，要把每个人物的语言都组织好，恰如其分地表达出来，难度相当高。刘恒突破了对话"难写"的魔咒，各类人物对话设计得非常出色。文本中，太监吴良辅、天子顺治、太后孝庄、苏麻喇姑、太妃、董鄂妃、玄烨等人物的对话十分精辟。不同场景中每个人的心思揣摩得十分到位，恰如其分地显露出人物的性格、情感，精神状态和说话目的：或机智，或伶俐，或霸道，或柔美，或阿谀，或宽厚。

请看《少年天子》第一集第3景中那段集体对话：

　　太后：……不怕你们笑话，我侄女比我可强多了。我从科尔沁的大草甸子里爬出来，嫁给咱们皇太极……（自知口误）嫁给太宗先帝那时候，我会什么呀？除了能在马背上颠簸着跑路，我什么都不会！

　　太妃：瞧太后说的。您要什么都不会，我们搁哪儿啊？

　　太后：太妃不信？郑亲王，您也不信？

　　郑亲王含笑不语。

　　太后：你呢，索尼，你信不信？

　　索尼彬彬有礼，一本正经。

　　索尼：太后聪颖过人，万事皆通。自言不会，不是谦语，也是笑谈。

　　太后：你们都不信？问苏麻喇姑。她一直跟着我，她知道……（对苏麻喇姑）快告诉他们，你不告诉他们，他们哪儿知道我有多笨！

　　苏麻喇姑：索大人说得好，太后万事皆通，什么都会……（认真）在科尔沁的时候，太后还会自己给马蹄子钉掌儿呢！

　　众笑。

　　太后：哎哟我的苏麻喇姑，你是夸我呢还是寒碜我呢?(对龙靴爱不释手)瞧这女红,汉人的巧手丫头们也不过如此了。瞧瞧,瞧瞧!

太妃:您摸吧,您再摸,那条龙可活了。

太后:活了?活了,它能跑哪儿去?

太妃:扎您怀里卧着去!

太后:那哪儿是龙啊,成猫了!

众笑。

……(3页)

太后:吴良辅,给皇上拿过去。哄他穿上试试,大了不碍事,小了可就麻烦。大婚那天要蹬个小鞋儿,他这一辈子都得硌得慌!

太妃:穿着不合适,找嬷嬷们给揎揎。去吧。

吴良辅:嗻。

吴良辅哈着腰倒着向外走。传来念经一样的声音。

索尼:……马十匹,玲珑鞍十副,甲胄盔十副,缎百匹,布百匹……[1]

这一长段对话先后出场了六个人,除吴良辅之外,其他人都是第一次出场。作家通过对话展示他们的地位、性格、智商和情商,以及办事能力和处世周旋能力。每个人说话的语气和情态都不一样。太后是核心人物,性格非常强势。她挑起话题,转换话题,统摄气氛,其他人都根据她的意思表达自己。太妃柔中有刚,惧怕太后但又不能得罪她,酸气中含有几分机智,关键时刻会打圆场。郑亲王是辅政叔王,非常理性,面对强势的皇嫂,不敢得罪,还要维护她在众人前的面子,不好说什么,只能含笑不语,表现得有礼有节。索尼是大臣,面对掌握实际话语权的太后,不能不表达自己,有逢迎之意,还要展示自己的办事能力。苏麻喇姑是贴身侍女,熟

---

[1] 刘恒:《少年天子》,作家出版社,2003 年版,第 3—4 页。

知太后，也不能不说。但是她很聪慧，用小事巧妙地夸奖太后的能干，迎合了太后心意，也打破了尴尬，活跃了气氛。太监吴良辅是奴才，在太后面前唯命是从。这里，所有人都绕着太后转，都根据她的脸色和语意表达自己。面对众人，太后既要利用他们，又要在他们面前显示自己的能耐、维护自己的地位，还要传达自己的旨意，借此巩固自己的声望。所以，她说话极有分寸，话里含话，言外有意，笑谈中不失威严，智慧中深藏机巧。从他们的对话中也看出，为皇上大婚所做的精心准备，节俭中蕴含奢华，细节中显露大气。那双被众人夸赞不已的龙靴，埋下了伏笔，引发了皇上试靴的流血事件，预兆了他"一辈子都硌得慌"的不幸婚姻。

"文学是一种语言艺术，是话语蕴藉中的审美意识形态"，而话语蕴藉的典范形态是"含蓄和含混"。含蓄是"小"中蓄"大"，含混追求"一"中生"多"[①]。文学文本中如果作家表述的话语达到了这两种境界，就意味着文本产生了理想的审美效果。人物对话是文学话语的一种直接呈现方式。从上述文本人物的对话分析中可以看到剧作家刘恒在对话设计上的高超技巧。毛泽东和张思德的对话侧重于含蓄，孝庄太后和众人的对话则是既含蓄又含混。毛泽东和孝庄太后都属于领导型人物，因为生活的时代不同，代表的立场不同，说话动机和目的不同，话语表达方式和表达风格也截然不同。毛泽东的话语质朴、亲切，幽默风趣中不失启迪；孝庄太后的话谨慎富有心计，谈笑中蕴藏着威严和机警。张思德是下属，他很坦率，能和领袖平等对话，真实地表达自己的思想，即便是笨嘴，只要做事对人民有益，也能得到领袖的夸赞。索尼、苏麻喇姑等人也是下属，但由于封建等级思想和特权思想的影响，他们说话处处小心，即使是伶牙俐齿，也总是慎言少说。对话不但体现了人物个性，表达了作品思想，也反映了复杂的社会关系。

"剧本（悲剧和喜剧）是最难运用的一种形式。其所以难，是

---

① 童庆炳：《文学理论教程》，高等教育出版社，2004年版，第76、75、74页。

因为剧本要求每个剧中人物用自己的语言和行动来表现自己的特征，而不用作者提示。"① 刘恒剧本之所以能获得成功，就在他敢于挑战这种"难"，运用扎实的阅读功底和深厚的小说语言功力去克服这种"难"。"难"一旦被攻克，人物对话就能充分彰显文学语言的张力和美感，人物形象就是独特的"这一个"。由此，整部剧本就会产生情境逼真的艺术效果。

第二节　从小说到剧本的改编艺术

从小说到剧本，是指文学类型或者文学体裁之间的关系。关于文学类型，中外文学理论家们有不同的划分标准。韦勒克、沃伦著的《文学理论》中专门设有一章"文学的类型"，在对西方理论家们的观点进行了梳理和评判之后，提出"文学类型应视为一种对文学作品的分类编组"②，编组依据有"外在形式"和"内在形式"两种，时间上则分古典理论和现代理论两种。不同时代不同的理论家们那里有不同的划分，其中，诗、戏剧和小说一直是公认的三种最基本的文学类型，其他类型是在此基础上发展而来。在我国，对于这种文学类型的划分，用"体裁"来指称。童庆炳主编的《文学理论教程》中认为，"由文学作品话语系统的不同结构形式所决定，文学作品形成诗、小说、剧本、散文和报告文学等基本体裁"③。可见，诗、剧本和小说是古今中外理论家们都认同的类型。在我国，散文非常发达，所以被列为四大重要的文学体裁/类型之一。不过，在上述理论家们的观点中，剧本又是指在舞台进行表演的戏剧剧本

① 高尔基：《论剧本》，《文学论文选》，人民文学出版社，1958年版，第57页。转引自童庆炳《文学理论教程》，高等教育出版社，2004年版，第201页。

② ［美］勒内·韦勒克、奥斯汀·沃伦：《文学理论》，刘象愚等译，江苏教育出版社，2005年版，第274页。

③ 童庆炳：《文学理论教程》，高等教育出版社，2004年版，第197页。

（包括悲剧、喜剧、正剧等）。

随着现代科学技术的发展和人们审美观念的变化，戏剧表演逐渐衰落，电影、电视等新型娱乐蓬勃生长。相应地，戏剧剧本的写作逐渐衰落，电影剧本、电视剧本的写作大肆兴盛。新兴媒体的发达，相应地促成了电影剧本和电视剧本等新型文学体裁的诞生。从需要表演空间、表演道具、演员表演这个要素看，电影、电视和戏曲表演是相同的。只是戏曲表演是演员和观众同时进行，现场感十分鲜明。电影、电视则通过拍摄、剪接等手段把演员的表演录制下来再通过相应的传播媒介播放。从这个角度而言，影视剧剧本与戏剧剧本有很多相似处，即作为普通阅读和作为表演脚本的阅读。由于舞台要求、表演手段、表演程式、表演时长、表演结果、表演风格以及传播媒介等方面的巨大差异，影视剧剧本在结构、编排方式、用语表达等方面与戏剧有很大不同。随着影视行业的不断发展，从二十世纪八十年代开始，影视剧本的写作已自成体系（电影剧本的写作更早），而且形成了不同于以往其他任何文学体裁的独立写作模式。相比于传统四大体裁，影视剧本业已成为第五大文学体裁。遗憾的是，我们当下的文学理论教材、文学史教材和文学作品教材，很少见关于影视剧剧本的知识和作品[①]。

事实上，为了适应影视剧的发展，影视文学剧本作为一种新兴媒体脚本，已有十分成熟的规则，也有许多成功的案例。如果从源头寻找，影视剧剧本渊源于传统的话本和戏剧。不但有情文并茂的优美台词，还有许多为舞台表演需要而附加的内容，如科、白、布景、道具等说明。戏剧剧本不但是戏剧表演者不可或缺的脚本，也可以供其他读者阅读，因而是重要的文学体裁。古代有很经典的剧作家，如关汉卿（元）、王实甫（元）、马致远（元）、汤显祖

---

① 除了特别的说明，本书中提到的剧本均指影视剧本。但是在现行的颇有影响的高校文学理论教材、当代文学史教材以及当代文学作品选教材中，很少谈及影视剧，也很少甚至没有选录影视剧剧本。

（明）、孔尚任（清）等，现代文学史上涌现的诸多戏剧家如田汉、丁西林、陈白尘、曹禺、老舍、李健吾、吴祖光等，都创作了非常经典的剧本。新时期以来，中国的戏剧发展颇有实绩，文坛涌现了大批优秀的编剧，他们的剧本被成功地演绎为电影、电视剧。其中，既有小说创作又从事编剧工作的有陆柱国、都梁、陆天明、王朔、刘震云、霍达、刘恒等。

影视剧剧本既可以独立创作，也可以根据其他文学体裁改编。被改编的作品大多来源于小说，可见小说与剧本之间有许多共同之处。由于表达方式不同，两者又存在不少差异，因而呈现不同的美学风貌。刘恒的小说和剧本具有与众不同的风格，由此奠定了他在当代文学史上的地位。下面，以刘恒改编的剧本为案例，通过主题选择、人物塑造、叙事表达、传播媒介等方面，对小说改编与剧本叙事艺术做一番比较研究。

一、标题和主题不尽相同，各有侧重

无论小说还是剧本，标题是眼睛，是窗户，是灵魂，是作品能否获得成功的关键因素。好的标题能使作品成功一半。创作中，由于主旨和主题不同，使用的标题也不同。刘恒改编的影视剧中，很多标题与原作标题不尽相同，所要突出的对象也不同。

序号	原作名称	突出对象	剧本最初名称和定稿名称	影视名称	突出对象
1	刘恒小说《黑的雪》	事物	《黑的雪》	电影《本命年》	时段
2	刘恒小说《伏羲伏羲》	神话隐喻的关系	《黑暗中的呻吟》《菊豆》	电影《菊豆》	人物
3	刘恒小说《白涡》	事物	《白色旋涡》		色彩
4	刘恒小说《贫嘴张大民的幸福生活》	人物事件	《贫嘴张大民的幸福生活》	电视剧《贫嘴张大民的幸福生活》	人物、事件

5	陈源斌小说《万家诉讼》	人物弱化、事件强化	《秋菊的故事》《秋菊打官司》	电影名《秋菊打官司》	人物、事件均被强化
6	杨金远小说《官司》	事物关系	《集结号》	电影《集结号》	军事信号
7	张克辉剧本《寻找》	事件过程		电影《云水谣》	事件
8	石楠小说《画魂》	人物	《画魂》	电影《画魂》	人物
9	凌力小说《少年天子》	人物	《少年天子》	电视剧《少年天子》	人物

这个表格告诉我们，从小说到剧本，再到电影，多数作品（剧本或是电影）标题发生了变化，有的标题变长了，有的标题缩短了。相应地，文本突出的对象也发生了变化。原作中表达关系或过程的抽象物在剧本中均通过比较具象的事物、人物或者其他更能引起感官刺激的事物加以凸显，如果说原作标题富有意境或者想象力，那么剧本标题则更富有冲击力，增强了悬念。

标题变化了，原作主题和剧本主题表达上也有很大差异。下面的案例分析可见一斑。

小说《官司》对于战场的描写十分简略，作者只是简单交代了几句。文本重心集中在谷子地找团长遭遇的种种过程。用"官司"作为标题，并非为了某种利益举起法律大旗。主人公计划要打的官司是因为一句军事诺言没有兑现而讨要说法，很显然这是一场口水官司，或者说是一项荣誉官司和情感官司。剧本使用《集结号》作为标题，突出的是一个军事信号。这个信号涉及一场战事几十个人，甚至成千上万人的生命。在几十个人为了大多数人付出牺牲后，唯一的幸存者为了这个信号标志的某种意义，终其一生都在寻找它造成影响的原因。所以，剧本从战场开始描写。前面大半部分篇幅都是在描写战场，描写战场上的人物和战况。

比较两种体裁的开头和结尾部分，也可以看出作者在叙述方式上的异同。

小说《官司》：

老谷是在傍晚前才接到任务的。

团长让一连长老谷带领一连火速赶往阵地去完成一项
阻击任务，以便让大部队安全转移。

团长明确告诉老谷，整个转移工作最多在午夜前就可
结束，那时，团长会让号手吹号，老谷只要听到号声，就
可带领一连突围了。

可是老谷和一连的士兵们始终没有听到团长让他们突
围的号声。

……

老谷一直想要弄明白团长的号为什么始终没有响。

……

老谷发誓一定要找到团长，哪怕走遍天涯海角，也要
把团长找到。

老谷就这样踏上了寻找部队的漫漫旅程。[①]

小说在第一部分就将故事发生的原因和目的交代得非常清楚。
后面就是叙述老谷如何寻找以及寻找的结果了。最后，老谷得知团
长当年说的是一个谎言，团长自己已在另一次战役中牺牲。老谷只
看到了他的坟墓。在文本结尾部分，作者借营长的口发出评价和
感叹。

也许，在一场伟大的战争面前，任何事情都已显得微
不足道，更何况谁对谁错。

其实，也很难说到底谁对谁错，也无所谓谁对谁错。

---

① 杨金远：《官司》，湖南文艺出版社，2007 年版，第 1—2 页。

老谷在心里想着。

……

营长把老谷的这一生简单地用"太认真"三个字全部概括了。

营长说，老谷本来是可以做许多大事情的，没想却一直在那件事上绕来绕去跳不出来。

营长说，说来说去就是老谷太认真了，其实世间许多事情本来就没法认真的。

营长说着，心里很替老谷惋惜。[①]

与小说相比较，剧本的开头和结尾就完全不一样。

1 内景　坑道　夜

漆黑一团。什么也看不见，只能听到人的呼吸声以及身体和土壁的摩擦声。……

战士的脸上布满尘土和汗水，精疲力竭地喘息着，从画外捏了一个蒸饺子塞到嘴里。镜头继续往深处移动。

……

画外音：老谷！你歇歇，尝两个蒸饺儿！

"机器"缓慢地停下来，徐徐转过身子。谷子地（33岁）劳累过度，脏兮兮的脸在马灯的照射下有些变形，目光呆板恍惚。焦大鹏（30岁）夺下镐头，把一只大海碗伸过去。[②]

剧本第 1 景描写前线，通过虚构想象战士们挖掘战壕、吃饺子的场景。借助灯光、背景、声音以及人物动作描写战争的残酷无

---

① 杨金远：《官司》，湖南文艺出版社，2007 年版，第 15 页。
② 刘恒：《集结号》，人民文学出版社，2007 年版，第 1—2 页。

情，一群不服输、不怕苦、不畏死的群像呈现在画面中。这样的开篇能迅速吸引眼球。接下去的第2景简单描述战况的艰苦、谷子地等人的机警，及其坚韧不拔的精神。到第3景时，画面打上字幕："1948年秋天　华东腹地"，这就交代了战争发生的时间、地点，以及交战双方的身份。在如此艰苦的环境中坚持打仗，且抱有乐观心理的人，无疑是解放军。

剧本的结尾部分从烈士陵园写到谷子地的晚年生活。和小说相比，这部分全部由剧作者进一步虚构。烈士陵园部分，刘恒虚构了张政委等人给烈士们授予奖章和鲜花的情节。片尾则简要描述了谷子地的晚年生活。

> 谷子地在汶河县荣誉军人疗养院定居，并与该县一位女护士结为伉俪，育有一儿一女。女儿在县城教书。儿子在海军服役。老两口夫妻恩爱，儿孙孝敬，友朋亲善，晚年生活相当幸福——短暂的停顿之后，响起清脆的集结号并奏出欢快的军队进行曲，片尾字幕随即奔涌而上。(剧终)[①]

剧本写于2006年，小说比剧本早一年多。通过小说与剧本各自开头和结尾的叙述比较，可以得出以下结论：杨金远小说对战事采用略写，作者在结尾借营长之口对谷子地进行评价，有无可奈何之感。小说要突出的主题是：战争无疑会有牺牲，幸存者不要纠结于过去，把精力投入到当下的新生活会更有意义，更有价值。

刘恒剧本对小说有颠覆性的改写。剧本对战事有大篇幅的详细叙述，结尾是积极向上的大团圆结局。剧本要突出的主题是：战争会造成伤亡，但应当尽量减少不必要的伤亡。为国家大义和民族利益而付出牺牲，是军人应尽的职责。但军人付出的鲜血和生命，不

---

① 刘恒：《集结号》，人民文学出版社，2007年版，第138页。

应该是廉价的。正义战争中的牺牲者和幸存者，都需要得到应有的尊重，他们的尊严和人格不容被草率对待或随意损伤。谷子地奋力寻找的就是人的尊严，无论是因战争而牺牲的还是从战争中活下来的人们的尊严。他历尽千难万险，最终寻找到了，为自己，也为牺牲的战友们。民族国家的认同，就是对牺牲的价值和活着的价值的共同尊重。尊重是一种心灵慰藉，一种精神鼓舞，一种社会风尚。虽然某些时候由于信息不畅，造成误会或误解，但总有一天会得到澄清，因为人民不会忘记，国家不会忘记——为国家、为民族解放事业奉献热血乃至生命的人。至此，剧本主题得到了升华。剧本的结局体现了好人好报观念，更符合观众的审美期待。

除了升华主题外，剧本中人物的悲剧性格也得到大力渲染，命运的抗争性被更加突出。由小说改编的影视剧，作家在消化原作后，通常对原来的人物和情节有新的理解，会给予新的诠释。这样，剧本的情节安排和顺序结构就会发生较大变化。无论是作家改编自己原创的小说，还是改编他人的小说，都会出现类似的情况。当然，这也是基于影视剧本和小说文本在体裁要求和表达方式等方面的差异而产生。

在人物命运的展示方面，刘恒剧本多采用悲剧性结尾，影视画面能将这种悲剧推向高潮。

"《张思德》结尾塌窑，《云水谣》结尾雪崩，《铁人》结尾沙尘暴，……如果在内容方面与表达牺牲精神有关，在技巧方面与推动影片高潮有关，还有什么比展现一场灾难更合适的呢？"[①] 刘恒在《铁人》写作中如此注解。其实，主人公类似的悲剧命运，在他的很多小说和影视剧本中多次呈现。例如《本命年》中的李慧泉就在他走上正道时反被两个少年抢劫后杀死了；《菊豆》中杨天青被渐渐长大的儿子杨天白杀死了；《画魂》中潘玉良在准备启程回国时病逝于异国他乡；《少年天子》中顺治皇帝福临在国泰民安时喝下

---

① 刘恒：《铁人》，人民文学出版社，2009 年版，第 108 页。

他母亲孝庄太后赠送的毒药死了……这些作品中的人物往往在事物朝向理想境地发展时，意外却不合时宜地发生了，悲剧命运将作品情节推向了高潮。"悲剧是最高形式的艺术"[①]，刘恒深深地明白。他的高明在于，不停留于单纯悲剧的表达上，常常把悲剧化为新的力量，在死亡中不忘新生力量的诞生。《张思德》结尾有领袖毛泽东鼓舞人心的演讲《为人民服务》；《云水谣》中有王碧云侄女对她的关爱；《铁人》中有新一代铁人刘思成们出现；《本命年》中有男女青年出现；《菊豆》中有杨天青儿子杨天白存在；《画魂》中有潘玉良喜欢的儿子存在；《少年天子》中有福临儿子玄烨继承他的帝位……这些由主人公直接或间接留下的新生力量，预示着新的诞生，未来充满希望和光明。从这个层面讲，刘恒设计的悲剧是为了深化主题，深化人物，从审美上走出"大团圆"结局套路，制造缺憾给人以震撼。鲁迅说，"悲剧将人生的有价值的东西毁灭给人看，喜剧将那无价值的撕破给人看"[②]。言下之意是没有价值的毁灭就不能称为悲剧。那么，作为悲剧人物的悲剧命运一定蕴含价值。或者说，为了更大的价值，这些人物不得不付出自己的生命，用生命唤醒或警醒某些沉睡的、蛰伏的力量，让他们焕发出更大的潜能，让悲剧化为力量。正如朱光潜所言："任何伟大的悲剧都不能不在一定程度上是悲观的，因为它表现恶的最可怕的方面，而且并不总是让善和正义获得全胜；但是，任何伟大的悲剧归根结蒂又必然是乐观的，因为它的本质是表现壮丽的英雄品格，它激发我们的生命力感和努力向上的意识。"[③]悲剧的审美意义及其震撼力量就在于此，悲剧精神就此产生，悲剧主题魅力无穷。

---

① 朱光潜：《悲剧心理学》，安徽教育出版社，1996 年版，第 260 页。

② 鲁迅：《再论雷峰塔的倒掉》，《鲁迅全集》(第 1 卷)，新疆人民出版社，1995 年版，第 92 页。

③ 朱光潜：《悲剧心理学》，安徽教育出版社，1996 年版，第 274 页。

二、叙事内容和叙述方法各有侧重

对于叙事内容，小说和影视剧都需要通过叙述语言、人物语言和人物行动予以表达，也需要相应的场景烘托。相对而言，小说更擅长表现人物的心理活动和思想意识活动，影视剧则更擅长人物的语言和动作描写，尤其适合"七嘴八舌""七手八脚"同时同框出现。叙述序列上，小说只能一次呈现一个意义单元，或者按事件发生的时间顺序，或者按事物的逻辑顺序进行，属于平面叙述。也有些作品存在巴赫金所谓的"复调"①现象，即一个事件声音中有几个声部同时存在。这是就一个事件来说可以多种声音同时存在，需要读者去理解后才能感受到。但小说文本中与该事件有关的所有存在的声音不可能在同一叙述时间出现，只能依次出现，也就是说作家的叙述过程总是有先有后。如果是剧本，拍摄为影视剧，通过剪辑、组接、合成等现代技术手段编辑制作后，以画面和声音同时映现的形式表达，可以将过去、现在、将来多个时段发生的多个事件同时停驻在屏幕上，让历史的和现实的时间、此在的和彼在的空间交织于同一时间屏幕，进而产生穿越时空的艺术效果。其视角是多向的，画面是多层的，表述是立体的。影视剧本中人物形象、声音、动作和景物同时同镜同框映现，这种共时效应使叙述内容更加多彩多姿，更加富有层次感和动态感。小说的画面感则需要读者去组织，去想象。马克思说"对于没有音乐感的耳朵来说，最美的音乐毫无意义"②，同理，如果没有语言感悟力，就很难去感受小说的语言之美，感受作者赋予文本的多重意义。所以，小说对读者的要求相对较高，电影电视对读者／观众的要求相对较低，而且音像画

---

① 所谓复调，由俄国著名文学理论家巴赫金提出。他说："有着众多的各自独立而不相融合的声音和意识，由具有充分价值的不同声音组成真正的复调——这确实是陀思妥耶夫斯基长篇小说的基本特点。"（巴赫金，《诗学与访谈》，白春仁、顾亚玲等译，河北教育出版社，1998年版，第5页）

② 马克思：《1844年经济学哲学手稿》，人民出版社，2000年版，第87页。

面产生的冲击力更能博得大众注意力。这也是电影电视观众量往往高于小说读者量的一个重要原因。

此外，小说主要通过语言文字符号传情达意，是作家将大脑中的思维活动固化为文字后，与读者进行交流。写作中这种相对静态的思维活动，不容易被读者感知和关注，读者只能通过作家传达的文字符号去阅读、感受和想象，读者的阅读活动也是相对静态的。正因为如此，作家的创作特别注重各种描写，如人物形象描写、心理活动描写，动作行为描写，以及为人物性格发展所必须营造的场景描写、环境描写，相关人物与事件的侧面描写，等等。描写过程中，作家可以"长篇大论"，尽情发挥，直至酣畅淋漓之境界。影视剧本则有不同，所有语言文字的组织最终都是要围绕拍摄服务，能通过镜头去表达。当摄影师将无数拍摄来的镜头加工联结成一定序列的镜头后，电影或者电视才会形成有意义的视觉影像作品。影像作品特别注重视听感受力，通过动态的画面与声音对观赏者产生冲击力。影视剧本虽然也需要上述各类描写，但各类描写并非平均用力，而是各有侧重。

演员的表演有开放性，局限也不少。很多语言文字所表达的内容很难用动作、表情、画面、事件等直观感受表现，例如光线的明暗、色彩的浓淡、声音的强弱、距离的远近、景物的大小、人物的肥瘦高矮等外观要求，很难量化，也很难确定，有的甚至只能意会不可言传。而且由于时间限制，各类描写只能点到为止，不能详尽深入。所以，要求编剧的语言极为简练，不可啰嗦。除非情节需要，也不需要多次反复或者强调。

比较剧本《菊豆》和小说《伏羲伏羲》对于杨金山的描述：

《菊豆》：

    1 菊豆娘家

    五十多岁的杨金山将一摞银元码在炕沿上，那里已有整整齐齐的几摞，银元闪闪发光。

杨金山把最后半摞钱码好，抬起眼睛。

一根长烟杆徐徐伸向炕沿，磕掉烟灰，又徐徐地搂倒那堆银元，黄铜烟杆一枚一枚地点着数着，一个连喘带咳的苍老声音哧哧地笑起来。

雷声。

杨金山也古怪地笑了。[①]

这一段有关金钱与婚姻的交易描写，侧重于杨金山的手部、眼神、声音、笑容和嗜好等具体动作，他对银元的依恋、对抽烟的大瘾、对交易的得意，都蕴藉在简短的修饰语中。不过，这个场景在小说《伏羲伏羲》中并没有出现。婚姻交易在文本中有两次提到，但没有直接出现"钱"的字眼。第一次是："没有三十亩山地的家当，别说二十岁的雏儿，就是脱了毛的母羊也未必看得上那条瘦弱虚空的汉子。"第二次是"小地主杨金山因为用三十亩山地里的二十亩换来一个小娘儿们"[②]。小说用不动产的数字表述杨金山迎娶王菊豆所付出的成本，就是二十亩山田，也为中华人民共和国建立后杨金山家庭成分划分降格埋下伏笔。用山田做交易比较抽象，难以用画面和动作表达。剧本则用具体可感的一摞银元形象来展示，而且把杨金山数银元、送银元给丈人家的神态、心理、声音都进行具体可感的描述，强调了他的吝啬和得意。剧本的视觉感就更加丰盈。

此外，小说对于杨金山的娶亲过程——路途的遭遇、天气的变化，以及菊豆、金山、天青和骡子、毛驴等人与动物、景物的关系有长篇大论的细致描写，中间还穿插有人物介绍、作者评论、历史背景交代等内容，叙述非常详细。剧本则用两组景描述，相对比较简单。三人在娶亲路上各自的心理活动，剧本中用对话和动作表

---

① 刘恒：《刘恒自选集·菊豆》，作家出版社，1993年版，第98页。

② 刘恒：《刘恒自选集·狗日的粮食》，作家出版社，1993年版，第17、22页。

达。杨天青对婶子的关注和神秘期待用简单的描述交代。

小说是通过语言文字符号引发读者的阅读感受，产生思想和心灵的共鸣，属于静态思考。影视剧本也是静态的，但是一旦拍摄成有声有色、有光有影、有动有静的影视剧，产生的阅读效果、观赏效果就会完全不同。从这个角度讲，剧本更倾向于动态的表达。

《秋菊打官司》根据陈源斌小说《万家诉讼》改编而成。小说女主人公何碧秋因村长打伤了丈夫，踢了他下身，侮辱了人格，执意要"讨个说法"。小说情节是从何碧秋找村长理论开始的，请看这段对话。

> "你打了他，现在旁证也有了，医生诊断也有了，是个什么说法呢？"村长一哼："说法？"何碧秋说："你打他，踢他胸口，倒罢了。你还踢他下身，这是要人命，不该有个说法？"村长慢慢举杯，何碧秋说："那你就别怪我了。"[1]

这段对话交代了事情的起因，两个主要人物的谈话态度暴露了他们的性格都很"执拗"，为情节的发展埋下伏笔。村长傲慢、霸道，也很张狂，不愿意给说法，何碧秋认为自己受到侮辱，不能轻易放过。于是她要争口气，挺着大肚子三番五次上告讨说法。至于如何讨说法，作家通过何碧秋多次外出反映情况的系列场景与过程予以描述，情节在过程中呈现，人物性格在情节中彰显。

剧本凸显事件的动态发展。文本中，何碧秋改名为秋菊，给丈夫诊断伤势的情节，小说只有一句话，剧本开头却用了七景的长度来叙述。每一景都很简短，但都扣人心弦。伤势轻重决定故事情节的发展。剧作者紧紧抓住看点，剧本从秋菊一家出行去卫生所检

---

[1] 陈源斌：《万家诉讼》，见段崇轩主编《九十年代中国乡村小说精编》（上），华夏出版社，1999年版，第314页。

查开始，他们走过山地、河滩、集市、兽医站，来到简陋的乡卫生院。通过秋菊和医生的简单对话得知丈夫万庆来的伤势，再从伤势追叙秋菊家与村长的恩怨关系。路途景色衬托出人物身份和生活环境。秋菊的官司由此开始。

小说中详写的河滩、渡河细节以及船工等人物，在剧本中被忽略掉，剧本另增加了秋菊同学张九路这个人物。他是乡村中那种说得开、吃得开、做得开的代表，说话带着野性和蛮劲，还有几分幽默，也有打抱不平的江湖义气。每次秋菊坐他的车他都很大方，而且帮着出主意。他很有头脑，并不盲从瞎搞。见秋菊多次外出"上访"，不太理解。下面的对话可以见证他与秋菊的关系，以及他的思想观念。

　　九路：秋菊，咱是老同学，知根知底儿，有几句话不知当讲不当讲？

　　秋菊（解嘲）：你那张嘴，啥话讲不得？

　　九路：念书的时候，你挺活泛，不是钻牛角尖儿的人，眼下我咋老觉着你身上啥地方不对劲儿了呢？

　　秋菊（窘笑）：又想拿别人开心是不是？

　　九路（严肃）：要说你想出出风头，这风里来雪里去的也太惨了点儿吧？

　　秋菊：越说越不着边儿了！

　　九路：那你图啥哩？

　　秋菊：啥也不图……就图活得有点儿志气。咱是土圪垯命，还能图个啥么！

　　九路：明白了。上学的时候我们一帮爷们就议论你，说你心比天高，命比纸薄。还真他娘的说着了……①

---

① 刘恒：《刘恒自选集·菊豆》，作家出版社，1993年版，第348页。

九路的想法是当时很多乡村人的代表。他们并不理解秋菊的行为，为什么对这点"小事"纠缠不休。当秋菊说白了，是要"活得有点儿志气"时，九路终于懂得了，热心回答说："放心去吧，下刀子这儿也有人等你。"他从同学情谊的自觉帮助到有目的地支援，是思想观念进步的一大表现。秋菊的自尊、觉悟、精神和行为感动了他，使他成为秋菊打官司的重要帮手。这也意味着，秋菊的认识影响了一帮人，这是人性的觉醒，是人格尊严受到重视的一大进步。可以说，这是秋菊打官司的重要意义。秋菊的做法打破了长期潜伏于农村的"家长制"作风，用实际行动践履"王子犯法与庶民同罪"，真正落实"法律面前人人平等"的观点。以王善堂为代表的很多村长潜意识里仍存在"村霸"作风。秋菊"讨说法"的态度和行为打击了他的嚣张气焰，他要为自己的言行付出代价。当然，万庆来也为自己的骂人行为付出了代价。这就是说，随便骂人、打人的行为不再被姑息，而是必须承担责任，必须付出代价。这是作品的另外一层意义。

三、长篇小说的改编艺术

短篇小说（故事）改编为电影剧本，情节相对简单，长篇小说改编成剧本就非常复杂。除了结构、人物、主题、场景、情节等诸多因素外，还必须在情节结构中想象并充实具体内容，以鲜活的充盈的细节使人物和事件栩栩如生。《少年天子》就是这方面的代表。

凌力创作的长篇小说《少年天子》[①]有四十九万九千字，是一个独立的厚厚的单行本。刘恒改编成剧本的《少年天子》达到七十六万字，分上下两册装订，拿在手里沉甸甸的。小说字数只是剧本

---

① 凌力：《少年天子》，北京出版社，1998年版。后面有关这部小说的引文均出自此书。

的三分之二。这就是说，作家在小说基础上发挥了充分的想象，并且做出了很大的改编。可以说，剧本是小说的再创造、再生产。改编长篇小说《少年天子》，有许多无法绕开的难点，刘恒不但攻破了难关，而且非常成功地展露了自己的改编艺术。

第一，结构巧妙推动情节发展。

作为一部近五十万字的历史小说，《少年天子》信息量非常巨大。要改编成剧本，除了要对原作有深入的阅读、充分的掌握、透彻的理解外，还须对所涉及的历史人物、历史事件及其背景、细节有更全面的更深入的认知。这就需要剧作家再去阅读大量的相关的历史书籍，拥有广博的历史知识，对历史事件有较为准确的了解，对历史人物有进行辩证的判断等各项能力。刘恒将七十六万字的剧本设计为四十集电视剧也就在情理之中了。如果说不足的话，就是每一集的标题没有被提炼，需要读者自己归纳。这就要读者或观众花费更多脑子。当然，不同的人会有不同的接受能力、归纳能力和想象能力。各集留下的可供归纳的空间也就相对广阔了。

四十集的长度，自然会建构宏大的剧本结构。各集之间的结构以及各集具体内容的结构安排，需要编剧有非凡的驾驭能力。因为是历史人物和历史故事，主题基本有定论。在主题确定前提下，剧本的结构就尤显重要。从改编后的内容看，主要是围绕顺治皇帝福临的情感生活、政治生活、宫廷生活等内容建构情节。其中，情感生活为纵轴，政治生活和宫廷生活为横轴，经纬交织穿插而成。结构上，顺次安排了皇帝的第一次大婚——休妻废后——第二次大婚——与乌云珠相识相爱——爱子夭折——乌云珠病死——皇帝驾崩——新帝继位等大事。剧本写皇帝的生命，从十五岁第一次婚姻到二十四岁死亡，不过十年。短短十年里，"国事让他心力交瘁，婚姻则使他遍体鳞伤。他违心大婚，无奈废后，……皇后妃子们争相邀宠而相互倾轧，母子之间各怀心思互不理解更使他痛苦万分。……不惜削发为僧，……最终以失败收场。一个励精图治、充满活力的少年天子，一场充满传奇色彩的人生大戏刚开幕就戛然而止，令人扼腕叹息"①。这样的结构和主题相得益彰，主题通过结构中的各个部分得以充分展示，剧本的基调也在此呈现，这是一部具有浓厚悲剧色彩的历史故事片。剧本在遵循线性叙事基础上，运用穿插、补叙、倒叙、回忆、追述多种手法编织情节，从而构成了叙述方式多样的独特剧本。

章节安排上，凌力的小说《少年天子》共八章，除引言是两节外，其他各章的节数多少不一，短的四节，长的七节，中间有的五节或六节，共四十四节。各章节也无小标题，只用数字标明。剧本《少年天子》安排为四十集，各集也无标题，与小说的篇幅基本一致。小说创作中，"全书的所有人物、情节、各条线索，都围绕着他，都是为了写他的；而通过他的命运，他的奋斗和成败，又力图反映出他所处的那个时代的基本面貌和特征"②。小说中的核心人物就是顺治皇帝福临。为了写好人物，"要求作者深入历史，认识历史的发展规律，弄清所要表现的那个时代的政治、经济、文化、伦理道德等各种因素，弄清在这种社会条件下和传统影响下形成的各种人物类型，等等"。在此基础上进行虚构，"作品都能给人以深厚的历史感"。③小说遵循的是线性叙事，根据历史年代叙述事件的发生和发展，纵向感非常强。同时点面结合，叙述一个事件时会有意识地关联其他事件，从而形成一个辐射面。如第一章第二节写皇帝福临废后之后多次召幸佟妃，既有前因后果的线性描写，也有从一点生发开去，道出他作为天子的并不幸福的情感生活。剧本对小说的一些情节有改写，但仍以顺治皇帝的政治生活、婚姻生活和社交生活为线索，结合与之相关的人物的命运，展示他独特的人生状

① 刘恒：《少年天子》，作家出版社，2003年版，封底。

② 凌力：《少年天子·从〈星星草〉到〈少年天子〉的创作反思》，北京出版社，1998年版，第701页。

③ 凌力：《少年天子·从〈星星草〉到〈少年天子〉的创作反思》，北京出版社，1998年版，第697页。

态。四十集内容编排中，人物更加集中。"《少年天子》人物略表"中主要出场人物有二十五位，作家按角色主次排序为：顺治、皇太后、皇后、岳乐、皇太妃、乌云珠、吴良辅、郑亲王……小说中引子部分所涉及的进香、赛神、圈地等内容在剧本中全部舍弃，剧本直接从皇帝大婚开始，从下人们对新娘皇后的好奇中展开情节，暗示这桩婚姻隐藏的曲折和矛盾，及其对主人公顺治产生的重大影响。

之后各集的安排中，顺治、皇太后等人物都频繁出镜，各种事情的发生和发展都离不开他们的身影。皇太后是皇帝的主心骨、定心丸，一定程度上讲也是皇帝的影子、皇帝的衬托，也是皇帝的紧箍咒。她做的一切是为了皇帝，既帮助了皇帝，也伤害了皇帝。他们是母子关系，却存在一般人难以接受的矛盾和斗争。对于这些矛盾和斗争，小说的后半部分有深入的分析和描写，剧本则是通过人物的言语来表现。如小说和剧本的结尾部分都是写顺治皇帝福临的葬礼和新皇帝玄烨登基两件大事。小说用较多篇幅浓墨重彩地描述了皇帝的葬礼，通过部分人物的结局照应开头。剧本对皇帝的葬礼写得非常简单，只有一景两句话："烈火熊熊。顺治的冥宅和棺椁在耀眼的火光中被迅速吞没。"剧本把更多笔墨放在儿皇帝玄烨登基上，用了三组镜头虚构玄烨和太后对话，以及玄烨登基时的场景。请比较两种体裁的两个结尾句：

> 玄烨靠近龙椅基座，转过身来。众人三跪九叩。玄烨威严地坐在龙椅上了。
>
> ……
>
> 玄烨起身，走下台座，穿过众臣的行列，向殿外走去，径直走到灿烂的阳光之中了。[①]

> 在冷冷清清的紫禁城里，此刻，一个穿黑袍丧服的老

---

① 刘恒：《少年天子》，作家出版社，2003年版，第983页。

祖母，搂着她的穿一身孝服的七岁小孙子，正在孤寂冷清地流着眼泪……①

　　七岁的孩子登临皇位，面临诸多压力。剧本的画面感人振奋，让人在深思中充满期待。小说中玄烨也登基了，向祖母表达了自己的宏愿，读者为他高兴的同时不免有几分伤感。这是一种来自人性深处的情感。小说结局深沉，让人掩卷沉思；剧本结局充满光明，更符合观众观赏时的审美期待心理。

　　第二，情节安排各有侧重。

　　剧本在各集内容的编排上，有详有略，有主有次。有的内容详细叙述，有的则一笔带过，通过镜头一晃而过。如第一集第4景中，顺治和太监吴良辅谈论即将见面的皇后个子的高矮、肤色的黑白、下巴的大小，就是很有趣的对话。皇上试穿吴良辅送来的礼靴被扎的情况则是略写，吴良辅报告皇上受伤的两景都是简而又简的略写。皇上受伤后和堂兄岳乐的交谈是详写，目的就是想让他拟退婚诏书。这种详略安排显示出情节的主次，体现出结构的巧妙。

　　《少年天子》的剧本版和凌力的小说版，比较起来，小说细腻，有丰富的想象，有繁复的文字叙述和细节描写。而剧本，相对简单，对话多，动作多，画面感强，各种描写相对简洁，语言更加精练、口语化，很多地方是恰如其分，一字不多一字不少。从这个层面讲，剧本趋向于动态，小说趋向于静态。剧本侧重于眼前，小说趋向于未来。剧本时空受限，小说时空渺远。剧本趋向于外部形象的动态描述，小说利用语言发挥作者的想象力。剧本对读者和观众的要求不高，容易产生共鸣，小说要求有丰富想象力的读者，才能产生共鸣。剧本读得轻松，小说相对沉重，需要更多的思考。而且，对史料的掌握、对术语的把握需要有更广博的历史知识和社会知识。小说着力塑造人物形象，剧本重点讲述故事，在情节起伏中

---

① 凌力：《少年天子》，北京出版社，1998年版，第695页。

完成对人物的塑造。

剧本侧重于对话描写、场景描写、动作描写、声音描写、画面描写以及情节的串联；叙述语言十分简明扼要。小说叙述则十分繁复、细腻，极尽曲折。剧本对小说进行改写，可以增添或删减情节，可以说是一个再创造。如，剧本第一集从为皇上筹备大婚开始。开头的镜头：

> 蒙着黄缎子的神秘托盘缓缓移动。脚步声轻快而急促。太监吴良辅（三十岁左右）清俊的脸上挂着汗珠，像端着一碗水一样端着托盘。他走下宫台侧街，穿回廊，再下台阶，横穿空旷的院子。
>
> 烈日当空。传来隐隐约约的蝉鸣。

不足一百字，通过系列动词，交代神秘物体、人物神态，事件、天气和周围环境。镜头一开始，一下子抓住观众眼球。"黄缎子"不是一般人家能拥有的，是宫廷权威之象征。托盘里"神秘"物更是让人向往，"缓缓移动"说明托盘者之小心谨慎，托盘里物体之宝贵庄重，不能随随便便，不能毛手毛脚。接着描绘托盘人是太监吴良辅，应该说所端之物并不重，但是他却出了汗，意味着他心里高度紧张，若有不小心，可能会掉脑袋。剧情一开始就揪紧观众的心，让人期待故事的发展。

剧本开场几个镜头之后再出现皇帝。从十五岁的顺治找书写起，这位皇帝年纪小小，却担负着统治国家、管理天下大事的重任。他的婚姻不能自主，只能接受他人的安排。为后来的不幸婚姻埋下伏笔。悲剧人生也就此开始。

小说《少年天子》描述的完全是另外一种景象。小说安排了一个引子，以永平府为中心，写圈地、进香和赛神，为大清朝的庞大和繁杂奠定基础。小说第一段从地理环境描写开始，作家用气势宏伟的笔调写了坐落于山海关的永平府的险要位置。再来追述大清朝建国初期的历史、地理情况。

从剧本开头和小说开头的对比来看，剧本从具体场景、人物和事件开始，着重于"眼前"的活动，通过物体的色彩、人物的神态、动作、天气展示事件的重要，人物的心理变化，突出活动场所的具象之感。小说则可以发挥文字的力量，通过文字蕴含的意义加以丰富的想象，展示"遥远"的场景，为故事的发生提供地理上的背景意义。侧重于读者的阅读心理和审美感受力。所以，小说更加抽象，剧本则更加具体。

相似的事件构成了表述各异的情节。历史上，关于顺治皇帝的死因一直是个谜团，存在争议。到底是病死还是被毒死，或者是悄悄出家而终老？剧本和小说的安排各不相同。小说把顺治设计为患痘症（猩红热）而死，剧本是设计为出家不成喝皇太后送的毒药而死。相同的结果有两种死因，这就显示出作者选择上的不同态度，以及相应的人生观和价值观。如果说福临皇帝是患病而死，那么他的死是无可奈何，是不可抗拒的命运（疾病）造成的，属于命运悲剧，让人扼腕叹息。而且，前面描述乌云珠先死，对顺治打击比较大，造成身体上、精神上的巨大打击，说明他是个重情之人。如果福临皇帝是喝毒药而死，那么他的死就是为彻底的反抗而死，是向死而生，属于社会悲剧，更具有深刻的反思性。人们惋惜福临，也钦佩他挑战皇太后、挑战传统观念的勇气。同时，也对孝庄太后的狠心、对儿皇爱恨交织的痛苦有更深刻的理解。其实，不论哪种死法，对福临和皇太后的性格刻画都达到了巅峰。只是剧本的悲剧感更强烈、更深远。

第三，场景的转移与切换频率不同效果不同。剧本的转移、切换频率比较高，速度也比较快。上下间的结构相对松散，各个环节间的逻辑衔接密度并不强。小说则比较注重环境转移的逻辑语境，而且人物一旦出现，必须有前后交代，必须有逻辑关联，必须有因果照应，忌讳突兀。例如，《少年天子》剧本的情景主要在宫廷人物之间。场景转移速度较快，有时是跳跃式的，有时是中断的，有时是追忆的。这就是剧本的灵活性带来的操作相对容易和便捷的特点。而且剧本侧重于情节的发展起伏，对情节的连贯性和衔接性没有严格要求，相对自由。《少年天子》开头部分，顺治福临穿婚鞋被鞋内暗藏的钉子扎伤，太后迅速下令严查凶手。剧本从第14景到第19景，用连续6景的镜头叙述相关人物的行动：侍卫队、鳌拜、太妃、大狗、亲王吴克善、郑亲王等，文本对他们的动作描述非常简短，人物出场和转换速度却非常快。这种快节奏和高速度的使用在剧本中非常自然，小说却是很难做到。

"速度的变化也意味着情感氛围的变化"[1]，这就需要剧作家注意场景的编排，精心构思建构各种场景使之串联，进而形成一个完整的故事链条，达到塑造人物形象、展示人物性格、宣传人物精神之目的。影片在遵循剧本主题思想基础上通过演员的银幕形象予以阐释。如《少年天子》第四十集第33景，在慈宁宫寝殿这个内景，太后为即将登基的孙子玄烨整理衣服，告诉他注意事项，祖孙有温馨对话。这时插叙索尼向太后报告静妃自杀，同时补述她怀孕造假，又通过太后之口追述给福临拟一册遗诏。几件大事相继出现，这一景的信息高度密集，既有照应、有伏笔，也有预设。同时从侧面反映出孝庄太后强悍的内心，在千头万绪的事务中，仍然保持着清醒的头脑，临阵不乱地非常周密地处理各种事务，表现出超凡的智慧和才干，一个顾全大局又无微不至的强女人形象站立在人们眼前。

四、小说、剧本和影视片产生互相传播效果

传播媒介不同，传播手段不同，产生的传播效果就有不同。小

---

[1] 米兰·昆德拉：《小说的艺术》，董强译，上海译文出版社，2004年版，第111页。

说主要是视觉艺术，靠文字表情达意（也可以通过朗读去感受），剧本也是文字符号的艺术，但为影视剧拍摄而写作，更加强调视听艺术的综合运用，特别是光线、影像、声音、画面等同时呈现。小说可以运用补叙、穿插或多线交织等修辞手段，影视剧侧重于镜头的转换，运用景别、机位和空间变化等拍摄手段。好的剧本拍摄成影视剧以后有利于推进小说原作的阅读。十七年时期的许多红色经典小说都被拍成了电影，如《保卫延安》《红日》《苦菜花》《大刀记》《铁道游击队》《红岩》（电影《烈火中永生》）、《林海雪原》（电影《智取威虎山》）等。这些电影家喻户晓，同名小说也随着电影、连环画等进入千家万户，成为一个时代的阅读标记。

电影上映后传播速度快，反过来会促进观众去关注原作（被改编的小说或其他作品），成为原作的新读者，这一点刘恒自己也不否认。他在一篇答记者问中说，"写电影剧本是给我的小说做广告"，"大家看完电影之后可能会回过头来找找小说看"[1]。这是他有感于《贫嘴张大民的幸福生活》而言的。此外，电影《菊豆》对小说《伏羲伏羲》的影响也不言而喻。电影不只是对刘恒自己的小说有这么大的传播影响，对他人小说也同样如此。《秋菊打官司》电影的放映让陈源斌的小说《万家诉讼》成为名作[2]，一时间乡村掀起了一股普法意识热潮。刘恒编剧的电影《集结号》对原小说《官司》（作者杨金远）的影响也非常大。《集结号》放映之前，小说《官司》就出版发行了，但它在文坛的影响并不大。可是，很多人看完电影《集结号》之后，就知道它是《官司》改编而来，对小说的阅读需求也扩大了[3]。电影传播的力量不可小觑。

---

[1] 刘恒：《乱弹集·嘴贫心不贫——答〈北京青年报〉记者问》，春风文艺出版社，2000年版，第187页。

[2] 该作引发广泛的评论。被认为是九十年代乡村小说经典，已被段崇轩选入《九十年代中国乡村小说精编》，华夏出版社，1999年版。

[3] 杨金远有部短篇小说集就以《官司》（湖南文艺出版社，2007年版）命名，集子的开篇就是《〈集结号〉的来龙去脉》，这篇小说也排放在整个集子的第一位，可见小说在向电影借势。后面有关小说的引文均出自此书。

当然，好的电影源自好的剧本。如果从忠于原著、不做改编的角度看，小说《官司》是不可能拍摄成电影的。一是它的容量小，只是一个短篇故事。二是故事较为简单，人物比较单纯。作为电影的剧本需要有跌宕起伏的情节和曲折复杂的人物关系。对此，刘恒在改编过程中扬长避短，充分发挥了一个作家的想象能力和虚构能力。小说中原本比较烦琐的内容变得简单了，一些看似很简单的情节在剧本中却变得繁复了，有的甚至被扩充到极限。

小说文本几次提到了朝鲜战场，但每次都非常简短。老谷在东北寻找三团，后知朝鲜战争爆发，三团可能"参加抗美援朝去了"。他又去北京寻找，接待他的青年军官告诉老谷"三团真的出国了，去朝鲜战场了"。最后，在东北的公墓，团长的警卫员告诉他"团长是在朝鲜战场上牺牲的"。关于朝鲜战场的战事，作家并没有花费笔墨去具体描写，只是借此告诉读者老谷寻找三团的行踪。电影剧本《集结号》却对"朝鲜战场"进行了淋漓尽致的发挥、恣肆汪洋的扩写。剧本连续用十二景描写谷子地在朝鲜战场的情景。他想办法解冻汽车水箱，与赵二斗解冻烙饼谈论寻找部队的事情，紧急关头他冒着生命危险替战友曹排长排雷解除危险，自己却身负重伤。特别是排雷的细节，剧本写得紧张动人，电影更让人把心都提到了嗓子眼儿。谷子地说话虽然凶蛮、霸道，却掏出了自己的心窝，甚至用生命来表达对战友的爱。请听谷子地和曹排长的对话：

曹排长：老谷，别管我了……没用……你们赶紧撤吧。

谷子地：闭嘴。槽子，你听我说……

谷子地的眼睛死死盯着那颗部分裸露的地雷。

谷子地：咱俩的命都在你的脚上。接下来我让你干什么你就干什么，不许你再说一个字……开始啦！往下蹲……蹲……再蹲……压紧……

面对谷子地不由分说的命令式话语，曹排长无限感动，一步一步照着办理。

> 谷子地：别愣着，快躲开。
> 曹排长：老谷……
> 谷子地：我不心疼你，我心疼那装备……快滚！[①]

等曹排长安全离开后，谷子地才反复观察自己的处境，小心翼翼寻找安全地带突围，最终还是因地雷爆炸而受伤，被战友们抬下战场。这系列细节全部是剧作家想象虚构而成，谷子地英勇无畏、机智勇敢的形象得到进一步刻画。他用智慧和勇气挽救了自己的战友，剧本掀起第二次高潮。当然，这也与刘恒的当兵经历有关。没有部队的体验，就很难写出如此紧张而精彩的场景，也很难刻画出谷子地这样的形象。

朝鲜战场结束后，谷子地返回到华东战场故地，去汶河南岸的旧窑场寻找曾经战斗过的地方，寻找在那里牺牲的战友。他的寻找很多人不能理解，也不相信。但谷子地一意孤行。他凭借执着和勇气，最终找到了埋葬在旧窑场的战士遗骸。这一部分情节，作家也进行了充分的想象和发挥，极大地丰富了原有内容。表现出谷子地对人格和尊严的重视，他的性格达到第三次高潮，形象也达到顶点。

总体看，从华北战场、朝鲜战场以及"寻人战场"三个事件，谷子地的性格一次次被推向高潮，他的形象也达到巅峰状态。谷子地不仅是一位严格执行命令、服从命令的优秀军人，也是一位爱护战友生命、珍视尊严和荣誉的军人。

相对来说，小说的思想内容比较容易理解，主旨也很明显。文本叙述谷子地从北到南、从南到北地寻找三团，似乎是为了印证团

[①] 刘恒：《集结号》，人民文学出版社，2007年版，第91—92页。

长是否在午夜前"让号兵吹号",如果真的吹号了,他的部队就会撤退,战友兄弟们就不会死亡那么多。他自己和周边老百姓都没有听到吹号,他一直怀疑自己的命令是否正确,对牺牲的战友心存愧疚。所以他要与团长打官司,讨一个说法,让自己对战友有一个交代。哪知寻找到最后的结果是,团长给他们下达任务时就"已经决定用一个连的牺牲去换取大部队的安全转移","团长答应吹号的事"是"一个美丽的谎言",根本就没有吹号。那场阻击战后,团长心里"充满了负罪感",因为他"代表军队欺骗了他的士兵",而自己对此一无所知。面对自己花费毕生精力寻找到的事实,谷子地积压在心头"几十年的恩恩怨怨顷刻间也化作云烟,飞向了九霄云外"。他一直想弄明白"他和团长之间究竟谁是对的,谁又是错的。但弄来弄去,就是弄不明白"。由此可以看到,小说要说明的是,战争造成的一些悲剧,没有对错,没有谁需要承担责任(除了战争的发动者)。

剧本将主题进行了改写和提升。对于战后找不到的那些人,国家认定是牺牲的"烈士"还是其他"失踪者"时,给予的补偿也不同。"烈属一家补 700 斤小米儿,失踪只给补 200 斤",最为关键的是,不明真相的人,社会舆论也不同,"村里人嚼舌头,硬说他是让自己人枪毙了……我婆婆临死都抬不起头来……"[1] 这就涉及个人和亲属们的尊严和荣誉了。听到战友王金存遗孀在县武装部接待室的哭诉,谷子地更加下定决心要寻找战友牺牲的地点。他来到旧窑厂,告诉战士遗孀,她的丈夫和战友就躺在下面。

谷子地(大声):我给你证明,他把血泼在这儿了!我的兄弟们都躺在这儿了……我给他们做证明……我证明……[2]

---

① 刘恒:《集结号》,人民文学出版社,2007 年版,第 95 页。
② 刘恒:《集结号》,人民文学出版社,2007 年版,第 98 页。

然而他的证明不具有说服力，他独自幸存的经历遭到了人们怀疑。谷子地十分生气，独自返回旧窑厂，固执地挖掘煤山，要寻找战场，寻找战士遗骸。他的举动遭到很多人反对，被认为是"疯子"。在赵二斗的帮助下，挖土机挖开了煤堆，露出了旧窑厂的战场遗址，三十一位战士的遗骸和遗物都被找到。谷子地让那些不相信的人们看到了实景和实物。他为牺牲的战友挽回了荣誉。

剧本从四个层面叙述谷子地的作战、寻人经历，以此说明他为什么要执行命令，为什么要寻找团长，为什么要为烈士讨回荣誉。

第一部分1—64景是描写汶河阻击战。第二部分65—75景是汶河阻击战后谷子地混入其他部队参加战斗，寻找自己队伍的同时身份遭到怀疑。第三部分76—87景是描写朝鲜战场的。第四部分88—128景，围绕谷子地寻找证明叙述。中间夹叙了赵二斗和孙桂琴的婚姻。

从上述各部分看，战争和寻找是剧本的重点。小说的重点在寻找。可以看出剧本突出了战争因素对人的影响。

这些过程就是证据。它关乎国家认同，社会认同。这对个人来说非常重要。不但涉及责任担当，还有一种诚信感、使命感和归属感的需要。马斯诺曾经指出了人的五大需要层次理论，除了低级的生理需要、安全需要外，还有高级的社交需要、尊重需要，最高级的则是自我实现的需要。谷子地寻找的需要是后面三种。社交需要中包含有归属的需要，他寻找自己的团长就是寻找自己的归属，同时证明自己在汶河战斗中所起的作用，为后面的需要奠定基础。为了寻找证据，他不惜一切挖掘旧窑厂。一旦得到确认，他积压已久的情感骤然爆发。盯着窑口的谷子地"用一种古怪的声调哀号起来"。

　　谷子地：兄弟们！都出来吧！我的兄弟们……听见了
　　吗……我谷子地对不住你们，我来晚啦！出来吧……我的兄弟们！

　　所有人都落泪了。①

　　战士们的遗骨被隆重安葬在烈士陵园，每个人都被授予奖章，都得到了鲜花。

　　不算迟到的认同使谷子地备感欣慰。一切对自己的和战友的怀疑全部释然，牺牲者和活着的人都得到了应有的尊重和荣誉，情感上和心灵上的亏欠也得到了一定补偿。他的心里踏实了，安然了。

　　《集结号》将宏大话语和私人话语交织叙述，展示了不同于以往战争题材的丰富性和复杂性。它描写战争，但不停留于单纯的战争叙述。它歌颂英雄主义和乐观主义，但也不回避个人情感世界的追求。它写战士们作为军人所应恪守的职责，却也对上级首长没有兑现诺言及时吹响"集结号"表示怀疑。关键时刻他们舍生忘死，面对怀疑和不信任却无比愤怒。他们可以不要生命，却必须赢得尊严和荣誉。因此，在战火纷飞的战场上，战士们吃饺子、抽香烟、请王金存写家书（遗书），都是人性化的真实再现。这一切都通过谷子地的坚守与执着表现出来。他坚守阵地，不顾一切辗转南北寻找上级和战场，又把战友遗孀孙桂琴介绍给赵二斗，找到战友遗骸时号啕大哭等场景都令人感动。而再婚后的孙桂琴对王金存也念念不忘，赵二斗在遇到两难问题时的复杂心理，都非常真实地再现了人物的内心情感。种种细节表明《集结号》超越了既成窠臼，把战争题材剧本带到了一个更加真实的境界，把"人"字写得更大更美更真实了。于是，剧本呈现出迥异于小说的美学风格。

　　第一，剧本以片段的形式展示内容，审美冲击力更强烈。剧本的一个片段就是一个或几个镜头。如40景：

　　炮弹哐当一声入膛。谷子地亲自瞄准，吕宽沟和姜茂

──────────

① 刘恒：《集结号》，人民文学出版社，2007年版，第134页。

财一个填弹一个拉火儿。瞄准器锁定了临时掩体和那挺疯狂的机枪。谷子地满脸煤粉，聚精会神地校正参数。画面突然寂静，什么声音都听不到了，包括三个人彼此喊叫的声音。

谷子地：（以下均为口型）走！

烟火翻滚，掩体、机枪和射手升上了天空。立即填弹，迅速瞄准了下一个目标。[1]

这段叙述中，作者特别注重动作描写、形象描写和环境描写以及人物的肖像描写，注意声音的传达。因为电影是听觉艺术，寂静无声有时也是一种美，也是情节发展的需要。每一个句子都是精要的主谓宾，实词多，虚词少，语气词更少。作为修饰语的形容词精准，语句简短有力。没有长句，没有几个修饰语连用的长句，没有排比，没有夸张。场面多是写实，都是实实在在的一句顶一句，写虚的成分大大弱化，文本的空白较少。

这对作者的语言功力是一个巨大考验，也是对读者耐心的一个巨大考验。因为，如此连续的场面接踵而至，作者必须集中精力去面对，去接受，去消化。读起来神经高度紧张，让人不安，怡情雅致就会丧失。如果是小说的笔法，文本中会有很多"闲笔"，很多留白。作家对情节的设计会有张弛，有疏密，有轻重。紧张过后会有放松，留给读者有想象品味的余地。因此小说阅读起来更自由，更有审美感觉，更能体会语言文字的精妙，体会作家的内心世界和人物的内心世界。而电影剧本，是要给人一口气读完，一口气看完的。时间的连续性、故事的连续性非常紧凑，节奏相当密集，因高度集中而让人萌生强烈的紧张感，读起来较累。而且由于电影要求的片段化和镜头感，导致片段零碎，连贯性不强。也许这是剧本不太受人宠爱的原因之一吧。连刘恒自己都说："写剧本到不了我喜

---

[1] 刘恒：《集结号》，人民文学出版社，2007年版，第39页。

爱写小说的那种程度，如果让我放弃的话，别的都可以放弃，最后剩下写小说。"[1]

第二，个性化、口语化的语言彰显人物性格。剧本中的对话是为电影中人物说话而准备的。除非是特定的情景，人物说话一般通俗易懂，简明扼要。日常口语多，雅致的书面语少。为了烘托人物，文本中环境描写也要相得益彰。这一点，刘恒已达到炉火纯青之地步。特别是有些场面描写非常细致，能很好地烘托人物和气氛。如《集结号》第42景中写"窑坑"："这是旧窑毁弃多年的窑场，曾经是出入窑口的歇息之地，有两三间房子那么大，一人来高。顶部内侧借了山岩的走势，外侧的斜面用横梁支撑，其间填着树枝和苇箔之类的东西。"[2]这个战地窑场，是战士们的临时掩体，是受伤战士的休息地，也是牺牲了的战士的坟墓，还是武器存放点。这就是一个细节描写，镜头要缓缓移动用视觉的形式仔细叙述，给观众以细致真切的感受，感受这个窑洞的简陋、破旧，感受战士们作战的艰苦、付出的艰辛以及和平幸福的来之不易。

剧本第46景补述谷子地的姓名以及生平，通过焦大鹏的口来叙述："他亲娘是个逃荒的，饿死在一片谷子地里……那年连长才两岁，让一个老鞋匠给捡了……他十岁那年，鞋匠也死了……"从剧本开始，到故事发展的中部，才用他者的口吻间接叙述，以此揭开谷子地身世。这个"运气不好"的、命运多舛的人，在血与火的洗礼中艰难成长为一名钢铁战士。他不畏死亡，不畏牺牲，不畏敌人，只把自己的英雄豪气展示出来、牺牲精神奉献出来。

剧本人物的语言，有时又是狠毒的。焦大鹏受伤面临死亡，战士王金存从敌人身上扒下一套棉袄棉裤准备给焦大鹏盖上，可是他不愿意。

---

[1]　刘恒：《乱弹集·嘴贫心不贫》，春风文艺出版社，2000年版，第187页。
[2]　刘恒：《集结号》，人民文学出版社，2007年版，第43页。

谷子地：大烙饼，你哪儿那么多毛病？

他的眼泪悄然滚落，一边盖好棉衣，一边用高声斥责来掩饰。

谷子地：别动！烧不死你冻死你……好歹是件厚衣裳，你他妈凑合着吧。[①]

这些看似粗糙的话，真正体现了同志间的友谊、战友的真情。打是爱、骂是情在此时此刻显露出来。温情，不只是轻言细语，不只是春风和煦，这些刚强的汉子用粗粝的外表和强硬的口吻表达内心深处的柔软和真情。这些看似平凡的人物，这些在苦海里泡大的孩子，说话越是粗粝，越是毛糙，越是锋芒毕露，就越能体现他们的风格和个性。也只有用这样的方式，才能配得上他们作为烽火战士的形象，能真实表达他们灵魂深处的情感世界。

上述特点在刘恒的其他剧本中也非常明显，如《菊豆》《秋菊打官司》《画魂》等，有些前文已有分析，此处不再赘述。总体来说，刘恒在改编小说为剧本的过程中，慢慢累积各种技巧并逐渐形成了自己的叙事风格和语言风格。这些风格特征使他能昂首阔步地行走于小说和编剧两界，甚至涉足影视界（他导演了《少年天子》），并不断获得新的业绩。

---

① 刘恒：《集结号》，人民文学出版社，2007年版，第60页。

余 论

刘恒是丰富的，他的深沉与广博远非这部薄薄的著作能说完。本书着重从艺术层面探讨了刘恒创作中部分人物形象、艺术创造等问题。即使是对人物形象的探究，也不够全面，还有些作品未作深入阐释。本书采用的是文本细读法与归纳阐释法，即根据文本内容，认为可以归到某个类型的人物就纳入分析，不太好归类的人物和作品分析就相对较少。艺术创作的阐释中也采用类似方法。为了表述的完整，让本书较为全面地体现出作家论的全貌，对于前文提及较少的作品，根据其特点再在此做简要分析。

第一类是刘恒农村小说中尚未重点分析的男性形象。他们谈不上有啥追求，为了某些利益纷争，导致矛盾产生，构成一种生存状态的写真。《杀》和《东西南北风》两个短篇写出了男人之间的争斗。《杀》依然是一个关于窑主和窑工的故事。男主工人王立秋和关大保从合作走向分裂，最终闹得不可开交以至于你死我活之地步。为了建好北下窑，关大保劝说王立秋合股。立秋当窑主，大保的实际威信却比立秋高。煤窑开凿了半年仍不见煤，给立秋筹措股金的亲戚们急不可耐地要求收回股金，立秋被逼无奈，只好答应。他自己也抽回了股金，出去打工。窑上资金遇到了严重困难，大保和立秋的关系由此闹僵。大保一个人千方百计借钱，苦撑着把煤窑建立起来，煤窑效益日益看好。立秋打工得不到工钱，老婆又生病，只好回家，向大保讨要余留的部分股金，大保不允。得不到股金的立秋下跪求大保雇用他到煤窑做工，大保不但严词拒绝，还奚落他。两人关系进一步恶化。立秋窝着火在家干农活，又遭到村人嘲弄。预订好的浇灌菜园的渠水也多次被大保拦截抢走，还被大保嘲弄做事"老是赶不上趟"，说他"闲在家里"随时都可以浇水。忍无可忍的立秋朝大保的后脑勺举起了铁锹。精明的大保倒在水渠里，立秋也因杀人罪被枪毙。

这是一种真实的农村生活的反映。文本的叙述是诚实的，也是冷静的，恩怨情仇在冷酷的轻松中画上句号。两个男人争斗的事情，要说也不是很大，换上胸怀开阔的人，也许会很好地化解。可是，一旦一个人拧巴，或者不懂得宽容，不懂得退让，就会走向毁灭。立秋看似有些窝囊，他收回股金实属无奈。再说他回家以后，也放低了姿态，向大保求情，甚至下跪；关仲禾也劝说侄子大保，劝他"收了"，可是大保不顾实际情况，一味地拒绝，一味地沉浸在过去的不快中，不但不收他，反而趁机嘲弄、挖苦立秋，戳中了他的苦处，最终酿成了大祸，两个当家男人因为斗气而毁灭。这个悲剧故事的启示意义在于：做人要有宽厚之心，要善于包容他人的缺点和不足，并给处于困窘中的人留有退路，予以帮助，更不能落井下石。当自尊被虐待，野蛮就会跳跃；善良被扼杀，兽性就会被利用。

这部作品通过两个男人的矛盾，间接思考了乡村经济如何发展、乡村矛盾如何化解、乡村伦理如何重建等问题。这些问题在《东西南北风》中有进一步揭示。这个短篇通过四个男人（赵洪生、李木林、贾连道、朱福根）的争斗，反映了乡村社会赌博风气带来的严重危害。倒插门女婿赵洪生本是一个勤恳的老实人，被诱惑着染上了赌博恶习。他诓骗妻子拿出卖麦子的血汗钱去赌博，还四处借债拆东墙补西墙。一向不务正业的贾连道设计赌博牌局，招揽赌徒赚钱，还与小白鹅通奸。奸夫情妇二人串通，算计外来裁缝朱福根（江苏人）。好色的朱福根被荡妇小白鹅勾引，中了贾连道的圈套。赵洪生欠了贾连道和朱福根的赌债，被迫参与了最后一场赌局。他领教了贾连道的阴险，却带着报复的快意配合贾连道共同对付朱福根。朱福根自知情形不妙，退出赌局冒雨回家，却在回家的路上被贾连道杀死，辛苦赚来的钱也全被他抢走。经历这惊心动魄的一幕，赵洪生终于明白自己赌牌老输的原因。他身心俱疲，精神上也受到了刺激，在侦破朱福根一案中自认是杀人犯。当真正的凶手贾连道落网时，赵洪生才交代自己说谎的原因是"活腻歪了"，自此落下了自言自语的毛病。

小说用惯常冷静的笔调，叙述乡村风气的堕落。文本中四个男人，各自的命运似乎由自己操控，实际上身不由己。如果一个人自控力较差，无法把握自己，尤其是对那些企图走捷径赚轻松钱的人来说，周围的不良环境和不良风气就会产生很大的负面影响。赵洪生就是在轻松逐利的蛊惑下一步步陷入赌博泥坑，最终废了自己，成为乡邻的反面教材的。乡亲们不让晚辈接近他，"说你们记着，这就是玩麻将赌牌的好处。瞧，过去多踏实的一个后生，生生就废了！你们要当心哩。"[1]标题"东西南北风"选用五张麻将牌上的字，用以警醒人们，赌博害人害己。伤风败俗的毒瘤一旦根除，乡村风气就会大有好转。类似作品还有《陡坡》，田二道和他舅舅的赚钱方式就是不正当行为，靠暗中做手脚破坏别人车辆再来补车赚钱。文本中作家虽然没有直接议论，却用田二道翻车死亡的结局对其不道德行为予以否定。改变贫穷、图谋发家致富道路无可厚非，但必须遵守法律，赚钱手段也必须符合道德伦理。唯其如此，发家的道路才会越走越宽敞。

第二类是刘恒近几年创作的剧本。新世纪以来，刘恒创作的剧本越来越多，而且影响也越来越广。他创作／改编一部，就成功一部，而且火爆一部，好评纷至沓来。长篇剧本《少年天子》，本书虽有分析，但仍留有很大述评空间。单靠作品的容量与艺术表现

---

① 刘恒：《刘恒自选集·狗日的粮食》，作家出版社，1993年版，第385页。

力，就可以写一部专著。电影剧本《画魂》也是值得进一步探讨的作品。它是刘恒根据石楠小说《画魂》改编而来。刘剧突出潘玉良作为女性自强自立、坚持奋斗的精神。她少年时期历尽苦难与屈辱，成年后不忘本色，忠于爱情，执着追求理想。面对富家子弟的侮辱蔑视，她拼尽全力，矢志不移地致力于绘画事业。国外学习期间，潘玉良取得优异成绩，用艰苦拼搏的精神赢得了荣誉，击破了谣言，打败了浅看她的人。她代表女性在国际绘画领域取得了优异成绩，为中国美术赢得世界声誉做出了巨大贡献。

剧本对潘玉良的成就和功名笔墨不多，却对她为维护尊严与青楼鸨母、与社会偏见如何巧妙斗争的情景着墨很重。时世艰难，潘玉良紧紧扼住命运的咽喉，不放弃一切机会，进而走出了一条光明的道路。她被卖到妓院后不愿意卖身，饱受折磨中毅然坚持学习音乐。相中了心仪的男人，她就不顾一切寻求救助，逃出了魔掌。之后，她拼命赢得出国机会，努力学习绘画并终成大器。在潘玉良身上，我们看到的是一个敢于抗争的、不屈服于命运的女子。她自尊自爱，自立自强，认准了道路就坚持不懈地走下去，不怨天尤人，敢于拼搏，积极改变命运，取得了引人瞩目的艺术成就。

话剧《窝头会馆》、歌剧《山村女教师》是刘恒创作体裁的新尝试，也是他对自己的挑战。之前刘恒一直是从事电影剧本或电视剧本写作／改编，这两部作品促使他接受新事物，对新的文体做了一次又一次的大胆尝试。

《窝头会馆》是一部具有北京风味的多幕话剧，乍看与老舍的《茶馆》有相似性，内容上表现出从一个小会馆洞见一个大社会。剧本以1948年为时间节点，以北京南城一所老旧的四合院为场景，讲述四户平民（苑家父子、王家四口与即将诞生的孩子、周家三口、肖家父子）与邻人（古月宗、牛大粪）之间的生活小事，反映他们无钱的艰难，生活的困顿，夹杂着私人情感、家庭矛盾和邻里纠葛，也潜伏着先进的革命意识。肖家父子是负面形象，代表着恶势力，其余人员之间虽有小小纷争，面对大是大非却有一致性。作家将国家命运、时局变化、政治形势融合于日常闲谈，将人性的善良、社会的正气、民族的道义隐含于人物之间的粗言俗语。他们是普通市民，有人性的种种缺点，却也不缺乏人性的光辉，诙谐的话语中蕴含着世故人情，结尾部分洋溢着催人奋进的力量。

剧本通过人物地道而粗鄙的北京胡同语言揭示各自的性格。苑国钟是四合院的房主。他经常收不到房租，嘴上催人急，却心地善良，为人厚道，他对儿子苑江淼疼爱有加，儿子却对父亲催收房租的行为不满。保长肖启山来四合院向各家收取各种莫名其妙的费用，苑国钟没收到房租，也交不出钱，与肖启山辩论，言语间暗含讥讽与批评。"民国不像个民国，叫他妈官国算了！""咱给它三民主义改成三官主义，官吃官喝官拿"。可见他敢于针砭时弊，有正义感。

剧本中的田翠兰是极具个性的人物。她曾经做过暗门子，是厨子王立本的妻子，与怀孕的女儿王秀芸、木匠女婿关福斗都住在苑家的四合院里。一家人靠小本生意糊口。田翠兰心直口快，爱关注身边的人和事，同情弱小，对缺少女人持家的苑家父子常表示出特别的关照。当人们都远离患有童子痨的苑江淼时，她却给他喂奶；成年的苑江淼身体依然虚弱，她常嘘寒问暖，却也规劝苑国钟拿出父亲的姿态对待儿子："满世界就没你这么惯儿子的！他再有病您也是他爸爸，就算他得了神仙的病他也不是神仙，他是您儿子！您犯不着一天到晚供着他。"苑国钟说儿子喜欢看书（并不明白儿子读书是干什么），只要儿子高兴就"变着法儿让他高兴"。田翠兰就把自己的法子传授他："搁着我，他要不听劝就把书给他扯喽，把口琴给他撅喽，把……（看见苑江淼走出棚子，连忙改口）小淼子，这几屉窝头都是新茬儿棒子面，蒸得了你趁热儿尝尝。"这是一段非常有趣的对话。她有热心肠，人很机灵，对看不惯的人和事也绝不含糊。她和中医周玉浦的老婆金穆蓉却是死对头，不喜欢她的做派和傲慢。金穆蓉出身格格，丈夫能赚钱，她瞧不起田翠兰，不喜欢她在男人们面前要花招。加上两家同住一个院子，金穆蓉晒药，田翠兰晒猪肠子，免不了有不对眼的地方。两个女人只要一见面就没好声气，常常针尖对麦芒。田翠兰望着晒完中药后离去的金穆蓉背影，对苑国钟数落道："她信玛利亚，我信观世音，我能矮她一头不成？她脊梁后头有耶稣戳着，我屁股后头还蹲着弥勒佛呢……"可见，两个女人的矛盾已不限于日常生活的琐事，还涉及到各自的信仰，以及对所尊奉对象的文化态度。

剧本中，金穆蓉的话语并不多，她"看谁谁不顺眼"的脾气性格是通过苑国钟表达出来的。不过，她只要和田翠兰接话，也毫不示弱。肖启山要把关福斗抓去修路，田翠兰不舍得，三人之间出现了一段颇有意思的对话。

田翠兰　（慌神儿）肖保长，他肖爷……我亲叔儿！您抬抬手儿，甭让唔们去了成么？一家子都指着他呢，您可怜可怜我们！闺女的肚子都五个来月了，福斗出去要有个三长两短的……

肖启山　说什么呢你？这不是去半步桥儿，真把他毙了活儿谁干呐？

田翠兰　去年下半年儿，胡同口老赵家那二小子，说是征了修马路去，到了儿让人给弄到高碑店挖战壕，一个大马趴那儿就没起来……让枪子儿给梃过去了！您是活菩萨，您饶他一命得了……

肖启山　他不去谁去？你去？！

田翠兰　要去家儿家儿得有人去，凭什么拆我们一家儿的房柱子呀？

金穆蓉　（阴阳怪气）我们家倒是想出一口子，可惜了儿缺您那个福气，现找个倒插门儿的壮丁，怕是也不赶趟儿了……自要是保卫咱这民国，谁去不是去呀？拆了柱子救国家，房子塌了也就塌了……值！

这段对话把肖启山的圆滑与霸道、田翠兰的乖巧与私心、金穆蓉的幸灾乐祸心思表现得非常生动，国事、家事，大事、小事，日常生活和军政大事都在日常话语中真实再现。

剧本塑造了两个进步青年苑江淼和周子萍（金穆蓉女儿），他们都是左翼大学生，思想进步，进而相爱。肖启山的儿子肖鹏达与苑、周不是一路人，他看不到新中国即将到来，依然顽固堕落。他喜欢周子萍，用高跟鞋、舞蹈等时尚的奢靡生活引诱她，却遭到了拒绝。肖鹏达恼羞成怒，对院子里的人都不满，掏出手枪要杀人，众人纷纷劝说。最后在抢夺枪支过程中，误伤了苑国钟。肖启山训斥儿子的行为，赶走了他。

苑国钟面临生命危险，王秀芸临产在即，院子里的人忙得一团糟。在紧要时刻，他们又都团结起来，互相帮助。金穆蓉帮着田翠兰给王秀芸接生；迂腐的古月宗掏出钱，叫掏粪夫牛大粪喊车救治苑国钟；周玉浦也流着泪和苑江淼一同冷静处理苑国钟的伤口。肖启山插不上手，只好袖手唉声叹气。苑国钟临死前让王立本拿着窝头蘸上自己的鲜血，认为给儿子吃了可以治病。通过这场吵闹，很多人的思想情感都发生了转变。

王立本　……我知道地上这红不唧儿的是什么，肠子里那绿不唧儿的是什么我也知道……（含泪）眼眶子里这亮不唧儿的甭管多酸多咸，它也就是一股水儿！我要不知道这个……我他妈就是孙子我白活。

古月宗　（凝视弥勒佛）说得好……大哑巴你说得好啊。

肖启山　降了？

牛大粪　降啦！！

肖启山　……降了（扔了皮鞋，踟蹰而去）……降了……

牛大粪　（觉出不妙）……洋车在胡同口儿等着您呢，咱们走吧？

苑国钟　……火车拉鼻儿了……不坐洋车……我儿子是修铁道的……我儿子……我儿子……他想去新中国……

牛大粪　好哩！咱们就伴儿……咱们一块儿去中国！

苑国钟　……小子……你……（微弱手势）你得守规矩……

牛大粪　明白！我听您的……（哽咽）往后我守规矩，您放心吧。

苑国钟　（找儿子的手，紧紧抓住）儿子……

苑江淼　（紧紧地紧紧地抱着父亲）爸爸！

　　苑江淼吹响了口琴，用"坚定而昂扬"的琴声为父亲送终，也迎来王立本和王秀芸孩子的新生。在这死亡和新生中故事落下帷幕。

　　剧本在日常琐事、熟人熟面的人物关系中突出矛盾，刻画形象。结尾虽有悲伤，却用苑国钟的死唤醒很多人的觉悟，而且伴随着新生命的降临，告诉困难中的人们，生活充满光明和希望。这样的结果并没有逃出刘恒惯常使用的光明的"尾巴"这个套路。因为场景语言的熟悉、人事关系的熟悉，这熟悉中又伴随着陌生化的艺术处理，给人以亲切的真实感、现场感。加上演员高超的演技，剧本在演出后产生了非常震撼的效果。

　　这部话剧的语言因人物身份的卑微而充满粗俗感，却显示了北京底层劳动者真实的生活情态。这种胡同里的京腔京韵充满着浓郁的生活气息和怀旧色彩，大量的"儿"化音，连珠炮似的口语，张口即来的粗话，信手拈来的俗语，内心充满仇恨、口里却亲切叫唤的种种称呼，关心政治、爱管闲事、与时俱进的作风，均被作家描述得酣畅淋漓，最能彰显人物个性和京城特色，产生了拍案叫绝之效果。剧本充分展示了刘恒的语言驾驭能力，彰显了刘恒的语言风格——洗练、劲道，表面粗粝内里又极富张力。

其实，成功的话剧就是成功的语言表述和情节冲突。中国现代话剧史上已有很多经典，如丁西林的《一只马蜂》、田汉的《获虎之夜》、陈白尘的《岁寒图》、曹禺的《雷雨》、老舍的《茶馆》《龙须沟》等，都是这方面的典范。不过这些话剧的语言都非常精美，表述是标准的，风格是端庄的。刘恒的《窝头会馆》是一部在现代话剧基础上发展起来的、融入了新时代审美元素的、具有诙谐风格的多幕剧。他打破了传统经典话剧中雅致的语言表述体，还原了胡同文化，通过日常生活中大量的粗言俗语表现人物性格。剧本中那些不拘形迹的骂人话、脏话（人的下体、各种器官、排泄物等在文本中都有表现）①通过不同身份的人物②表达，其实都是民间诙谐文化的表现，"其中隐藏着独特的，而决非幼稚的深刻思想。完全不能把诙谐和逗笑的粗鄙这样的文化称之为天真幼稚，这种文化根本不需要我们的宽容。它要求我们的是对它认真的研究和理解"③。巴赫金这段话指明了民间文化的深刻性以及人们应有的对待

---

① 例如：牛大粪（外号牛大尿）的名字、肖启国的俗语"吃软饭拉硬屎，什么屁你还都敢放"。苑国钟揭短周玉浦，"人一娘们儿让他给正骨，他正到人大咂儿（乳房之意）上去了……咂儿上有骨头吗？"田翠兰和金穆蓉吵架，两人啥话都说得出来。"田翠兰　干净？我没您干净！您要是不干净，您不在大宅子里好好捂着，跑这死胡同儿来受什么罪呀？都掉茅坑儿里了还那么干净……瞧白费您嫩得您！您还知道是仰巴儿着舒服还是拱着舒服吗？""金穆蓉　（招架不住却不甘示弱）你……你才是蛆呢！往哪儿拱我也知道我们家门板的朝向，黑更半夜的，我不会睁着眼往人家门框里钻。"

② 四合院里的人物代表社会各个领域，房主苑国钟、小贩田翠兰、江湖郎中妻子金穆蓉、地痞肖启山、掏粪工人牛大粪等。他们的语言集中体现了北京胡同文化。

③ ［苏］巴赫金：《拉伯雷研究》，李兆林等译，河北教育出版社，1998年版，第173页。

态度。在现代生活日益精致、表达方式日益文明的今天，《窝头会馆》复活了北京的胡同语言文化，开创了一种新的话剧语言范式。基于作者对胡同语言的通透把握与叙述上的娴熟技巧，剧本在艺术表达上开创了一个新高。

《山村女教师》是刘恒二十一世纪创作的第一部歌剧，有评论者称之为"中国第一部原创现实主义题材歌剧"。剧本情节并不复杂，县城姑娘杨彩虹为了爱情，追随男友李文光到他所在的家乡山村当教师。获得爱情与物质资助的李文光相继考上了本科和研究生，为了自己的追求他放弃山村选择了在城市打拼。即将大婚的他却在婚礼筹备中摊牌悔婚。伤心的杨彩虹被迫离开山村，因舍不下学生，中途又折返回村。残废的退伍军人周洛平暗恋杨彩虹，因自渐形秽而不敢表露，在救治晕倒的杨彩虹时趁机表达了爱意。重获爱情的杨彩虹却在一次山洪中为抢救学生献出了年轻的生命。

这个歌剧展示的故事情节并不新鲜，负心汉抛弃痴情女古已有之，当代文学的很多文本中也有展示。二十世纪八十年代路遥在《人生》就表达了类似主题，农村男人为了理想，为了事业，为了寻求更广阔的发展前景，千方百计拼命离开农村，变心悔婚的事情常有发生。不同的是，《人生》的女主角刘巧珍本就是农村姑娘，所受的学校教育并不多，她与高加林的文化差异显而易见。《山村女教师》中的杨彩虹有三重境界值得敬重。首先她是县城里长大的，师范专科毕业。各项条件都比李文光优越，她是为了真正的爱情来到山村，因此能够全力资助男友让他安心学习并深造。这是她值得敬重的第一重境界。然而，负心的李文光却抛弃了满心期待的杨彩虹，爱情受挫的杨彩虹离开山村返回县城，这是情理使然，无可厚非。但作家没有停留于此，而是把她的精神境界继续推向高处。因为舍不下学生，杨彩虹中途又返回山村了。可见，她是真正爱上了教育事业，愿意为山区教育、为山区孩子的成长做出贡献。这是她值得敬重的第二重境界。结尾，歌剧达到高潮，杨彩虹护送孩子回家途中突遇山洪暴发，为抢救落水孩子付出了生命，杨彩虹人性的光辉全部散发出来，这是她值得敬重的第三重境界。

如果说《人生》（1982）及时反映了改革开放初期农村青年，尤其是男青年在理想、爱情等方面的选择与纠结，以及如何成为"城里人"的追求与困惑，那么，近三十年后的《山村女教师》（2009）则在此基础上更加深刻地反映了一些新问题、新矛盾。它不再是单纯的"选择"问题，即男女爱情选择问题、留城留乡的选择问题，而且在男女故事背后还触及了一系列具有时代意义和社会意义的话题：城市与乡村的差异问题，乡村教育的发展问题，乡村人才流失问题，乡村道德风尚建设问题，个人追求与时代需要、社会需要的问题，社会伦理与事业追求问题，人生观、婚恋观、价值观与伦理观的毁灭与重建问题，等等。从这个层面讲，歌剧《山村女教师》虽然情节简单，却是主旨高远，内涵深广，意蕴丰厚。歌剧表演时的音乐之美、画面之美、情景之美与内容相得益彰，使其内容与形式更加完善。

唱段《五年前你说你爱我》既回顾了杨彩虹与李文光的爱情历程，展示了杨彩虹的美好心灵，也说出了李文光悔婚的理由，情感真挚，凄美动人。

> 五年前你说你爱我，追随你回到你故乡。四年前你说你爱我，你去读本科我来供养。三年前你说你爱我，我帮你照顾你生病多年爹娘。两年前你说你爱我，你考取研究生奔向远方。一年前你说你爱我，等到今天我才明白了，我自己永远不是你的新娘。你可曾替我想一想？我求你替我想一想！我用爱报答你，你的亲人就是我的亲人！我用爱报答你，你的故乡就是我的故乡！

《你是清晨的露珠》唱出了山区孩子们的心声，他们爱戴老师，希望能在喜爱的老师教导下健康成长，希望长大以后也能看看山外的世界。

> 你是清晨的露珠，流进山间泉水中，奔向大海深处，
> 化作天上一片彩虹。老师老师回来吧，老师老师回来吧。
> 我们想读书，我们想学习，我们想长大以后看看山外面。
> 老师老师回来吧，老师老师回来吧。

这两个唱段再一次见证了刘恒的语言功力。他的小说和影视剧本是侧重于叙事性语言，多用对话和口语，有质朴敦厚之美；这部歌剧则可以看出他的抒情性语言有清刚灵巧之美，它们是生活的真实写照，却又有高于生活的艺术升华。歌剧使刘恒实现了从叙事性语言到抒情语言的跳跃性转换。这就是说，刘恒的叙事性语言简练洁净，抒情性语言亦不失精致华美。无论哪种语言需求，他都可以自由驾驭并达到炉火纯青之境界。

纵观刘恒创作，无论是小说还是剧本，他塑造的主人公没有一个是没有缺点的。或者是外在形象不高大（张大民），或者是时运不济（陈金标），或者是厄运相连（王立秋、赵洪生），或者是癖好与众不同（曹光汉），或者是品德不良（周兆路），或者是性情乖张（郭普云），或者是性格偏执（谷世财、苑国钟），或者是不爱说话的闷兜子（张思德），或者是命运不济让其背负伦理道德负担（杨天青、曹杏花），或者是出身卑微遭遇不幸（刘玉山、潘玉良、田翠兰），或者是遭遇坎坷身不由己地做一些不该做的事情（李慧泉），或者是环境变化遭遇种种误会（谷子地），或者是外界力量过于强大而处处遭受压抑（福临）……除极少数几个外，他们大多数是悲剧命运结尾。在情节建构上，刘恒也有一种不与人道的癖好——喜欢给主人公披上一层掩饰真相的怪异外衣。换句话说，

总是先把人物降格，用某些癖好作为他／她从事正道的幌子，同时布置暗线，再通过某些契机，让主人公的思想情感发生转变，再把他／她内心的真实或者某些高尚的情操、高贵的品质展示出来。前文提到过的谷世财、曹光汉、杨天臣、刘玉山、柳良地，甚至张大民、谷子地、福临等，均有类似特点。这种先抑后扬的手法容易迷惑那些不去认真阅读文本的读者，容易误导他们的阅读感受。本书绪论部分中提到的那些误读可以为证。从创作来说，这是作家运用的技巧，也是文学需要的"障眼法"，或说"遮掩法"，通过曲折的历程展示人物性格和人物命运。对于愿意细心求索的耐心的读者来说，这才是文学的真正的趣味。作者通过文字竭力掩藏真相，读者阅读文字竭力揭开真相，两者互相碰撞后，通过文字"游戏"绽放的火花即成为文学最光艳的花朵。特别是读者一层层剥开那些表象的面纱，探索人物心灵深处的情感，会感受一种难以言表的、洞见秘密的开心，一种发掘宝藏的快意。读者识别了作者的阴谋，揭露了他的秘密，看到了他得意忘形的面孔，这种共鸣产生的幸福就是文学创作与文学阅读的最美境界。

刘恒依然健步走在创作路上，依然会用种种巧妙的手段去演绎他的故事，创造他心目中的人物。我们相信，细心的读者不会轻易被此蒙蔽，反而会以揭示他的真相为乐趣，在蒙蔽与反蒙蔽的对抗中，推进文学创作与文学批评的进一步发展。作者与批评者的关系，正如鲁迅所言，"文艺必须有批评，批评如果不对了，就得用批评来抗争，这才能够使文艺和批评一同前进，如果一律掩住嘴，算是文坛已经干净，那所得的结果倒是相反的"①。

---

① 鲁迅：《鲁迅全集（2）·花边文学·看书琐记（三）》，新疆人民出版社，1995 年版，第 552 页。

图书在版编目（CIP）数据

刘恒论 / 李莉著. -- 北京：作家出版社，2019.5
（中国当代作家论）

ISBN 978 - 7 - 5212 - 0572 - 5

Ⅰ.①刘…　Ⅱ.①李…　Ⅲ.①刘恒 – 作家评论
Ⅳ.①I206.7

中国版本图书馆 CIP 数据核字（2019）第 103181 号

刘恒论

总 策 划：吴义勤
主　　编：谢有顺
作　　者：李　莉
出版统筹：李宏伟
责任编辑：田小爽
装帧设计：合和工作室
出版发行：作家出版社有限公司
社　　址：北京农展馆南里 10 号　　邮　　编：100125
电话传真：86 - 10 - 65067186（发行中心及邮购部）
　　　　　86 - 10 - 65004079（总编室）
E – mail: zuojia@zuojia. net. cn
http: // www. zuojiachubanshe. com
印　　刷：北京明月印务有限责任公司
成品尺寸：152 × 230
字　　数：220 千
印　　张：17.25
版　　次：2019 年 7 月第 1 版
印　　次：2019 年 7 月第 1 次印刷
ISBN 978 - 7 - 5212 - 0572 - 5
定　　价：45.00 元

中国当代作家论

第一辑

阿城论　　杨　肖　著　　定价：39.00 元

昌耀论　　张光昕　著　　定价：46.00 元

格非论　　陈斯拉　著　　定价：45.00 元

贾平凹论　苏沙丽　著　　定价：45.00 元

路遥论　　杨晓帆　著　　定价：45.00 元

王蒙论　　王春林　著　　定价：48.00 元

王小波论　房　伟　著　　定价：45.00 元

严歌苓论　刘　艳　著　　定价：45.00 元

余华论　　刘　旭　著　　定价：46.00 元

第二辑

陈映真论　任相梅 著　　定价：58.00 元

二月河论　郝敬波 著　　定价：45.00 元

韩东论　张元珂 著　　定价：50.00 元

刘恒论　李　莉 著　　定价：45.00 元

苏童论　张学昕 著　　定价：46.00 元

于坚论　霍俊明 著　　定价：55.00 元

张炜论　赵月斌 著　　定价：46.00 元